JOCHEN RÄTZEL

HUNDLINGER GIBT Gas

DAS MÖRDERISCHE MITOCHONDRIEN-KOMPLOTT

Bibliografische Information
der Deutschen Nationalbibliothek:

Die Deutsche Nationalbibliothek
verzeichnet diese Publikation in
der Deutschen Nationalbibliografie.
Detaillierte bibliografische Daten
sind im Internet über
http://www.d-nb.de abrufbar.

Alle Rechte der Verbreitung,
auch durch Film, Funk und Fernsehen,
fotomechanische Wiedergabe,
Tonträger, elektronische Datenträger und
auszugsweisen Nachdruck,
sind vorbehalten.

www.vindobonaverlag.com

© 2025 Vindobona Verlag
in der novum publishing gmbh
Rathausgasse 73, A-7311 Neckenmarkt
office@vindobonaverlag.com

ISBN 978-3-903579-38-5
Lektorat: Leon Haußmann
Umschlagabbildung:
Bram Janssens, Vladimirs Prusakovs,
Madartists | Dreamstime.com
Umschlaggestaltung, Layout & Satz:
Vindobona Verlag
Innenabbildungen:
siehe Bildquellennachweis S. 12

Die vom Autor zur Verfügung gestellten
Abbildungen wurden in der bestmöglichen Qualität gedruckt.

Gedruckt in der Europäischen Union
auf umweltfreundlichem, chlor- und
säurefrei gebleichtem Papier.

Gewidmet meinem Sohn Michael,

der einen der schwersten Berufe zum Schutze Europas und unserer Freiheit gewählt hat.

Vorwort

Liebe Leserinnen und Leser,

in den Gassen der Wissenschaft lauert oft das Unerwartete, und dieses Mal führt es uns mitten hinein in den faszinierenden Kosmos der „oxidativen Phosphorylierung", kurz „Oxphos" – einen der wohl unverzichtbarsten Prozesse der Energiegewinnung in unseren Zellen. Hier, im Inneren der Mitochondrien, in den Kraftwerken unserer Existenz, herrscht ein reger Betrieb – doch wie wir bald erfahren werden, sind diese vulnerablen Strukturen auch Ziel für vom Menschen kreierte Substanzen.

In diesem Kriminalroman möchte ich Sie, verehrte Leserinnen und Leser, nicht nur mit diesem essenziellen Stoffwechselprozess vertraut machen, sondern Sie zugleich auf eine Reise voller Intrigen, gestörter „Elektronentransportketten" und seltsamer Vorkommnisse mitnehmen, die es in sich hat! Falls Sie bislang dachten, Biochemie sei trocken und langweilig, so hoffe ich, dass die Lektüre Ihnen das Gegenteil beweist – und Ihnen dabei vielleicht auch ein Lächeln entlockt.

Und falls Ihnen der eine oder andere Charakter lebhaft vorkommt oder gar an eine reale Person erinnert, so ist dies reine Fiktion und zufällig. Ebenso verhält es sich mit Institutionen, die hier, nun ja ... vielleicht einen kleinen Gastauftritt haben. Doch bedenken Sie: In der Welt der Zellbiologie – und des Krimis – ist nichts, wie es scheint. Jeden Tag gewinnen wir neue Erkenntnisse hinzu.

Herzlich willkommen zu „Hundlinger gibt Gas" – tauchen wir ein, es wird spannend!

Mit herzlich-kriminellen Grüßen,
Ihr Autor

Inhaltsverzeichnis

1 Ischia 13
2 Erster Kongresstag 14
3 Nächster Tag 20
4 Anamnese und Verlauf 22
5 Es geht nach Hause 24
6 Neapel, Magna Graecia 25
7 Übergabe 27
8 Don't Pay the Ferryman 31
9 Wien – Schwechat 34
10 Über den Styx begleitet 38
11 Ein Ungemach kommt selten allein 41
12 Feierabend 43
13 Lebenslinie 52
14 Psychogramm 59
15 Kleine bayerische Psychotherapie 63
16 Bei der Exekutive 66
17 Schlimmer geht's immer 70
18 Das Böse kennt
   keine geregelte Arbeitszeit 72
19 Schmidt ist nicht mehr Schmidt 77
20 Lebenslinie 2 79
21 Gewissheit 81
22 Das Tschernobyl der Zellen 83
23 Alltagsgeschäft 92
24 Mittagspause 96
25 Boxenstopp 99
26 Dienstbeginn 102
27 Oxphos die 2. 104
28 Auswertung 106
29 Wiedergutmachung 111

30 Im Elysium 112
31 Flugbereitschaft 118
32 Nizza Airport 122
33 Q 10 125
34 Kaffee, Kerosin und der Fluch
   der Mozartkugel 129
35 Istanbul ist überall 131
36 Täuschung 138
37 Oxphos die dritte 140
38 Die Jagd beginnt 147
39 Nochmal gut gegangen 149
40 Herbstsonne 152
41 Kellerstöckl 155
42 Und weiter geht's 159
43 Aus cold wird hot 162
44 Plachutta und die OXPHOS 171
45 Künstliche Intelligenz,
   der Feind natürlicher Blödheit 175
46 Man muss nur warten können,
   bis die Leiche seines ärgsten Feindes 176
47 Q-Bits, die kleinstmögliche
   Informationseinheit im
   Quantencomputer 179
48 Maligne Hyperthermie
   oder wenn die Suppe überkocht 183
49 Gerüchte 191
50 Kongress 193
51 Lügen haben kurze Beine
   und kurze Beine taugen
   nicht zur Flucht 198
52 Heiligabend 206
53 Erkenntnis 207

54 Erster Weihnachtsfeiertag 209
55 Unerwartet 210
56 Flucht 212
57 Garaus 216
58 Der perfekte Einsatz 216
59 Epilog 219
60 Und zum Schluss noch 221
Ende 223
Anhang.................................... 224
Erklärung Oxidative
Phosphorylierung/Oxphos 225
Dinitrophenol/DNP 227
Literaturverzeichnis: 229

Bildquellennachweis:
S. 18, Rakete © Dr. Jochen Rätzel,
S. 46, Oxphos © Dr. Jochen Rätzel,
S. 85, OXPHOS: DNP-Vergiftung © Dr. Jochen Rätzel,
S. 146, OXPHOS: Zyankali-Vergiftung © Dr. Jochen Rätzel,
S. 226, Autoantrieb als Versinnbildlichung der OXPHOS © Dr. Jochen Rätzel

1 Ischia

Eigentlich sollte es laut Google Wetter ein wunderschöner Frühlingsmorgen werden, und dennoch kämpfte die Sonne noch gegen die Wolken an. Die Luft war kühl, aber Jasmin und Lavendel begannen bereits dezent, ihre wohlriechenden, betörenden Lockstoffe zu verbreiten. Die fleißigen Mitarbeiter des Kongresshotels waren schon früh damit beschäftigt, den Gästen erneut ein perfektes Ambiente herzustellen und beseitigten die Hinterlassenschaften eines gedankenlosen und wohlstandsverkommenen Jetsets.

Ein graubärtiger und möglicherweise durch Testosteron-Überschuss vom Haupthaar befreiter muskulöser Mann, die sich zum Ende neigende Zigarette im linken Mundwinkel balancierend, angelte mit einem Fischköcher die letzten Blätter aus dem riesigen Pool, wo sich tagsüber die Vertreter des dritten Lebensabschnittes über den Sprudeldüsen ihre hintere Komfortzone massieren ließen und abends die geistige Elite des medizinischen Kongresses den verspäteten Sundowner zu sich nahm.

Das Hotel auf Ischia war jedes Jahr Austragungsort einer Tagung für Anti-Aging und Longevity Medicine, also Maßnahmen für Menschen mit viel Geld zur Lebensverlängerung.

Reiche Menschen haben nämlich viel Angst vor dem Tod, da man ja bekanntlich weder Bargeld, Konten, Börsenpapiere noch Edelmetall-Depots steuerfrei ins Jenseits transferieren kann.

Somit ist dies eine lukrative Marktlücke für medizinische und wissenschaftlich begründete Angebote der Lebensverlängerung. Wer möchte nicht gerne die gehorteten Millionen auf den Cayman Islands möglichst lange verwalten oder sich von der Dividende eines Großkonzerns das Leben mit einem Privatjet oder einer maximal CO_2-emittierenden 30-Meter-Yacht angenehmer gestalten? Man hat schließlich hart am Börsenparkett gearbeitet oder im Sperma-Roulette auf Zahl gesetzt und das Rennen gewonnen. Übrigens, vermögende Männer in den Wechseljahren sind gelegentlich auch an roter Hose, Porsche Cabrio und der deutlich jüngeren Zweitbiographie auf dem Beifahrersitz zu identifizieren. Also Mädels, aufgemerkt, ob die Merkmale ins Beuteprofil passen. Dem engagierten Arzt für Männergesundheit sei's gedankt, dass mithilfe segensreicher Präparate mittlerweile auch männliche Unpässlichkeiten kurzfristig abgewendet werden können und ein sanierungsbedürftiger Testosteronspiegel restauriert werden kann.

Es ist auch nicht verwerflich, Angst als Geschäftsmodell zu verwenden, da strategisch geführte Glaubensunternehmen dieses seit Jahrhunderten als durchaus legitim und moralisch vertretbar betreiben. Selbst reformistische Störfeuer konnten daran wenig ändern, sind wie ein abgebranntes Holzscheit erloschen und hatten sich angepasst. Also warum sollte nicht auch die Hippokrates-Zunft dieses übernehmen und Gutes tun.

2 Erster Kongresstag

Professor Pirkhofer lag noch im Bett, und die ersten Sonnenstrahlen bahnten sich den Weg durch die Jalousien seines Hotelzimmers. Am Vortag war er am Flughafen in Neapel eingetroffen, mit einem völlig überfüllten

„Alibus" zum Fährhafen gefahren, diese Fahrt auch trotz einer hustenden und schniefenden Fahrgemeinschaft lebend überstanden und anschließend ein betagtes Schiff bestiegen, das ihn zum Kongressort brachte. Trotz einer Schar von Jugendlichen, die wechselweise auf ihre Funkfernsprecher, auch Handys genannt, einhämmerten und dann lautstark die Ergebnisse ihrer Kommunikation dem anwesenden Rest der Community bekannt gaben, überlebte er auch diesen Transfer zur Phlegräischen Insel.

Am Vorabend dann Empfang der komplementärwissenschaftlichen Gemeinschaft, die aus ganz Europa und sogar aus Übersee angereist war.

In der Hotellobby Corona-missachtende Umarmungen mit Bisous (Küsschen) links und rechts oder bei ranghöheren Personen die etwas distanziertere Version mit Handschlag und gleichzeitiger Umgreifung des Ellenbogens, wie einst Schwiegerväter, die beim zukünftigen Schwiegersohn nach Lymphknoten tasteten, um eine syphilitische Erkrankung noch rechtzeitig zu diagnostizieren.

Erster gedanklicher Austausch und, obwohl er eigentlich normalerweise keinen Alkohol zu sich nahm, ließ sich Pirkhofer von einem Apotheker und Influencer aus der orthomolekularen[1] Szene zu einem Glas Rosé überreden. Der Apotheker Grobmeier hatte über viele Jahre hinweg Vorträge über Vitamine, Spurenelemente und Nahrungsergänzungsstoffe gehalten und auch zahlreiche

---

1 Therapie mit hohen Dosen an Vitaminen, Mineralstoffen, Spurenelementen und Fettsäuren

Artikel und Bücher dazu verfasst. Viele Ärzte und Heilpraktiker hatten seine Kurse besucht und sich von ihm ausbilden lassen. Für sie war es „Gotteswort". Wie so oft führte diese reliquienhafte Verehrung auch zur kritiklosen, nicht überprüften Absorption von geistigen und wissenschaftlichen Inhalten. Jene wurden umgehend als spirituelle Glaubenssätze in der Praxis umgesetzt. Aber auch der Verehrungswürdige veränderte seine Selbstwahrnehmung und wähnte sich als die Wiedergeburt des Erlösers aller Erkrankungen.

Umso mehr freute sich Pirkhofer, dass jener wissenschaftliche Glaubensführer das Gespräch mit ihm suchte. Die üblichen Worthülsen wie: „Wie geht es Ihnen" oder „Wie geht es dem Hund" nebst Erkundigung nach dem aktuellen Ehestand eröffneten die Diskussion. Detailliertere Fragen komplettierten den Dialog. Grobmeier: „Habe gehört, dass Sie ein neues Präparat, das NADH-Rocket, entwickelt haben. Soll zu einer unglaublichen Energiesteigerung führen."

Diese biologische Substanz ist der wichtigste Ausgangsstoff bei der Energiegewinnung in unserem Körper. Nicht immer waren sie einer Meinung, was bei Wissenschaftlern nicht ungewöhnlich, bei dem narzisstischen Selbstwertgefühl des Salben-Sommeliers als grundsätzlich normal zu bewerten ist.

Pirkhofer war ob dieses positiven Qualitäts-Audits hoch erfreut, was er mit den Worten „Ich stelle Ihnen gerne mehrere Packungen zur Verfügung" belohnte. In seiner Umhängetasche hatte er immer zahlreiche Musterexemplare dabei. Diese übergab er Grobmeier und freute sich auf dessen Bewertung. Der Beschenkte nahm diese gerne an, entfernte sich, kam aber nach einiger Zeit zurück und retournierte die Packungen mit der Bemerkung, er denke nicht, dass dies eine wesentliche Bereicherung im mittlerweile unübersichtlichen Markt der Nahrungsergänzungsmittel sei. Da war er wieder, der alte Dissens der beiden Koryphäen.

Pirkhofer hatte jahrelang zu dieser Substanz Forschung betrieben, und es war ihm gelungen, ein anwendungsfähiges Präparat zu entwickeln. Die Substanz mit dem zungenbrecherischen Namen Nicotinamid-Adenin-Dinukleotid-Hydrid ist ein in den meisten Organismen natürlich vorkommender Stoff, ist an über 1000 biochemischen Reaktionsabläufen beteiligt und ist der Ausgangsstoff zur Energiegewinnung. Der Professor hat es oft als den biologischen Raketentreibstoff bezeichnet, da der darin enthaltene Wasserstoff sich mit Sauerstoff verbindet, was wiederum zu einer enormen Energiefreisetzung führt, ähnlich wie bei der Raumschiffrakete. In der Zelle wäre die explosionsartige Freisetzung – die Knallgasreaktion – nicht zielführend, weshalb der Wasserstoff in organisch gebundener Form vorliegt und in einer verzögerten Reaktion nutzbar gemacht wird. Daher ist NADH auch einer der effektivsten Energiespender. Ganz abgesehen von dem lebensverlängernden Effekt des oxidierten, also vom Wasserstoff befreiten Moleküls NAD+.

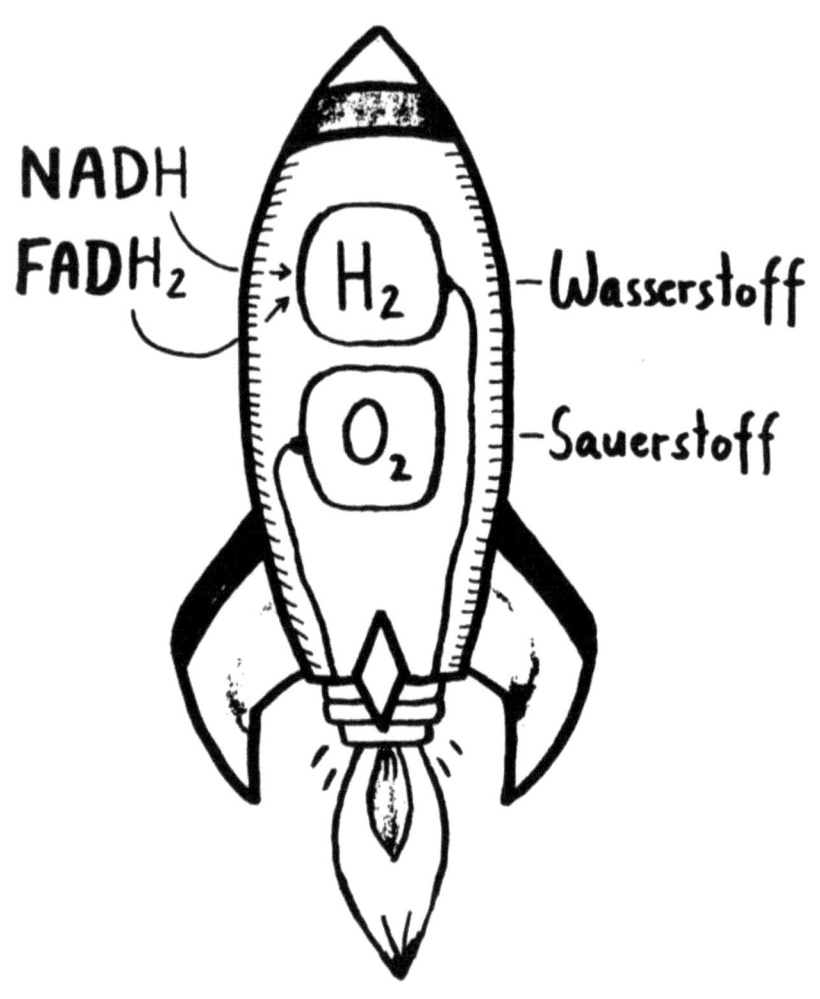

Die Gedanken des Professors kreisten nach dieser demütigenden Zurückweisung unaufhörlich um die vernichtenden Worte. Doch sein Frustpegel sank rapide – nicht zuletzt dank des edlen Rebenprodukts „Rosamonti". Dessen exzellenter Gout und sensationeller Abgang – der Moment, in dem der Wein die Kehle hinabgleitet – waren eine Wohltat für den Gaumen. Doch mit 13,5 Prozent Alkohol hatte er zudem eine angenehm sedierende Wirkung. Die übrigen Inhaltsstoffe taten ihr Übriges: Wie Schauspieler auf einer Theaterbühne drängten sie sich ins Rampenlicht, während ihr Manager, der Alkohol, sicherstellte, dass das Publikum – sprich: die Geschmacksnerven – ihre Performance in voller Intensität wahrnahm. Die Kulisse für dieses sensorische Spektakel bildeten die biochemischen Talente GABA und Dopamin, jene Neurotransmitter, die für Glückseligkeit und Entspannung sorgen.

Bei regelmäßigem Genuss wird die Lust auf Wiederholung unweigerlich größer – doch für Pirkhofer war das kein Problem. Die Eintrittskarte zu diesem Gaumen-Festival löste er nur selten, eigentlich war er abstinent. Seine grundsätzliche Gelassenheit stand zornigen Reaktionen ohnehin im Weg. Dementsprechend fiel seine Antwort auf die wissenschaftlich unbegründete, provokante Aussage des Apothekers erstaunlich milde aus. Nun ja – „Everybody's Darling" konnte er eben auch nicht sein.

Außerdem sorgte der moderate Alkoholgenuss dafür, dass sich sein Großhirn allmählich in den Standby-Modus versetzte. Selbst drei Tabletten NADH Rocket – aus jener Packung, die er zuvor Grobmeier überreicht hatte und die das Promillekonto immerhin um 0,2 Promille pro Stunde schneller leert – konnten daran nichts ändern. Seine grauen Zellen rieten ihm einstimmig, den Rückzug ins Hotelzimmer anzutreten.

3 Nächster Tag

Ein tiefer traumloser Schlaf endete nach nur acht Stunden, und trotz des moderaten Alkoholkonsums und der promillereduzierenden Einnahme von NADH, der harmlosen körpereigenen Substanz, die sein wissenschaftliches, über alles geliebtes Baby war, fühlte er sich krank. Bleiern lag er im Bett, Hitzegefühl durchströmte seinen Körper. Das Aufstehen war mühevoll, ein Gefühl, das er sonst nicht kannte, da er einen absolut gesunden Ernährungs- und Lebensführungsstil einhielt. Nun ja, Alkohol ist ein Nervengift und für einen Abstinenzler eine ungewohnte Herausforderung.

Um 9:00 Uhr begann der Kongress. Sein Vortrag war einer der ersten und im Programm für 9:30 Uhr vorgesehen. Also erst einmal heiß duschen, anschließend ein Vigilanz[2]-steigerndes Getränk im Frühstücksraum. Normalerweise bevorzugte er schwarzen oder Rooibos-Tee. Auch hier musste er Kompromisse eingehen und angesichts der nahenden Präsentation auf die Segnungen der Kaffeepflanze, also eines doppelten Espressos, zurückgreifen. Doch auch dieser konnte seinen Allgemeinzustand nicht verbessern. Er empfand ein Hitzegefühl mit beginnender Übelkeit.

Dennoch begab er sich in den Kongresssaal und lauschte demütig den üblichen Standardworthülsen des amtierenden Lokalpolitikers und des Vorsitzenden der Fachgesellschaft, die die weltverändernde Bedeutung des Kongresses hervorhoben.

---

2 Zustand erhöhter Aufmerksamkeit, Wachheit

Dann war er an der Reihe. Trotz Schwindel, Übelkeit und dem zunehmenden Hitzegefühl kämpfte er sich bis zur dritten „Folie" der PowerPoint-Präsentation durch. Dann verließen ihn die Kräfte. Das Zittern seiner Muskulatur nahm zu, und sein Körper wurde ganz steif. Schweißperlen rannen an seinem Gesicht herunter, ließen dunkle Flecken auf seinem Sakko zurück. Letztendlich konnte er sich der Schwerkraft nicht mehr widersetzen, sank hinter dem Rednerpult zu Boden. Alles drehte sich um ihn, die Atmung war mühselig schwer, er fühlte sich wie in einen Schraubstock eingespannt. Dann verließ ihn gnädigerweise sein Bewusstsein.

Großes Entsetzen im Saal. Der Schocksituation geschuldet, brüllte der Vorsitzende der Sitzung, Prof. Brunnhuber vom „Klinikum rechts der Schlierach", in das Mikrofon: „Ist ein Arzt im Saal?" Eine Frage, die auf einem medizinischen Kongress eher als ungewöhnlich zu bewerten ist. Nun, für Spezialisten, die von immer weniger immer mehr wissen, bis sie von nichts alles wissen, dann doch nachvollziehbar. Die Niederungen der Basalmedizin hatten sie schon lange verlassen. Dennoch wählte einer der Teilnehmer in voller Empathie die Nummer der italienischen Rettungsleitstelle und wenige Minuten später stürmte ein der medizinischen Notfallheilkunde befähigter Kollege mitsamt Rettungstross den Saal. Die Frage des Kollegen vom Croce Rossa an den Professor „come si comportano" – wie geht es Ihnen – konnte dieser nicht spontan beantworten, was der italienische Notarzt als Einverständnis wertete, umgehend die Intubation einzuleiten, also die Luftröhre mit einem Schlauch zu verlängern. Trotz mäßiger Gegenwehr des Adressierten, jetzt korrekterweise als Patient tituliert – lateinisch der Geduldige – führte der Lebensretter zur Sicherung der Vitalfunktion die assistierte Beatmung durch. Nach Injektion eines Beruhigungsmittels, Anlage eines Notfall-EKGs sowie professioneller Fixierung auf der Trage wurde der nunmehr bewusstseinseingeschränkte Notfall-Kunde gefügiger und konnte mit dem landestypischen Fiat-Ducato-Krankenwagen ohne Gegenwehr ins Inselhospital überstellt werden. Dort angekommen, wartete Signor Primario di Medicina höchstpersönlich auf den berühmten Professor.

4 Anamnese und Verlauf

Das kleine Hospital mit 60 Betten verfügt über die wichtigsten Fachabteilungen und ein gut ausgestattetes Labor. Ebenso gibt es alle weiteren wichtigen Diagnoseverfahren wie Röntgen und Ultraschall. Da eine Erhebung der Vorgeschichte bei dem intubierten Patienten kaum möglich war, die körperliche Untersuchung außer den Vitalwerten wie Puls, Blutdruck, Sauerstoffsättigung und Blutzucker wenig Erhellendes bot, wurde der Patient in das diagnostische Bermuda-Dreieck verbracht, wo alle medizinischen Fachabteilungen sowohl diagnostisch als auch wertschöpfend ihr Bestes gaben. Wieder aufgetaucht aus der medizinischen Untiefe, war lediglich ein erhöhter Kaliumwert von Interesse.

Ischia ist durch seine heilversprechenden Thermalquellen und Kuren bekannt, was natürlich auch viele Gäste mit körperlichem Ungemach anlockt und der eine oder andere eines unvorhergesehenen klinischen Aufenthalts bedarf. Jenen Besuchern, welchen noch kein körperliches Leid zuteil ist, kann auch mit Massagen und kosmetischen Maßnahmen der Aufenthalt erleichtert werden und, sollten auch diese nicht wirken, kann man zum Glätten etwaiger Falten opulente Pasta-Gerichte in Begleitung von stimmungsaufhellenden Getränken zu sich nehmen. Wie wunderbar für die Äskulap-Branche, Visagisten, die Gastronomie, aber auch für die kontrollierte Abgabe an Staat und private sizilianische Hilfsorganisationen, denen der Schutz von Hotels und Restaurants am Herzen liegt.

Nachdem einige Zeit verstrichen war, kam die Equipe der medizinischen Zunft zu keiner einheitlichen Meinung, da, wie gelegentlich beobachtet, drei Mediziner gerne auch mal fünf verschiedene Meinungen vertreten, welche durch Berufung auf diverse Literaturstellen zementiert wurden. Aufgrund kollegialer und verwandtschaftlicher Verbundenheit entschlossen sich die Weißkittel, den Patienten mittels Hubschrauber ins nächstgrößere Krankenhaus nach Neapel zu verlegen. Wohl auch eine Überlegung, dass der sich verschlechternde Allgemeinzustand des bekannten medizinischen Kapazunders[3] einen schlechten Ruf auf das Haus hätte werfen können. Die der Therapie sich verweigernde steigende Körpertemperatur ließ nichts Gutes ahnen.

Der Professor war mittlerweile wieder extubiert und konnte sich wieder ungehindert äußern. Etwas NADH hatte er immer dabei. Bemerkenswert war, dass sein Wundermittel, welches so vielen Menschen und auch bei ihm schon so gut gegen Energiemangel geholfen hatte, diesmal eine Verschlechterung auslöste.

---

3 Kapazität, Koryphäe

5 Es geht nach Hause

Mittlerweile hatte sich auch die alarmierte Ehefrau des Wissenschaftlers gemeldet. Alina S., ihr Künstlername, war eine gutaussehende Frau mit bemerkenswerter Körpergeometrie. Sie war durch ihren Mann, aber auch infolge ihres Bekanntheitsgrades als Künstlerin, in höchsten medizinischen Kreisen gut vernetzt und beraten. Ebenso kannte sie zahlreiche Heiler und Berufene der metaphysischen Szene, welche in unglaublichem Konsens mit der wissenschaftlichen Community zu einem Aufenthalt in einer neapolitanischen Einrichtung abrieten.

Nach längerer Konsultation mit den behandelnden Ärzten bestimmte sie den umgehenden Transport ins AKH, das renommierteste Wiener Klinikum, dem Epizentrum der medizinischen Allwissenheit. Mit Hilfe eines Bekannten und längeren Telefonaten mit der österreichischen Flugrettung sowie in babylonischen Sprachturbulenzen von Deutsch, Englisch, Italienisch und „Ischitano"[4] konnte ein Rückholflug vom Aeroporto Napoli-Capodichino organisiert werden. Den Hubschraubertransfer von Ischia nach Neapel lehnte die private Krankenversicherung mit der Begründung ab, dass sie keinen Vertrag mit einer privaten italienischen Flugfirma hätte.

Somit musste der Patient mit Krankenwagen und Fähre zum Festland gebracht werden. Mag die verlängerte Transportzeit seinem Allgemeinzustand nicht gerade

---

4 Dialekt in Ischia

zuträglich gewesen sein, aber Wertschöpfung der Versicherungsindustrie versus Patientenbedürfnis geht verständlicherweise vor. Schließlich hat man auch Kosten wie Vorstandsgehälter, Marketing, politische Lobbyarbeit und vorzeitige Ruhestandsgehälter etc.

6 Neapel, Magna Graecia

Um nicht noch mehr wertvolle Zeit zu verlieren, schoss der Krankenwagen als Erster mit Sirenengeheul von der Fähre und anschließend durch Neapels verstopfte Straßen. Mehrfach musste der Fahrer, unter Kundgabe übelster neapolitanischer Schimpfwörter, Vollbremsungen vollziehen. Eilbedürftige Taxis bemühten sich immer wieder, die Vorfahrtsregeln neu zu definieren, aber auch Fußgänger interpretierten das rote Licht der Fußgängerampel mehr als Empfehlung des Innehaltens denn als Vorschrift. Im Krankenwagen kam's daher immer wieder zur Neuarrangierung des Notfallsortiments. Mag das neapolitanische Verkehrschaos Leitbildfunktion für die Ordnung im Rettungswagen gehabt haben. Retter wie auch Patient wurden einem permanenten, nicht liquidationsfähigen Stressbelastungstest unterzogen, den sie in stoischem Großmut bestanden.

Als Neapel noch griechische Kolonie war, mag das Vorankommen bezüglich der Straßeninstandhaltung auch nicht besser gewesen sein. 2000 Jahre später, Karl Benz und Henry Ford sei's gedankt, war es die hohe Anzahl an

Benzin- und Dieseldroschken. Die Neigung zur Entropie[5] südländischer Verkehrsteilnehmer tat ein Übriges.

Trotz widrigster Verhältnisse schaffte es das Rettungsfahrzeug dennoch, den Flughafen in voller Integrität zu erreichen. Nach behördlicher Kontrolle der Insassen durfte es sich durch eine Nebeneinfahrt dem Rollfeld nähern, wo bereits ein Kleinwagen stand. Zur besseren Unterscheidung von etwaigen anderen Fortbewegungsmitteln war dieser in auffälligem Neongelb beklebt. Ganz im Interesse von Rettungsmannschaft und Patient leuchtete auf dem Dach des wegweisenden Airport-Flitzers der freundliche Hinweis „Follow me".

Gemeinschaftlich setzten sich die Fahrzeuge in Bewegung. Vittorio, der Fahrer, summte bei Betrachtung der Leuchtschrift intuitiv den gleichnamigen Schlager von 1978. Amanda Lear, die von der tiefen androgynen Stimme her vermeintlich geschlechtsmäßig nicht richtig zuordnungsfähig war, hatte damit ihren größten Erfolg. Die Welt war noch nicht sprachlich „vergendert" und man musste auch noch keine Angst vor linguistischen Tugendmenschen haben. Die Diskobesucher waren von dem rauchigen Timbre der Stimme und der Botschaft „Follow me" einfach nur begeistert. Der Tanzpartnerin konnte man in erotischer Absicht die Botschaft ins Ohr flüstern, um den avisierten weiteren Verlauf des Abends anzuempfehlen.

Als sich die geborene Amanda Tapp, gegen sicherlich nicht zu geringe Vergütung, für die Fotografen des Playboy-Magazins entkleidete, sollen kundige Ärzte

---

5 Das Maß für die Unordnung in einem System

mittels Lupe versucht haben, aus der Wuchsrichtung der Schambehaarung eine eindeutige Geschlechtszuordnung zu ermitteln. Vermutlich ein übles Gerücht. Wenn nicht, dann ungefähr so hilfreich wie die Windhose am Flughafen, um bei startenden Flugzeugen den Zielflughafen zu ermitteln. Es ist doch immer wieder erfrischend, wie sich vermeintliche Spezialisten zum Deppen machen.

Letztendlich war die mystische Stimme ein PR-Gag, Amanda hielt sich nämlich selbst für eine schlechte Sängerin und konnte dies in der tiefen Lage besser übertönen. Dem Diskopublikum war das allerdings egal. Man hatte eine Gegenbewegung zum Glamrock der 70er gefunden, als sich Männer betont feminin kleideten. Übrigens war Amanda Lear – die Muse des Malers Salvador Dalí – auch in anderen Berufen sehr erfolgreich.

7 Übergabe

Es dauerte nun auch nicht mehr lange, bis man den ebenfalls quietschgelben Ambulanzjet erreichte. Davor standen Herren im neuesten Rettungsdesign Rot-Gelb mit silberfarben reflektierenden, aufmerksamkeitsbetonenden Applikationen an den Extremitäten sowie heckseitiger Beschriftung, welche die Wichtigkeit der Person an andere vermittelt. Die vielen aufgenähten Taschen waren vermutlich vorgesehen, um im Krisenfall das gesamte Sortiment einer Notaufnahme mitführen zu können. Im Cockpit sah man zwei Köpfe, die ihren Blick wechselweise nach unten oder auf Anzeigeinstrumente richteten, wohl der übliche, international vorgeschriebene Kontrollvorgang, der die Flugsicherheit garantiert.

Obwohl das Flugrettungsteam vorab informiert war, folgte ein kurzes Übergabegespräch in einer Mischung aus Englisch, Italienisch, Neapolitanisch und bei nicht memorisierten[6] Vokabeln auch in Körpersprache. Um etwaige Missverständnisse zu reduzieren, übergab der begleitende Inselarzt ein Rettungsprotokoll mit allen Vitalwerten sowie einen in perfektem Englisch geschriebenen Arztbrief, der wohl angesichts der vorherigen multilingualen[7] Kommunikation möglicherweise der Feder von ChatGPT, einer Art Wörtermautstelle, entstammte. Da sage noch einer, dass die moderne Informatik keine Vorteile hat. Dennoch sollte man gewisse akademische Grundkenntnisse besitzen, um der Geschwätzigkeit und epischen[8] Verwirrungen der Wortfabrik Einhalt zu gebieten. Nicht immer spenden medizinische Datenbanken, sondern auch mal die Regenbogenpresse das angeforderte Wissen. Alles in allem jedoch eine geschmeidige und komplikationslose Übergabe des Patienten.

Die Besitzverhältnisse zwischen österreichischer und italienischer Rettungsorganisation waren noch zu berücksichtigen, weshalb der Patient auf eine Trage des Flugzeuges umgelagert werden musste.

Dabei entstand jedoch ein leichter Kollateralschaden. Durch das engagierte, jedoch unkoordinierte Anheben des Patienten durch zwei Akademiker und drei Sani-

---

6 Auswendiglernen
7 Mehrsprachig
8 Besonders umfangreich in Länge und Tiefgründigkeit

täter befreite sich die Infusionskanüle zwanglos vom Patienten. Eine Mischung aus Blut und Kochsalzlösung ergoss sich über den Boden, was dem Flugsanitäter ein „Hoppala", den italienischen Hilfskräften ein „Oh caro" und dem bayerischsprachigen Arzt Dr. Hundlinger ein gutturales „Scheiße" entlockte. Unmittelbar eine neue Infusion auf dem Flugfeld zu stechen, war nicht möglich. Das Zeitfenster für den Abflug war gekommen und der Pilot forderte die Equipe der Ratlosigkeit mit dirigentenhafter Penetranz zum Einstieg. Also, beschleunigtes „Goodbye" und im Allegretto[9]-Takt den hilflosen Professor im Fluggerät verstauen.

Nahezu gemütlich rollte dann der Jet auf die Rollbahn, hielt kurz inne, um dann vom Tower den Befehl „cleared for take-off" gehorsam auszuführen, oder wie Hundlinger sagen würde: „Schleichts euch". International wäre dies leider nicht kommunizierbar. Bayerisch hat sich aufgrund der unvorhersehbaren Grammatik und des Vokabulars erstaunlicherweise nicht zur Weltsprache entwickelt.

Hätte der bayerische Sprachkonservator Andreas Schmeller, der 1785 in Tirschenreuth/Oberpfalz geboren wurde, seinen politischen Einfluss als späterer Professor an der Ludwig-Maximilians-Universität in München stärker eingesetzt und sein vierbändiges Werk „Bayerisches Wörterbuch", das in der Zeit von 1827–1837 entstand, intensiver promotet und seinen bayerischen Mäzen Kronprinz Ludwig I. dazu bewegt, dieses an den

---

9 Italienisch: etwas schnell, bewegt, munter, fröhlich

Schulen als Pflichtlektüre einzuführen, wäre es sicherlich ganz anders gekommen.

Nun denn!

Nachdem das Flugzeug sich in stabiler Flugposition bewegte und der begleitende Rettungssanitäter Andrei Albescu alle Utensilien zur erneuten Anlage der Infusion bereithielt, diese auch gleich selbst stach, hantierte Dr. Hundlinger mit einer flexiblen Kanüle am Handgelenk des Patienten, um einen arteriellen Zugang[10] herzustellen, quasi die Krönung rettungsmedizinischer Fertigkeit. Als „altem Hasen" gelang ihm das auch auf Anhieb und er verband das Ende der Kanüle mit einem Sensor zur arteriellen Blutdruckmessung.

Vervollständigt wurde die Elektrifizierung des Patienten mit EKG und Sauerstoffsättigungssensor am Finger. Was allerdings am Überwachungsmonitor erschien, trieb dem Arzt die Schweißperlen auf die Stirn und war von normalen Vitalwerten weit entfernt. Der Patient selbst hatte einen hochroten Kopf und Zeichen der erhöhten Wärmeabgabe. Die Herzstromkurve legte immer wieder eine Pause ein oder registrierte Herzschläge zur Unzeit. Der Sauerstoffgehalt der roten Blutkörperchen lag trotz Sauerstoffgabe bei 70 Prozent und der Blutdruck senkte sich unter 100 mm Hg.

Jetzt kam hektische Aktivität im Passagierraum auf. Ein Ambulanzjet des ÖAMTC ist annähernd wie eine Intensivstation ausgerüstet. Das der medizinischen Si-

---

10 Im Gegensatz zur Punktion einer Vene ist das Anstechen einer Arterie häufig schwieriger und wird vorwiegend dazu verwendet, um Messdaten aus den Blutgefäßen zu gewinnen, die direkt vom Herz kommen

tuation geschuldete übliche Vorgehen war jetzt geboten: Blutabnahme der Laborwerte, Optimierung der Flüssigkeitszufuhr und intensivierte Sauerstoffzufuhr.

Wien war noch eine Stunde Flugzeit entfernt. Eine Ewigkeit, wenn's pressiert. Aber auch dort war man noch nicht am Ziel, sondern musste auch noch mit dem Rettungswagen 20 bis 30 Minuten vom Flughafen Schwechat ins AKH fahren oder mit dem Hubi[11] fliegen, was allerdings mit Umladen, Start- und Landevorgang genauso lange benötigen würde.

Abermals entfuhr dem begleitenden Notarzt Dr. Hundlinger das Sch-Wort. Alternativen wie Mailand oder München waren von der Zeit her auch keine Option.

Hundlinger kannte den Professor seit Jahren. Eigentlich war er ihm zum Freund geworden. „Er darf nicht sterben", so kreisten die Gedanken durch die Windungen seines Großhirns. Der sonst so „coole" Notfallmediziner registrierte eine innerliche Angst, aber auch Wut auf sich, dass er momentan keine Lösung für einen ihm seelisch nahestehenden Menschen fand.

8 Don't Pay the Ferryman

Manchmal hatte er heimlich und nicht leitlinienkonform bei Reanimationen dem Patienten NADH in die Mundhöhle geschoben, sodass die Substanz über die Schleimhaut aufgenommen werden konnte. Als Anäs-

---

[11] Umgangssprachliche Kurzform für Hubschrauber

thesist genoss er den Ruf, dass er viele Menschen aus dem Jenseits zurückholte. Wie konnte Pirkhofer, ein so großartiger Wissenschaftler, der sein Leben nur dieser einzigen Substanz gewidmet hatte, vor seinen Augen die Fahrt über den großen Styx antreten? Der Fluss in der griechischen Mythologie, der das Reich der Lebenden vom Reich der Toten abgrenzt. Hundlinger sollte jetzt Gehilfe des Charon werden, dem Fährmann, welcher die Toten gegen einen Obolus über den Fluss schiffte. Die Gedanken in ihm überschlugen sich und unvermittelt fiel ihm der Text des 1982 veröffentlichten Liedes von Chris de Burgh ein: „Don't Pay the Ferryman". Ein Weltschlager aus seiner wilden Jugend, wo es sinngemäß heißt, sei vorsichtig und vertraue nicht dem Fährmann, zahle nicht, bevor du den Fluss überquert hast.

Dieses Bild und der Text im Kopf motivierten Jochen Hundlinger so sehr, dass er die Flüssigkeitszufuhr erhöhte und seinen Assistenten Andrei zurief, er möge eine fiebersenkende Injektion vorbereiten.

Gleichzeitig forderte er Kühlpacks ein, welche er um die Beine des Patienten verteilen wollte.

Tatsächlich stabilisierte sich nach einer Weile der Zustand und der Notarzt forderte den Copiloten via Bordtelefon auf, sofort den Tower in Wien zu verständigen, dass man mit einem sterbenden Patienten landen würde und deshalb Vorrang wie bei einer Notlandung einfordere. Ebenso forderte er den ÖAMTC-Hubschrauber an, welcher am Ende der Piste bereitstehen solle. Die Transferzeit ins Krankenhaus wäre vielleicht doch kürzer. Vorab informierte er auch die Kollegen der Intensivstation, dass sie sich vorbereiten konnten und ein Intensivbett mit Beatmungsplatz bereithalten sollten.

„Don't Pay the Ferryman", so rotierte der Text in Dauerschleife in seinem Kopf, lass ihn nicht sterben, bleib am Ufer, geh nicht auf den Kahn, „Don't Pay the Ferryman", bleib hier.

Wieso hatte der Professor nur so hohes Fieber und wieso zuckten die Muskeln. Es gab keinen Hinweis auf eine Infektion. Was konnte nur die Ursache sein und wieso hat es den Professor so abrupt auf dem Kongress befallen? Sein alter Pschyrembel[12], die Bibel medizinischen Wissens, kam ihm dabei in den Sinn und er erinnerte sich, dass nicht nur Keime so eine Symptomatik auslösen konnten, sondern auch chemische Substanzen. Jetzt fiel es Jochen Hundlinger wie Schuppen von den Augen. Klar, das war eine maligne Hyperthermie[13], eine lebensbedrohliche Erkrankung, welche durch unkontrollierte Calciumfreisetzung zum Zucken der Muskelfasern und damit in Folge zur massiven Überwärmung des Körpers führt. Die Energiefabrik in den Mitochondrien spielt verrückt und entgleist. Durch das ständige Zusammenziehen der Muskeln steigen die Kaliumwerte im Blut, was ihm schon beim Übergabeprotokoll in Neapel auffiel. Diese äußerst seltene Erkrankung konnte durch Narkosemittel ausgelöst werden und man konnte sie anhand der Symptome des Muskelzitterns, der hohen Körpertemperatur und der Laborwerte diagnostizieren. Alles passte! „Don't Pay the Ferryman!", kreiste es in seinem Kopf. „Der Fährmann soll kein Geld bekommen. Mein

---

12 Medizinisches Wörterbuch
13 Lebensbedrohliche Überwärmung des Körpers gegen das Thermoregulationssystem

Freund darf nicht ans andere Ufer des Charon gelangen."
Hundlinger fragte sich: „Wie passt das alles zusammen? Der Professor hatte doch keine Narkose bekommen und wieso wurde all dies jetzt so massiv?"

Sicherheitshalber entnahm er nochmals eine Blutprobe, welche er für sich und unbemerkt vom begleitenden Sanitäter in seiner Brusttasche verstaute. Anschließend nahm er Kontakt mit der Klinik auf, man möge das einzig wirksame Medikament gegen maligne Hyperthermie – Dantrolen – umgehend besorgen und der Hubschrauberbesatzung mitgeben. Diese Substanz würde das Zucken der Muskeln beenden und die Körpertemperatur normalisieren.

9 Wien – Schwechat

Wenige Minuten später kam aus dem Cockpit die Information, dass man mit dem Landeanflug beginne. Die Landebahn 08/26 war vorübergehend für den allgemeinen Flugverkehr gesperrt und nur für das Ambulanzflugzeug reserviert. Von den Tragflächen drang das Geräusch der Hydraulik und das Rauschen der nun ausgefahrenen Landeklappen herein. Durch die Fenster sah man die Häuserzeilen von Wien, die wie kleine ausgestreute Legosteine näherkamen. Rasch wandte sich die Nase des Jets den wegweisenden Lichtern des heimischen Flughafens zu, um geschmeidig auf dem Landeasphalt aufzusetzen und trotz gebotener Eile dem zugewiesenen Landeplatz langsam zuzurollen.

Am Ende stand auch schon der gelbe ÖAMTC-Hubschrauber bereit und davor standen wiederum ein Rettungssanitäter und der Notarzt Dr. Hubert Ilg, welcher, obwohl er als Oberarzt in der Anästhesie gut verdiente, mit seiner Tätigkeit als Flugarzt sein Monatssalär nochmals erhöhte. Menschlich gut verständlich, denn zwei Kinder und eine geschiedene Ehefrau sind halt ein teures Hobby, wenn man nicht bedenkt, dass der Besuch im Schoße anderer Erdbewohnerinnen den wirtschaftlichen Ruin nach sich ziehen kann.

Nachdem der Patient und die medizinischen Begleiter aus dem Learjet auf dem Rollfeld erschienen, begrüßten sich die beiden Kollegen distanziert und kühl mit den Worten „Servus Jochen" und „Servus Hubert". Hundlinger fragte in makellosem bayerischem Dialekt: „Hast as Dantrolen dabei?" Worauf Ilg im leicht wienerisch gestelzten Ton antwortete: „Wofür brauchst denn das?" Er hakte sarkastisch hinterher, ob er ob seines langjährigen ärztlichen Erfahrungsschatzes nicht in der Lage sei, mit ein bisschen Fieber zurechtzukommen. Diese Worte führten allerdings bei Kollege Hundlinger zu tsunamiartiger Adrenalinentleerung seines Nebennierendepots mit den Folgen von erhöhtem Blutdruck und Pulswerten und einem aufsteigenden Kribbeln im Rücken, was ihn schon früher in unkontrollierte Verhaltensweisen und daraus folgende Schwierigkeiten führte. Er musste sich deshalb schon einmal eines behördlich verordneten Antiaggressionstrainings unterziehen. Normalerweise hätte es an dieser Stelle des Diskussionsbeitrages einen Schlag sowie eine Staubwolke gegeben und ein Paar Schuhe wären möglicherweise allein vor ihm gestanden (der Leser möge an dieser Stelle verzeihen, dass der Autor ein begeisterter Leser von Asterix und Obelix war). Die reduzierte Form der Antwort wäre zumindest ein Satz warmer Ohren gewesen. Doch Hundlinger reduzierte sich auf einen hochroten Kopf in Angedenken der stattgehabten Neuprogrammierung seines Aggressionszentrums, aber auch altersbedingter Absenkung seines Testosteronspiegels. Angedenkens dessen versuchte er in erhöhtem Dezibelwert seinem Kollegen nochmals die Situation zu vermitteln, dass es sich bei der Erkrankung um eine maligne Hyperthermie handle und das einzig lebensrettende Medikament das Dantrolen sei. Der Belehrte antwortete jedoch in herausforderndem Tonfall: „Haben Herr Professor sich mal ausnahmsweise wieder über das aktuelle Ärzteblatt von 1985 informiert?" In Erwartung eines demnächst erfolgenden verbalen Erdbebens im Bereich der Richterskala 9 bis 10 fügte er noch hinzu, dass eine maligne Hyperthermie ein seltenes Ereignis sei, das bei Narkose auftreten könne. Kulminierend fügte er hinzu, ob Herr Professor Hundlinger etwa eine solche am Patienten durchgeführt habe. Diese Worte führten jetzt bei Jochen Hundlinger zum endgültigen synaptischen Kontrollverlust und zum reflektorischen Kontrahieren seiner rechten Hand und Anspannen der gesamten handlungskompetenten Muskulatur, um den finalen Todesschlag auszuführen. Im letzten Augenblick konnte dann sein Großhirn an darunterliegende Strukturen noch den Funkspruch absetzen, dass in Rücksichtnahme seines weiteren Lebensweges die dringend notwendige Reaktion an das Sprachzentrum umzuleiten sei.

Deshalb quollen nun aus Hundlingers Mitteilungsorgan in sonorem Bass und gefühlten 120 Dezibel: „Dir ham's wohl in's Hirn gschissen, du Zipfiklatscher." Frei übersetzt laut bayerischem Wörterbuch: Dem Gehirn seien wohl statt Blut Fäkalreste zugeführt worden.

Es folgte ein weiterer Schwall an Formulierungen, bei denen selbst hartgesottenste Zuhälter erröten wären und dieses Buch auf die Verbotsliste für Jugendliche unter sechzehn setzen würden.

Ilg wiederum hatte sein Ziel erreicht, denn er wollte dem Kollegen zu einem Karrierebruch verhelfen, um dann vielleicht leichter den schweren Weg in den medizinischen Olymp eines Primars aufzusteigen. Höhnisch grinsend sagte er zu Hundlinger: „Das hat Konsequenzen! Du weißt schon, Meldung an die Ärztekammer, Personalvertretung und natürlich an den Chef, der sehr wohl von deinen früheren Entgleisungen Kenntnis hat. Vielleicht fühlst du dich dann wieder wohler, wenn du in einem netten kleinen Krankenhaus im Burgenland deine berufliche Erfüllung findest oder besser noch bei der Pensionsversicherungsanstalt über die Begehren von Rentenneurotikern dein Urteil abgeben darfst." Nun, Zeugen über die verbale Inkontinenz gab es genügend: 4 Piloten und 2 Sanitäter hatten schließlich dem Wortgemetzel andächtig und aufmerksam gelauscht, denn der kollegiale Meinungsaustausch hatte doch einen sehr hohen Unterhaltungswert. Wann kann man schon einem wissenschaftlichen Disput so Firstline verfolgen und auch Sprachwissenschaftler sowie Psychologen hätten sicherlich einen Erkenntnisgewinn.

Hundlinger sah sich in die Enge gedrängt und widmete sich nun wieder dem Patienten. Allerdings hatte dieser keine Zeit mehr gehabt, um noch länger auf das Dantrolen zu warten und hatte sich dem Fährmann Charon anvertraut. Zum Beweis für die Abfahrt über den Fluss Styx verabschiedete sich das EKG mit einer Nulllinie, nach dem Motto: „Wenn zwei Experten sich streiten, stirbt ein Dritter."

10 Über den Styx begleitet

Schlagartig kehrte in den Austausch verbaler Unfreundlichkeiten Ruhe ein, begleitet von hektischen Aktivitäten der Ärzte und Sanitäter. Sofort begann einer der Retter mit der Herzdruckmassage.

Der immer wieder eingeübte Algorithmus der kardiopulmonalen Wiederbelebung lief bei dem Team wie im Schlaf ab. Neben dem Patienten knien. Eine Hand in der Mitte des Brustbeins aufsetzen und die zweite Hand darauflegen, 30-mal den Brustkorb ungefähr 5 Zentimeter eindrücken und dies relativ schnell mit einer Frequenz von 120 x pro Minute. Dann zweimal die Beatmung. Dieser Zeitraum ist so entscheidend für den Erfolg der Wiederbelebung. Bei anderen Situationen ist der Laienhelfer der wichtigste Faktor in der erfolgreichen Rettungskette. Es könnten so viel mehr Menschen ohne nachhaltige Schädigung des Gehirns ins Leben zurückgeholt werden, wenn engagierte Ersthelfer eingreifen und nicht erst auf den Notarzt warten würden.

Hier waren jedoch schon zwei geschulte Ärzte und zwei Sanitäter vor Ort, welche sehr schnell die Herzdruckmassage, Intubation und Beatmung einleiteten.

Ilg forderte, den Defibrillator zu aktivieren, was bei einem Nulllinien-EKG eher von geringer Erfolgsaussicht war und eher der Vorbereitung zu einer Grillparty vermuten ließ. Wie aus dem Namen des Gerätes hervorgeht, soll es das Flimmern oder das Muskelzucken des Herzens wieder in ein geordnetes, rhythmisches Zusammenziehen des Organs führen. Entscheidend dabei war auch, eine gute Leitfähigkeit zum Körper herzustellen, weshalb man normalerweise die Elektroden großflächig mit einem leitenden Gel bestrich. Ilg hingegen begnügte sich mit einer eher geringen Menge, etwa wie man Zahnpasta auf einer Zahnbürste verteilt. Den mahnenden Hinweis eines der Sanitäter tat er mit dem Hinweis ab: „Das verteilt sich schon". Bei schlecht leitendem Elektrodenkontakt kam es nämlich zu intensiven Hautverbrennungen.

Dann kam der Befehl an alle „Hände weg", sodass beteiligte Personen keinen Stromschlag erleiden sollten. Ilg drückte den Auslöseknopf, doch das Gerät reagierte nicht. Das innewohnende Kontrollzentrum, eine künstliche Intelligenz, sah keinerlei Anlass, dem Vorhaben des Mediziners nachzukommen. Sehr ärgerlich für Ilg, dass sich eine so niedere Instanz über seinen Willen hinwegsetzte. Derweilen beschäftigte sich Hundlinger schon mit dem Aufziehen einer Ampulle Adrenalin, um diese zu injizieren. Im EKG ein kleiner Ausschlag, sonst nichts. Auch eine weitere Injektion konnte daran nichts ändern. Zu guter Letzt versuchte er noch, eine Tablette NADH in den Mund zu schieben, aber auch seine Geheimwaffe konnte sein Ziel nicht mehr erreichen. Nach einer halben Stunde gab das Team auf. Professor Pirkhofer hatte endgültig das andere Ufer des Styx erreicht.

Der erschöpft wirkende Jochen Hundlinger sprach leise: „Die einzige Chance wäre das Dantrolen gewesen." Ilg war, für ihn untypisch, auch sehr schmallippig geworden und meinte, dass dies noch nicht bewiesen sei, eine Schutzbehauptung, weil er vielleicht auch in seinem narzisstischen Inneren begriff, dass er vermutlich alles „versemmelt" hatte.

Das Flugfeld musste jetzt schnell geräumt werden und so orderte Hundlinger einen Flughafenkrankenwagen herbei und tat dabei so, als ob man noch in der Reanimationsphase sei, da man keine Leichen mit einem Rettungswagen transportieren darf. Erst am Eingang der Flughafen-Ambulanz stellte er die Beatmung ein und gab bekannt, dass der Professor verstorben sei. Ilg hingegen entschwebte mit dem Heli zu seinem Standplatz am AKH.

Noch lange saß Jochen Hundlinger neben dem Professor. Eine große Traurigkeit überkam ihn, die Gedanken kreisten. Zögerlich füllte er die Notfallpapiere aus und plötzlich war es wieder da, das Lied von Chris de Burgh, „Don't Pay the Ferryman". Er pfiff es, fast unhörbar, leise vor sich hin und der Refrain erschien vor seinen Augen: Don't pay …

Er dachte über den Text nach. So oft hatte er es in jungen Jahren gehört und auch danach getanzt, aber über den Sinn des Top-Hits nie genau nachgedacht. Aufgrund seiner humanistischen Ausbildung wusste er, dass es eben um den in der griechischen Mythologie bekannten Fluss Styx ging, über den der Fährmann die Lebenden ins Reich der Toten brachte. Aber warum hieß es, dass man den Fährmann nicht bezahlen sollte, bis man am anderen Ufer angekommen war? Und da kam die Assoziation: Klar. Wie bei Handwerkern, die man erst nach vollständig erbrachter Leistung bezahlen sollte, da sie sonst gerne auch mal zur Verzögerung des Vorhabens neigen.

Hatte er eigentlich seine Leistung vollständig erbracht? Ein völlig gesunder Mann, zwar im dritten Lebensabschnitt, bricht auf der Bühne zusammen und entwickelt Symptome einer malignen Hyperthermie, die sich nicht erklären lässt. Ganz klar, das passt nicht zusammen – don't pay the ferryman, until he gets you to the other side.

Er griff zu seinem Funkfernsprecher – er verabscheute Denglisch, diese verstümmelte Mischsprache, und trieb ironischerweise gerade deshalb seine eigenen Späße damit, indem er lieber einen altmodischen, aber auch nicht wirklich besseren deutschen Begriff benutzte. Dann wählte er die Nummer der Kriminalpolizei Wien. Während das Freizeichen erklang, nahm er das Formular zur Todesbestätigung zur Hand und setzte ein Kreuz bei „Nicht natürliche Todesursache".

11 Ein Ungemach kommt selten allein

Nach nur zwei Stunden erschien Chefinspektor Amonn, ein Mittfünfziger mit dem Körperprofil einer weit fortgeschrittenen Lebensmittelschwangerschaft, die vermittels Ottakringer Hopfenblütenaufgüssen die Ausbauphase seines mittleren Ringes nochmals beschleunigt hatte. Laufen und schnelle Bewegungen kommentierten seine Lungenflügel mit erhöhter Atemfrequenz und einem im Kehlkopf entstehenden Luftwirbel. Bei Orgelpfeifen durchaus erwünscht. In diesem Fall ließ es auf ein hochstehendes Zwerchfell schließen, da jenes durch Bauchfett zur Emigration in den Brustkorb gezwungen wurde. In dem breiten Gesicht fand sich zwischen zwei schweinsaugenähnlichen Wahrnehmungsorganen ein imposanter Riechkolben. Eine vermeintliche Ähnlichkeit zum Obelix-Double Gérard Depardieu war nicht ganz abwegig. Hundlinger diagnostizierte es akademischer als Rhinophym. Dessen Ursache ist nicht zwingend der Hinweis auf chronischen Alkoholkonsum. Bei Amonn war jedoch die Kausalität nicht zu verleugnen. Sein tägliches Engagement zum Erhalt der Arbeitsplätze in der Ottakringer Brauerei war aufopferungsvoll. Mit den jahrelangen Investitionen in seine Energiespeicher ging er auch betont sorgfältig um und vermied sinnlose Verbrennungsvorgänge seines Körpers, die durch Muskeltätigkeit entstehen könnten. Zur Absicherung dieses Stammkapitals ließ er sich konsequenterweise mit einem Elektro-Caddy, vorgesehen für Gepäck oder Menschen mit Gehbehinderung, direkt zur Ambulanz transportieren. Vor der Tür befragte er noch den Caddy-Fahrer, wer denn der anfordernde Arzt sei, worauf er die Information erhielt, es sei ein gewisser Doktor Hundlinger. Dem Fragesteller entglitt darauf ein bemitleidenswertes Stöhnen: „Oje, der scho wieda, was wird des wieder für a Schmarrn sei." Als er eintrat, vermittelte sein Gesichtsausdruck auf der zehnstelligen Motivationsskala etwa eine 0 bis 1, was Hundlinger als schlechtes Vorzeichen wertete. Schon einmal hatte er bei einem Notarzteinsatz mit Amonn Kontakt. Damals hatte er bei einer 90-jährigen Patientin, die nackt im Flur eines Mehrfamilienhauses lag und unklare Verletzungen im Rachen sowie im Kehlkopf aufwies, auf den Leichenschauschein „Nicht natürliche Todesursache" angekreuzt. Nachdem er sich nach einer Woche bei

Amonns Dienststelle informieren wollte, was aus der Sache geworden sei, teilte man ihm mit, dass es keinen Anhalt für Unnatürliches gab. Auf die Nachfrage, er habe doch aufgrund des Verletzungsmusters und der Auffindesituation „Unnatürlich" markiert, teilte ihm die Sekretärin mit, dass er ja den Schein gar nicht ausgestellt habe, sondern dass dieser von einem Dr. Havlicek unterzeichnet sei. Amonn hatte die bei „Unnatürlich" üblichen umfangreichen Ermittlungsarbeiten abgekürzt und einen anderen Arzt hinzugezogen. Dieser vertraute den anamnestischen Angaben des Ermittlers und kam zur gleichen Meinung wie dieser. Schließlich muss man auch den knappen Personalbestand bei der Behörde berücksichtigen und mit den Ressourcen sorgfältig umgehen.

Dem Ordnungshüter drohte wie bei der letzten Begegnung mit Hundlinger auch diesmal wieder Ungemach. Nach Blick auf den Leichenschauschein, welchen er körpersprachlich mit dem Gesichtsausdruck des Hauptdarstellers einer griechischen Tragödie betrachtete, ordnete er die Überstellung des Verblichenen in die Gerichtsmedizin an, wo man ja viel genauer recherchieren könne.

12 Feierabend

Nachdem ein Bestattungsunternehmen die sterblichen Überreste von Professor Pirkhofer in einem Transportsarg verwahrt und dezent zu einem Hinterausgang des Flughafengeländes gebracht hatte, Oberst Amonn wohl dienstschlussbedingt sein Sozialprojekt in seinem Lieblingslokal fortsetzte, ließ sich Hundlinger von einem Taxi abholen und nach Hause fahren. Sein Dienst war schon mit dem Überführungsflug beendet. Einfach abschalten ging bei dem Erlebten nicht.

Ein Glaserl Gemischter Satz, dem typischen Wiener Wein, sowie Fernsehen, wo der bekannte Moderator Armin Wolf in der ZIB gerade einen Lokalpolitiker sprachlich tranchierte und als geistigen Appetitanreger zu sich nahm, konnten ihn von seinen Gedanken nicht ablenken.

Professor Pirkhofer, den er vor Jahren bei einem Kongress kennengelernt hatte, war ein großer stattlicher Mann mit außerordentlich charmanten, fast schon wienerisch höfischen Umgangsformen. Er hatte bereits ein langes, von Wissenschaft geprägtes Leben hinter sich. Mehrere in- und ausländische Professuren waren der Beweis dafür. Sein breites Wissen führte ihn jedoch immer wieder zu einer zentralen lebenswichtigen Substanz, dem NADH. Die Substanz, welche am Anfang der Energieproduktion steht und unser „Lebensfeuer" unterhält.

Dieser biochemische Prozess findet in kleinen, eiförmigen, aber auch schlauchförmigen Strukturen innerhalb der Zelle statt – den Mitochondrien. Der Name setzt sich aus den griechischen Wörtern „Mitos" (Faden) und „Chondrion" (Körnchen) zusammen, ein Begriff aus der Mikroskopie. Als Richard Altmann diese Zellorganellen im Jahr 1886 erstmals beschrieb, konnte er noch nicht ahnen, welche *essenzielle Rolle sie für das Leben spielen. Heute wissen wir: Mitochondrien besitzen ihre eigene Genetik, und Spuren von Bakterien-DNA deuten darauf hin, dass sie einst eigenständige Lebewesen waren – ein möglicher Hinweis auf die Entstehung organischen Lebens. Tatsächlich bestimmen Mitochondrien über unser Leben. 1957 prägte Philip Siekevitz den Begriff „Powerhouse of the cell" – das Kraftwerk der Zelle. Denn hier entsteht der Großteil unserer Energie. Der Treibstoff für den Körper heißt ATP (Adenosintriphosphat). Seine Produktion erfordert einen fünfstufigen biochemischen Prozess, bei dem NADH und $FADH_2$ als Wasserstofflieferanten fungieren. In der vierten Reaktionsstufe verbindet sich dieser Wasserstoff mit Sauerstoff – eine der effizientesten Formen der Energiegewinnung. Jede Zelle besitzt also ihre eigene Raffinerie. Oder besser gesagt: eine hochmoderne Recyclingfabrik. Denn der Körper verfügt über einen ATP-Vorrat von nur 250 Gramm – braucht jedoch in Ruhephasen täglich eine Menge ATP, die dem eigenen Körpergewicht entspricht. Ein 70 Kilogramm schwerer Mensch verbraucht also etwa 70 Kilogramm ATP pro Tag. Da das Molekül jedoch bis zu 300-mal recycelt wird, kann dieser Bedarf gedeckt werden. Der biochemische Prozess, der an der inneren Membran der Mitochondrien abläuft, wird als oxidative Phosphorylierung bezeichnet – kurz „Oxphos". Andere Bezeichnungen sind Atmungskette oder Elektronentransportkette. Doch mit steigender körperlicher Belastung, zunehmendem Alter oder im Krankheitsfall benötigt der Körper mehr Energie. In solchen Fällen kann eine gezielte Zufuhr von NADH das Defizit rasch ausgleichen.*

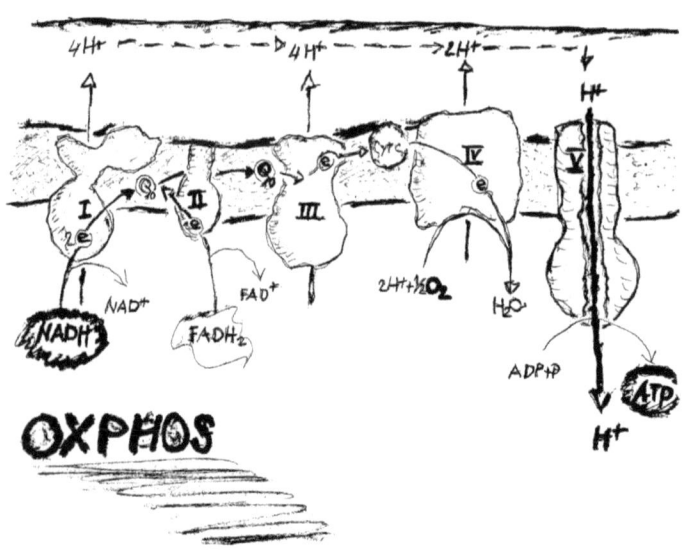

Dieser großartige Wissenschaftler war nun tot und die Umstände äußerst mysteriös. Hundlinger pfiff wieder den Song von Chris de Burgh. Hatte er seine Arbeit korrekt und gewissenhaft erledigt? Hatte er alles versucht, bevor der Professor das andere Ufer des Styx erreichte.

Da fiel ihm ein, dass er ja die Blutprobe heimlich in seinen Overall gesteckt hatte. Irgendwas müsste man doch nachweisen können. Der Amonn wird sicherlich alles versuchen, den Ermittlungsaufwand möglichst gering zu halten und wird die Gerichtsmediziner entsprechend informieren. Aber da gab es ja auch noch das Toxikologische Institut an der Uni. Die arbeiteten allerdings nur mit offiziellem Auftrag, da so eine massenspektroskopische Untersuchung auch nicht ganz billig ist. Allerdings kannte Hundlinger dort jemanden und wie von Geisterhand geführt glitt seine Hand zum Handy und fand im Speicher die Nummer seines ehemaligen Kommilitonen, der dort zunächst als Doktorand anfing, später dann Assistent war und, nachdem er einige erfolgreiche Publikationen vorweisen konnte, sich dann dort auch habilitierte und damit außerordentlicher Professor wurde.

Es dauerte nicht lange, da meldete sich am anderen Ende der Funkstrecke eine Stimme. „Wohlgenannt."

„Servus Jodok, da is da Jochen Hundlinger."

An der anderen Seite zunächst Schweigen, dann ein langgezogenes: „Da Hundlinger, da Rambo aus Bavaria. Wo bischd di ganze Zit gsi?" (Für Unkundige des Vorarlberger Wortschatzes: Wo warst du die ganze Zeit.) Hundlingers wahre Identität und Biografie war ihm allerdings nicht bekannt.

Obwohl Vorarlberg schon lange Teil der Republik Österreich ist, wird das „Ländle" in Wien bis heute oft mit einer gewissen herablassenden Haltung betrachtet – mehr als steuerzahlendes Anhängsel denn als gleichwertiges Bundesland. Zu dieser Wahrnehmung trägt nicht zuletzt die einzigartige sprachliche Landschaft Vorarlbergs bei, deren Verständnis ohne einen spezifischen Wortschatz kaum möglich ist. Ein Paradebeispiel ist die häufige Verwendung von „gsi" oder gar „gsi gsi", eine Formulierung, die phonetisch an den 14. griechischen Buchstaben **Xi** erinnert. Manch einer könnte in diesem Zusammenhang auch auf die Idee kommen, eine Parallele zum chinesischen Wort für „Westen" zu ziehen – was wiederum treffend die geografische Lage Vorarlbergs beschreibt.

Die sprachlich irritierten Wiener haben daraufhin ihr eigenes Etikett für das Brudervolk im Westen erfunden: **Xiberger**. Dieses Wort erscheint wie eine schräge Fusion aus Chinesisch und Deutsch, eine Art „Deunesisch". Diese kulturelle Sprachfusion schreit geradezu nach einer tiefergehenden wissenschaftlichen Untersuchung – selbstverständlich mit Fördergeldern aus dem Kultusministerium oder, noch besser, von der EU.

Doch die Vorarlberger lassen sich von all der Häme nicht beeindrucken. Ihre stille Rache am Rest der Republik zeigt sich in ihrer Landesverfassung, die in Artikel 1 festhält, dass Vorarlberg ein eigenständiger Staat ist. Während sich alle anderen Bundesländer bedingungslos der Republik Österreich unterordnen, lebt das Ländle zumindest auf dem Papier seine Eigenständigkeit aus – ein Detail, das die Vorarlberger mit spitzbübischer Freude hegen.

„Chapeau." Der Autor verneigt sich an dieser Stelle ehrfurchtsvoll vor der Vorarlberger Landesverfassung, in liebevollem Gedenken an die Parallele zu jenem kleinen gallischen Dorf, in dem Asterix und Obelix lebten.

Nach Austausch einiger Belanglosigkeiten wie: „Wie geht's deiner Frau?" oder „Was macht der Hund?" kam Hundlinger auf den Punkt.

„Du Jodok, ich bräuchte von dir mal a Blutanalyse. I hab heut den Professor Pirkhofer aus Italien gholt und in Schwechat san eam dann die Lichter ausganga."

Wohlgenannt: „Und was geht mich das an?"

Hundlinger: „I moan, den hams vergift."

Wohlgenannt: „Des muschd mit de Rechtsmediziner klären."

Hundlinger: „Geht ned, weil da Amonn bestimmt da schon einigstierlt hat."

Wohlgenannt: „Got trotzdem nüd, wer soll das zahlen?"

Hundlinger: „Du Jodok, kannst di no an die Promotionsfeier erinnern, wo ma so b'soffen warn? Da Beni hat ma damals a Video g'schickt, wo du und die Annamirl drauf seits. Jetzt hat's a Urologie-Praxis in Graz. Sie ist mittlerweile eine ausgewiesene Expertin für Männergesundheit und hat auch schon ein paar Bücher dazu gschrieb'n. Hat's richtig g'macht. Quasi aus ihrem Hobby an Beruf g'macht."

Bei diesen kryptischen Andeutungen knickte Wohlgenannt ein, um seinen guten Ruf in Wien und häuslicher Umgebung keinen Schaden zuzufügen: „Also gut, kommschd jetzt glich ins Inschdidud, i sitz no an am Gutachten." (Komm gleich ins Institut.) Der Austausch von Unannehmlichkeiten war nun genuggetan und das Gespräch fand abrupt ein Ende. Hundlinger wählte im Anschluss die Nummer der Wiener Taxizentrale, warf sich eine Jacke über und verstaute die Blutprobe in der Seitentasche. Es war schon spät geworden. Hundlinger ging vor seine Haustür. Wenig später erschien ein cremefarbener Toyota Hybrid mit grell erleuchtetem Taxischild. Nachdem er im Fond des Wagens Platz genommen hatte – der vordere Beifahrersitz war vermutlich für eine Fahrt zur Müllumladestation vorgesehen, da dort ein Gemisch aus leeren PET-Flaschen, Kürbiskernen und den ungeordneten Blättern der türkischen Sportzeitung Fanatik eingelagert war –, wies er dem Fahrer die Adresse an. Um die Fahrt für den Fahrgast so kurzweilig wie möglich zu gestalten, erklärte der Vertreter der osmanischen Benzindroschkenvereinigung in makellosem Türk-Deutsch die Vorteile eines Hybridfahrzeuges. Mit Hy könne man lange Strecken fahren, da dort zusätzlich Benzin erforderlich ist, und mit dem brid könne man innerstädtische Distanzen bewältigen. Er fahre auch nur Taxi, weil ihm das so viel Freude bereite. Eigentlich sei er Bauingenieur in Istanbul gewesen, doch sein Hang zu kostenbewusster Bauweise sei ihm fälschlicherweise als betrügerisches Engagement unterstellt worden. Dennoch, er könne jederzeit in Deutschland wieder eine Baufirma aufmachen und er habe sehr gute Beziehungen nach Berlin-Neukölln, dem Epizentrum osmanischer Hochkultur.

So mit positiven Nachrichten versorgt, erreichten sie das Toxikologische Institut, wo allerdings keine Zeichen von Arbeitsamkeit zu erkennen war. Das gesamte Gebäude starrte mit unbeleuchteten Fenstern auf Hundlinger herab. Also wieder der Griff zum Funkfernsprecher, um Jodok Wohlgenannt herbeizurufen, welcher auch alsbald im Türrahmen des Haupteingangs erschien und Hundlinger per Handzeichen bedeutete, sich schnell und unauffällig ins Innere der akademischen Einrichtung zu bewegen.

Nach nochmaliger ausführlicher Schilderung der Geschehnisse um Pirkhofer und seines Verdachts verließ der Mediziner genauso unauffällig wie zuvor das Institut und konnte die Heimfahrt ebenso kurzweilig mit einer circa 20 Jahre alten Mercedes E-Klasse antreten, dessen Fahrer ihm seine Biografie als türkischer Rechtsanwalt anvertraute. Er habe vielen Menschen mit seinem juristischen Rat schon helfen können, doch Taxifahren bereite ihm so viel Freude …

Es war spät geworden, als er in sein gemietetes 80-Quadratmeter-Haus im UNO-Viertel heimkehrte. Früher war die Gegend Überschwemmungsgebiet der Donau und Menschen mit eher beschränkten wirtschaftlichen Ressourcen lebten dort. Jetzt war es nach der Donauregulierung und der Renaturierung des Flusses zu einer Freizeitoase, aber auch zu einem Nobelviertel avanciert. In den am Donauufer liegenden Restaurationen trafen sich nicht nur Diplomaten und Mitarbeiter von Nachrichtenorganisationen, sondern in den etwas preiswerteren Biergärten auch Künstler, Studenten und einfache Leute im dritten Lebensabschnitt. Wozu Mallorca? Hier hatte man alles, was ein glücklicher Bewohner der Alpenrepublik benötigt. Ob es das Strandbad „Alte Donau" sei, wo man im Sommer den abgesackten Vitamin-D-Spiegel auf natürliche Weise wieder anheben konnte, oder ein Biergarten am Kaiserstrand, der einem die Möglichkeit bot, mit einer „Stelze"[14] in Begleitung eines Liters Ottakringer den Harnsäurespiegel und die Umfangmasse des Stelzenfriedhofs[15] auf Supranormalniveau zu halten.

In den teuren Lokalen des 22. Bezirks werden hingegen, getreu der europäischen Nationalhymne „alle Menschen werden Brüder", bei stimulierenden Schaumgetränken ertragreiche Handelsbeziehungen zwischen Russland und dem Rest der Welt revitalisiert. Aber auch Vertreter der organisierten Eigentumsumverteilung finden hier ihre Gesprächspartner. Politiker mit bester Reputation lassen sich dort ebenfalls gerne von Experten für steueroptimierte Anlagen auf den Cayman Islands nachschulen. Im Nachgang eines Arbeitsessens stehen dort auch gelegentlich freiberufliche Begleitservicemitarbeiterinnen zur Verfügung, die über fundierte Kenntnisse in Erster Hilfe bei testosteronbedingten, zwanghaften Befindlichkeitsstörungen verfügen.

---

14 Wienerisch: Schweinshaxe
15 Wortneuschöpfung für Bauch

*Freude schöner Götterfunken,
Tochter aus Elysium,
Wir betreten feuertrunken,
Himmlische, dein Heiligtum*

Wie konnte Friedrich Schiller 1785 nur erahnen, wie sein Gedanke der Freundschaft einmal im 22. Wiener Bezirk, dem UNO-Viertel, so intensiv gelebt wird.

Auch die, analog des lateinischen Sprichworts „Pecunia non olet", in freier Übersetzung „Gas stinkt nicht", selbst wenn es aus Russland kommt, wird in diesem Bezirk zum Wohle der Menschheit verhandelt.

Hier durfte Hundlinger als deutscher Emigrant leben. Eigentlich musste er dorthin emigrieren. Deutschland war für ihn zu gefährlich geworden.

13 Lebenslinie

Eigentlich hieß Jochen Hundlinger bis zu seinem 25. Lebensjahr Andreas Schmidt. Er wurde in einer mittelgroßen Stadt in der Oberpfalz geboren und wuchs als Einzelkind in einer gutbürgerlichen Beamtenfamilie auf. Der Vater war sehr streng, was die Mutter mit gluckenhafter Fürsorglichkeit auszugleichen versuchte. Nach dem Grundschulbesuch folgte der Eintritt in ein humanistisches Gymnasium. Jene Lehranstalt war klein und die Pädagogen hatten Sorge, dass man es schließen würde. Daher schickte man schon frühzeitig Abgesandte der Einrichtung in basispädagogische Erziehungsanstalten, um die frohe Botschaft zu verkünden, dass wahre Bildung ausschließlich die humanistische sei. Nebenfächer wie Chemie, Physik und Biologie hätten zwar einen gewissen Stellenwert, würden aber keinesfalls charakterbildende Eigenschaften beinhalten. Dies sei nur durch das Erlernen von Latein und Altgriechisch zu bewerkstelligen. Von nicht unerheblicher Bedeutung seien dabei auch altgriechische Dialektvarianten.

Mit dieser ethisch bedeutsamen Information versorgt, beschlossen die Eltern, den kleinen Andreas dort seinen weiteren schulischen Werdegang absolvieren zu lassen. Schließlich sollte er doch ein anständiger Mensch werden.

Auf dem Ausbildungsweg zum moralischen Idealmenschen fand sich im Lateinunterricht schon früh die Vokabel „bellum" – der Krieg. Später kam dann noch die erleuchtende Erkenntnis: „Si vis pacem, para bellum" hinzu. Ins Hochdeutsche übersetzt: „Wenn du den Frieden willst, bereite den Krieg vor", oder wie man im Bayerischen kurz und prägnant von einer „Präventivwatschen" spricht, um vermeintlichen Gegnern rechtzeitig nicht verhandelbare Umstände anzudeuten.

Der junge Andreas Schmidt entwickelte sich prächtig. Das charakterbildende Wort „bellum" hatte er verinnerlicht, doch insgeheim eignete er sich auch fundierte Kenntnisse in Physik und Chemie an – und setzte sie mit bemerkenswerter Kreativität in die Praxis um. Sein Interesse an elektromagnetischen Wellen als Kommunikationsmittel blieb jedoch nicht folgenlos. Eines Tages hielt ein Fahrzeug mit einer auffälligen Peilantenne vor dem Elternhaus. Gerade noch rechtzeitig gelang es ihm, einen selbst gebauten Sender verschwinden zu lassen – bevor das Peilteam der Post mit exekutiver Unterstützung Zutritt zum Anwesen erhielt. Der Fernsehempfang im

Viertel war durch seine Funksignale wohl regelmäßig gestört worden, doch offenbar reichten die physikalischen Irritationen noch weiter. Der nahe gelegene Truppenübungsplatz meldete erhebliche Störungen. Gerüchten zufolge war das Verteidigungssystem sogar in erhöhte Alarmbereitschaft versetzt worden.

Weitaus auffälliger verlief die propädeutische[16] Ausbildung zum Terroristen. Im fachlichen Austausch mit Schülern eines naturwissenschaftlichen Gymnasiums erfuhr der jugendliche Aspirant, dass eine 1:1-Mischung eines Unkrautvernichtungsmittels mit Zucker erhebliche Energie freisetzen könne und mit Hinblick auf den Wettbewerb „Jugend forscht" wollte er sich auch gleich qualifizieren. Beim Drogisten in der Innenstadt besorgte er sich das Unkrautmittel und beim Kolonial- und Gemischtwarenhändler ein Kilogramm Zucker. Die besagte 1:1-Mischung füllte er in eine wasserdichte Plastiktüte, lötete einen Eisendraht zwischen die Enden eines langen Klingeldrahtes und fügte diese Zündeinrichtung dem Pulver hinzu.

Als nächster Schritt war die Logistik gefragt, wo man am besten das neue Dienstleistungsprodukt platzieren könnte. Am geeignetsten schien ihm der nachbarliche Gemüsegarten, da man das zündungsauslösende Kabel sehr schnell zurückholen konnte. Außerdem hatte er im Geschichtsunterricht im Rahmen zum charakterbildenden Bellum-Experten gehört, dass man ähnlich einer Großnation interessante Versuche immer auf fremdem Territorium durchführt. Beispielhaft seien die ersten

---

16 Vorbereitung

Atombombenversuche auf dem Bikini-Atoll genannt, wo man der einheimischen Bevölkerung eine nachhaltig strahlende Zukunft angedeihen ließ.

Gedacht, getan. In einer mondlosen Nacht schlich sich der hoffnungsvolle Zauberlehrling aus dem Haus und zog den langen Klingeldraht vom Fenster seines Kinderzimmers unter dem Gartenzaun hindurch bis zum nahe gelegenen Gemüsegarten von Frau Gerstreiter. Eine pensionierte Lehrerin, der man nachsagte, sie habe mit ihrer martialisch-pädagogischen Strenge so manchen Schüler frühzeitig aus der Schullaufbahn katapultiert. Nebenbei stand sie im Verdacht, ihre Erinnerungen an nie erlebte erotische Begegnungen mit Likör zu kompensieren.

Somit stand moralisch gesehen der Versuchsanordnung nichts mehr im Wege. Zwei Kilogramm des weißen Pulvers ließen sich mühelos in der weichen Erde des Kürbisbeets vergraben. Zurück im Kinderzimmer hielt der ambitionierte Entwickler der nächsten Atombombe die blanken Enden des Klingeldrahts an die Pole zweier 9-Volt-Batterien. Ein kurzer Augenblick verstrich – dann riss eine ohrenbetäubende Detonation die nächtliche Stille entzwei. Blitzschnell zog der junge Forscher die verkohlten Drahtreste ins Zimmer, wickelte sie zusammen, verbarg sie unter der Matratze – und legte sich ins Bett, um sich schlafend zu stellen.

Nun waren Explosionsgeräusche in der Garnisonsstadt von nahe gelegenen Truppenübungsplätzen immer wieder mal zu hören, doch in dieser Nachdrücklichkeit hatte man dies noch nie erlebt. Nach eingekehrter Ruhe gingen in den Nachbarhäusern die Lichter an und die umliegende Bevölkerung fragte sich, ob das nun der Beginn des 3. Weltkrieges sei, der ja in den militärischen Einrichtungen regelmäßig geübt wurde. Oder sei es wieder einmal eine Gasexplosion, wie sie schon einmal durch ein marodes Gasleitungssystem der Stadt ausgelöst wurde. Damals führte das Einschalten einer Kühltruhe in einer Eisdiele am Rand der Altstadt dazu, dass sich jene in eine Eisbombe verwandelte und durch die umherfliegenden Fragmente mehrere Autos vorzeitig ans Ende ihrer Betriebsfähigkeit führte. Über Nacht hatte das inkontinente Gasrohrsystem so viel Gas in den kleinen Pavillon abgegeben, dass eine nur geringe elektrische Entladung genügte, um eine gewaltige Explosion auszulösen. Hollywoods Spezialeffektabteilung soll gerüchteweise großes Interesse für die Verantwortlichen der Performance gehabt haben.

Die Stadt verwandelte sich danach in eine allgegenwärtige Dauerbaustelle. Das gesamte Gasleitungsnetz musste ausgetauscht werden. Konservative Investitionsplanungen hatten das hundertjährige Gussrohrsystem trotz Warnungen völlig aus den Augen verloren. Möglicherweise hatte aber auch das Archäologische Museum dieses als unterirdisches Industriedenkmal vorgesehen.

Da man bei der Reinstallation der Versorgungsleitung das notleidende Tiefbaugewerbe nicht außer Acht lassen durfte, öffnete man zunächst die Erdschicht, um die historischen Rudimente der Energieversorgung in zeitgemäßere Versorgungsleitungen umzuwandeln. Sorgfaltshalber befand das städtische Tiefbauamt wenig später, dass möglicherweise auch die Wasserversorgung einer Renovierung bedürfe und somit einer Exhumierung der bereits verschlossenen Gräben nichts im Wege stünde. Doch nach urlaubsbedingter Reorganisation der Behörde und intensiver wissenschaftlicher Recherche stellte sich heraus, dass Versorgung auch Entsorgung nach sich zieht, was wiederum zum Anlass einer Neueröffnung des Erdreichs führte. Doch damit nicht genug. Vertreter der Telekommunikationsgesellschaft befanden, dass selbst in dieser wunderbaren, historisch wertvollen Stadt das Zeitalter des Datentransfers mittels Brieftaube ein Ende verdient hätte und Glasfaser vermittelte eilige Depeschen einem Empfänger zu übermitteln seien. Somit wurde, dem Fortschritt geschuldet, ein viertes Mal aufgegraben. Steuerzahlern und Verbrauchern sei an dieser Stelle nochmals aufs Herzlichste gedankt.

Langsam endete das Informationsbedürfnis der Nachbarschaft und die erleuchteten Fenster wurden allmählich weniger, bis auch im letzten Anwesen das Licht gelöscht wurde und sich auch der Letzte wieder seiner Ruhestätte zuwandte.

Am nächsten Tag war allerdings die Beschaulichkeit des Viertels beendet. Frau Gerstreiter, die bedingt durch ein erhöhtes Verkehrsaufkommen von Alkoholmolekülen in den gehirnzuleitenden Gefäßbahnen auch von einer Schießübung ausging, stand vor den Resten ihres Gemüsegartens, der nunmehr eher wie ein Truppenübungsplatz aussah. Dem Informationsbedürfnis geschuldet, standen zahlreiche Nachbarn am Zaun und konnten die Diversifizierung des Gemüseangebots auch nicht so richtig einordnen. Kürbisfragmente im Smoothie-Format, Salatblätter, Gurkenreste, welche ihren genetischen Fingerabdruck an diversen Hauswänden hinterlassen hatten, sowie ein tiefer Krater im Epizentrum der Selbstversorgereinrichtung waren offensichtlich die Folge des vermeintlich Dritten Weltkrieges. Um den Spekulationen zwischen Gasrohrleck, Meteoriteneinschlag und Terroranschlag Einhalt zu gebieten, rief die Gemüsezüchterin die Polizei. Wenig später erschienen mehrere Ordnungshüter, konnten sich die Neugestaltung des Areals auch nicht erklären und forderten einen Sprengstoffexperten an. Aber auch dieser kam nicht zu einem erhellenden Ergebnis. Mittels Schnelltest fand auch er keine Spuren militärischer Explosivstoffe. Ein paar Plastikreste waren zwar nachweisbar, was allerdings nicht den Befund von Plastiksprengstoff rechtfertigte. Einer der Nachbarn gab der Geschädigten den Rat, dass man der Situation durchaus auch Positives abgewinnen könne und nunmehr ohne Not und großen Aufwand einen Naturteich an dieser Stelle realisieren könne. Schließlich sei ja auch die Landesgartenschau in Planung und privates Engagement durchaus erwünscht.

Der Verursacher der chemiebedingten Umplanung des Geländes betrachtete das Geschehene aus seinem Fenster, packte seine Schultasche und ließ darin den aufgerollten Klingeldraht verschwinden. Auf seinem Schulweg musste er den durch die Stadt verlaufenden Fluss überqueren und übergab das Beweismittel beiläufig den bräunlichen Fluten.

Trotz behördlicher Investigation konnte man keinen Verursacher ermitteln und die Theorie des Meteoriteneinschlags konnte mangels seltener Erden oder gar unbekannten Gesteins auch nicht schlüssig geführt werden. Vielleicht waren es Gärgase der übervorsorglichen Düngung, zumindest eine plausible Arbeitshypothese, die man getrost der behördlichen Amnesie[17] überlassen konnte.

---

17 Gedächtnisstörung

14 Psychogramm

Mit 12 Jahren trug man dem braven und christlich erzogenen Buben die ehrenamtliche Tätigkeit als Ministrant an. Auch wenn er lieber in der Zeit Fußball gespielt hätte, beugte er sich dem Willen seiner Erzieher. Dies änderte aber vieles für ihn. Als er sich in der Sakristei vom Pfarrer verabschiedete – die anderen Ministranten waren schon weg –, zog ihn dieser zu sich, presste ihn an sich, gab ihm einen Kuss und griff ihm in den Schritt. Der Bub konnte sich nach kurzer Zeit entwinden und verließ fluchtartig das Gotteshaus. Ohne anzuhalten, lief er so schnell er konnte nach Hause. Dort angekommen, fand er nur seine Großmutter vor. Atemlos berichtete er ihr das Erlebte. Großmutter Anna war eine strenggläubige Katholikin und suchte fast täglich die Heilige Messe auf. Was ihr Enkel jedoch vortrug, war so ungeheuerlich, dass sie sich befugt fand, Schaden von der heiligen Institution abzuwehren. Sie holte aus und schlug derartig zu, dass ihr allerliebster Familienangehöriger gegen die Wand flog und zu Boden sank. Im Bayerischen benennt man diese Form von nachdrücklicher Züchtigung „Betonwatschen" oder als handlungsvermittelndes Verb: „jemanden eine betonieren".

Ihr Kopf schwoll hochrot an. Ungeachtet der damit bedrohlich erhöhten Blutdruckwerte schrie sie den am Boden liegenden Buben an, dass er von Gott verdammt sei, solche Lügen zu verbreiten. Sie zog den heulenden Buben an den Haaren hoch, bedeutete ihm, umgehend in die nächstgelegene Pfarrkirche mitzukommen und die Beichte abzulegen, um diese bodenlose Sünde ungeschehen zu machen.

Anschließend zog sie sich rasch etwas an, zerrte den Gedemütigten in ihren Kleinwagen und fuhr mit ihm zum Gotteshaus. Zuvor rief sie sicherheitshalber im Pfarrbüro an, ob ein Geistlicher zur Verfügung stünde.

In der Basilika angekommen, stieß sie den von Tränen überströmten Sünder vor sich her, welcher mittlerweile keinen Ton mehr von sich gab.

Vor dem Beichtstuhl stand Monsignore Seiler, der sich die Dringlichkeit des Besuchs nicht erklären konnte. Die immer noch vor Zornesröte glühende Glaubensdienerin nötigte ihren Enkel in den Beichtstuhl und bedeutete dem Geistlichen, dass bei ihrem Enkel seelische Gefahr in Verzug sei und umgehend die Höllenfahrt abgewendet werden müsse. Monsignore Seiler war ein hochbeliebter Pfarrer, der gerne auch mal einen Witz machte. Er war zwar ein seiner Organisation treu dienender Vertreter, dennoch verabscheute er Bigotterie und fand zu passender Gelegenheit auch kritische Worte gegenüber seinem Arbeitgeber.

„Gute Frau", sprach er, bei einer derart schlimmen Situation müsse er allein mit dem Kind sprechen und, so der Leibhaftige der notleidenden Seele entspringe, es wohl besser sei, wenn sie im Auto vor dem Hause Gottes warten würde. Nachdem ein Priester die Ernsthaftigkeit des Problems erkannt hatte, folgte sie demütig der Empfehlung.

Als Großmutter Anna die Basilika verlassen hatte, wandte er sich, ohne seinen Platz in der Sünderkabine einzunehmen, erst einmal dem Knaben zu. Mit ruhigen Worten fragte er: „Willst du mit mir sprechen?" Dieser schüttelte verneinend den Kopf, sein Vertrauen in die Institution und in nächste Familienangehörige hatte sich völlig aufgelöst. Der Geistliche verstand, dass auch er auf der schwarzen Liste des psychisch so Geschundenen stand. Um aus dem Blickfeld des Knaben zu verschwinden, setzte er sich auf seinen Platz im Beichtstuhl: „Willst du mir nicht erzählen, was passiert ist?" Keine Antwort.

„Du musst nicht beichten und wir können auch gerne an anderer Stelle sprechen oder du kannst mich jederzeit anrufen, auch nachts. Ich sag auch deiner Großmutter, dass du gebeichtet hast. Ich kann gut lügen, wenn es angebracht ist."

Anhand eines Schluchzens bemerkte Monsignore Seiler, dass doch die Restchance einer Kommunikation bestand. Eine Zeit lang herrschte Schweigen, doch dann kam aus der Sünderabteilung ein zittriges, leises „Ich habe wirklich nichts Schlechtes getan" und allmählich konnte der junge Mann in abgehackten Worten die Vorkommnisse schildern und wie seine Großmutter darauf reagiert hat. Jetzt kam betretenes Schweigen von der anderen Seite. Eine Zeit lang glaubte der Jugendliche, dass er wieder auf Unverständnis stoßen würde. Aber dann hörte er die leisen und fast unverständlichen Worte von der anderen Seite: „Du brauchst wirklich nicht beichten, das hätten andere sicherlich viel nötiger. Wenn du Wert darauf legst, kann ich dir die Absolution erteilen, denn du hast wahrlich nicht gesündigt. Darf ich mit dir vor dem Beichtstuhl sprechen?"

Mit so viel Verständnis hatte der junge Andreas nicht gerechnet. Vor dem Beichtstuhl standen sich der Knabe und Monsignore gegenüber. Der eine die eingetrockneten Tränen auf den Backen, der andere nunmehr selbst Tränen in den Augen. Seiler konnte all dies nur schwer ertragen und meinte, es ist wohl besser, wenn du nicht mit der Großmutter nach Hause fährst. „Ich sage ihr, dass ich dich noch in die Bibelstunde mitnehme und später kann dich der Leiter von der Sportgruppe heimfahren."

Es fiel ihm schwer, dem Buben in die Augen zu schauen, und er mochte ihm auch keine Hand geben, um körperlichen Kontakt zu vermeiden. Er wusste, dass sich zutiefst in der Seele des jungen Mannes eine neuronale[18] Lötstelle gelöst hatte. Das Unverzeihliche in dem jungen Leben war kaum wieder gut zu machen und dennoch müsste irgendwie das Geschehene verarbeitet werden.

„Du wartest hier am Eingang. Ich geh schnell zur Großmutter und sag ihr Bescheid, dass sie nach Hause fahren kann. Dann ruf ich den Koller Sepp an – unseren Sportreferenten – und frag ihn, ob er mit uns zum Wirt rübergeht."

Großmutter Anna war sichtlich erleichtert, als sie hörte, dass ihr geliebter Enkel nun doch nicht die Höllenfahrt von Dantes „Göttlicher Komödie" erleben musste. Höllenqualen, die der italienische Dichter 1321 niedergeschrieben hatte.

Alsbald erschienen der Koller Sepp und Monsignore Seiler wieder am Kirchenportal und schickten sich an, gemeinsam mit Andreas die gegenüberliegende Brauereigaststätte aufzusuchen.

In Bayern ist meist unweit der Kirche auch ein Wirtshaus, wo die männlich überreife Jugend gerne im Rahmen einer Henkelmesse die Heilige Messe überbrückt. Schließlich reiche es aus, wenn die begleitende Ehefrau sich den Segen abhole und anschließend den ausreichend

---

18 Das Nervensystem betreffend

hopfengestärkten Mann nach Hause bringen könne. Auf die Frage, über was der Pfarrer in seiner Predigt referiert hätte, konnte Frau Gemahlin meist auch keine Auskunft geben, denn die Atmosphäre in Anwesenheit des Heiligen Geistes war so ergreifend, dass eigentlich nur die Länge für das Rating[19] der Zeremonie zählte.

15 Kleine bayerische Psychotherapie

Als die Kellnerin an den Tisch trat, bestellte Monsignore dreimal saure Bratwürste und drei Halbe Bier.

Der Schmidt-Spross war zwar altersmäßig noch nicht dazu ermächtigt, eine so hohe Alkoholmenge zu sich zu nehmen, aber unter Kontrolle der Geistlichkeit konnte man dies schon mal riskieren, denn in Bayern zählt Bier zu den Nahrungsmitteln und es bestand ja auch eine Notfallsituation, in der eine höhere Dosis des Antidepressivums zu verantworten war.

Der Sepp fuhr dann, wie versprochen, seinen Anvertrauten nach Hause, wo die Eltern schon warteten und erstaunt waren, wie intensiv doch so eine Bibelstunde wirken konnte. Die Ausdünstungen ihres Sprösslings wiesen zwar nicht auf Weihrauch hin, Hauptsache, dass keine schwefelhaltige Kontamination aus Luzifers Höllenreich wahrzunehmen war.

Noch in der Nacht rief Monsignore Seiler seinen Bischof an und bat ihn eindringlich, dem Kollegen umgehend

---

[19] Engl.: Bewertung

ein überaus wichtiges Missionsprojekt am Amazonas zu übertragen. Er betonte, dass ein Aufschub in keiner Weise zu vertreten sei. Als der fromme Gottesmann und Leiter der Diözese nachfragte, warum ein derart plötzlicher Handlungsbedarf bestehe, schilderte Seiler ihm die gesamte Geschichte.

Doch der Bischof zeigte sich zunächst wenig geneigt, dem Vorschlag zu folgen. Der für seinen Kampfgeist und ausgeprägten Gerechtigkeitssinn bekannte Seiler reagierte daraufhin mit Nachdruck und unterstrich seine Forderung mit aller Vehemenz. Er wies darauf hin, dass die Presse stets ein offenes Ohr für Skandale habe, und falls die lokale Zeitung die Geschichte nicht aufgreife, kenne er durchaus Journalisten aus der linken Presse, die Interesse daran hätten.

Dem Bischof wurde klar, dass sein oberpfälzer „Don Camillo" es todernst meinte. Um größere Unannehmlichkeiten zu vermeiden, entschied er schließlich, Seilers Vorschlag anzunehmen.

Monsignore widmete sich von Stund an besonders der schulischen Entwicklung der angeschlagenen Seele. Doch die gelöste Lötstelle im Unterbewusstsein des Schülers erwies sich schnell als Dauerproblem. Andreas hatte ein ausgeprägtes Talent dafür, Ungerechtigkeiten nicht einfach hinzunehmen – was hin und wieder weniger in langen Worten als in unkontrollierten körperlichen Aktionen seinen Ausdruck fand.

Einmal hatte ein Schulkollege einen jüdischen Mitschüler als Judensau tituliert und hinzugefügt, ob man für ihn nicht bessere Verwendung in einem Steinbruch hätte, woraufhin Andreas, der das Gespräch mitbekam, unter Vermeidung langer klärender Worte eine solche Betonwatschen im Gesicht des Wortführers deponierte, dass ein HNO-Arzt die korrekte Ausrichtung der adressierten Nase wiederherstellen musste. Eigentlich konnte der junge Mann nichts für seine verbale Entgleisung, denn wenn einem der Opa, das große Vorbild, immer wieder von den Verbrechen der Juden an unserem Heiland erzählte, muss man ja schließlich auch einen persönlichen Beitrag zur Erhaltung des Christentums leisten.

Die Eltern erwogen zunächst, nach dieser außergerichtlichen Strafmaßnahme Anzeige wegen Körperverletzung zu erstatten. Doch die Schulleitung und die Schulpsychologin konnten sie davon überzeugen, dass ein solcher Schritt nicht nur dem Ruf der Schule, sondern auch ihrer eigenen Reputation den Makel des Antisemitismus eingebracht hätte. Am Ende einigte man sich pragmatisch auf die bayerische Formel: „A Watschn hat noch niemandem g'schad."

Andreas Schmidt war nunmehr unter regelmäßiger Beobachtung und Beratung der Schulpsychologin, was wirklich Strafe genug war.

Dann kam das Abitur, welches er mit einem Notendurchschnitt von 1,0 absolvierte. Großen Anteil daran hatte Monsignore Seiler, der ihm Lateinnachhilfeunterricht gab. Die anderen romanischen Fremdsprachen waren damit wesentlich leichter und Englisch war sowieso kein Thema, da sein Heimatort zwischen zwei amerikanischen Truppenübungsplätzen lag und somit der Kontakt zu amerikanischen Soldiers[20] gegeben war. Bei

---

20 Engl.: Soldaten

den naturwissenschaftlichen Fächern tat er sich ebenfalls leicht, da er durch praktische Anwendungsbeispiele hochmotiviert war. Manchmal hatten die Lehrer sogar Angst vor seinen Fragen und seiner aktiven Mitarbeit.

16 Bei der Exekutive

Man prognostizierte Schmidt eine glänzende akademische Karriere. Dennoch entschloss er sich, zur Polizei zu gehen. Zuerst Grundausbildung bei der Bereitschaftspolizei in Sulzbach-Rosenberg, später Polizeiinspektion Amberg. Sein Gerechtigkeitssinn wollte bei der Exekutive Erfüllung finden und nicht als Rechtsanwalt ethikferne Mandanten vor Strafe schützen.

Eines Nachts hatte er Dienst mit seinem Kollegen Meidlinger, den er eigentlich nicht leiden konnte, weil dieser möglichst schnell die Karriereleiter emporsteigen wollte. Dies ging am schnellsten durch Punkte sammeln mittels Führerscheinentzug. Natürlich ist das Fahren unter Alkoholeinfluss sowohl ein moralisch als auch gesetzliches Vergehen, aber kein wirklicher Gewinn zur Bekämpfung der echten Kriminalität.

Eine wahre Fundgrube an Alkoholsündern waren die Ausfallstraßen der Stadt und so postierten sie sich nachts mit ihrem Streifenwagen an der Bundesstraße 85.

Bei den ersten Fahrzeugen, die sie anhielten und die Fahrer auf Alkohol kontrollierten, war absolut nichts zu holen. Es waren Berufspendler, die noch spät abends von ihrer Arbeitsstelle kamen. Gegen 23:30 Uhr kam ihnen dann ein Lastwagen mit rumänischem Kennzeichen entgegen. Meidlinger zu Schmidt: „Den brauchs't nicht stoppen, die trinken nichts." Dennoch flüsterte Schmidts innere Stimme, dass er dieses Fahrzeug kontrollieren müsse. Also raus auf die Straße, Stopp-Kelle hoch und das Fahrzeug auf den Standstreifen winken. Doch der Fahrer reagierte nicht, sondern erhöhte die Geschwindigkeit. Blitzschnell hechtete Schmidt zum Streifenwagen und sein verblüffter Kollege konnte auch gerade noch die Beifahrertür erreichen, um daneben völlig unentspannt Platz zu nehmen. Blaulicht an, Martinshorn an, quasi volle Diskodröhnung. Es war nur ein kurzer Spurt und der BMW hatte den LKW überholt, aber auch das auf dem Dach aufleuchtende Stopp hinderte den anderen Fahrer nicht, ordentlich Gas zu geben und weiterzufahren. Respektlos überholte er das Polizeifahrzeug. Abermaliger Spurt und der BMW war wieder vor dem anderen Fahrzeug. Doch diesmal stellte Schmidt den Streifenwagen quer und auch diesmal hielt der LKW nicht, sondern rammte das Einsatzfahrzeug auf der Beifahrerseite. Meidlinger schrie auf vor Schmerz. Ungeachtet dessen riss Schmidt blitzschnell die Fahrertür auf, zog seine Dienstwaffe, stützte sich auf der Kühlerhaube ab und gab mehrere Schüsse auf die Reifen des flüchtenden Transporters. Zunächst geschah nichts, doch dann schlingerte der Kleinlastwagen und schoss über die Böschung hinaus. Geistesgegenwärtig zog Schmidt sein Handfunksprechgerät aus der Brusttasche und forderte Verstärkung, Notarzt sowie mehrere Krankenwagen an. Ohne sich weiter um seinen verletzten Kollegen zu kümmern, spurtete er zu dem havarierten Fahrzeug und sah, wie sich zwei Männer mühsam aus der Fahrerkabine befreiten. Sie schickten sich offenbar an, Richtung Unterholz zu flüchten. Das

Kommando „Halt, Polizei" blieb ebenfalls zunächst ohne Wirkung. Dennoch zeigte die exekutive Ermahnung des Innehaltens plötzlich Wirkung, denn einer der Flüchtenden blieb abrupt stehen und drehte sich um. Irgendwas hatte er in der Hand. Schmidts rechtes Ohr vermeldete ein kurzes „Pitsch", was wohl eine unfreundlich gemeinte Antwort aus einer Pistole war. Reaktionsschnell warf er sich längs gestreckt auf den Boden und feuerte nun ebenfalls auf die dunkle Silhouette. Unvermittelt wurde diese vom dunklen Waldboden verschluckt. Glück gehabt, ein Schuss, ein Treffer, denn den zweiten Schuss gab es nicht. Das Magazin war leer. Allerdings wusste Schmidt nicht, wo er den Mann getroffen hatte. Wenige Minuten später trafen weitere Streifenwagen und der Notarzt ein. Mit Handscheinwerfern leuchtete man den Ort des Geschehens aus und da lag eine Gestalt am Boden, welche immer noch eine Pistole in der Hand umklammert hielt. Sicherheitshalber schickte man den jungen Notarzt voraus, um sich über die gesundheitliche Befindlichkeit des Angeschossenen zu informieren. Die Beamten zogen sich währenddessen schusssichere Westen an. Andreas Schmidt hatte das rechte Knie getroffen. Der von solch restriktiver Maßnahme zum Entzug der Bewegungsfreiheit Bedachte wand sich vor Schmerz am Boden und nahm die Annäherung des Mediziners nicht wahr. Unter Berücksichtigung des eigenen Ungemachs verzichtete er auf den weiteren Gebrauch der Schusswaffe.

Der zweite Mann konnte auch sehr schnell gefasst werden. Er war in der Dunkelheit in eine Sandgrube gerutscht, die nach Regenfällen mit Wasser gefüllt war.

Jetzt war Kollege Meidlinger dran. Die vereinigten Rettungskräfte befreiten ihn aus dem verformten Streifenwagen. Infolge der ambitionierten Verfolgungsjagd hatte er sich einen Oberarmbruch zugezogen.

Die Aufmerksamkeit der Helfer wurde jetzt auch auf den LKW gelenkt. Aus dem Inneren hörte man herzzerreißendes Wimmern. Daraufhin brachen Vertreter des Florian-Stoßtrupps die Hecktür auf. Was sich allerdings dort bot, war so unglaublich. Etwa 15 Mädchen im geschätzten Alter von 10 bis 15 Jahren lagen im Laderaum. Schmidt war einer Schleuserbande für Kinderpornografie auf die Schliche gekommen. Da war wieder das Gefühl, ein Kribbeln, das an seiner Wirbelsäule hochkroch. Der eine LKW-Insasse war ja bereits in einem Rettungswagen, wo er vom Notarzt versorgt wurde, doch der andere lag völlig durchnässt im Gras vor dem Lastwagen. Es war die Lötstelle in Schmidts Aggressionszentrum, die das Kommende noch stoppen hätte können, doch die gab es aufgrund seiner posttraumatischen Erfahrungen nicht mehr. Er zog den Gefesselten hoch, knallte ihn gegen die noch intakte Seitenscheibe, welche daraufhin ebenfalls auf Integrität verzichtete und in tausend Splitter zerstob. Blut spritzte aus der Nase des so Bedachten. Ein zweiter Faustschlag zerteilte einige Rippen des rechten Brustkorbs und der dritte Faustschlag in die linke Flanke führte zum nahtlosen Übergang ins Koma. Der Knall der zersplitternden Fensterscheibe erweckte wiederum die Aufmerksamkeit der anderen Beamten, welche umgehend zu Hilfe eilten und den rasenden Schmidt beruhigten.

Im Krankenhaus vermutete der diensthabende Arzt ein Polytrauma, was nach einem Unfall durchaus plausibel wäre. Ein anderer Ambulanzarzt meinte, dass der rumänische Jugendbetreuer aussehe, als ob er von einem Mähdrescher verschluckt und dann wieder ausgespuckt worden sei, was natürlich einer maßlosen Übertreibung entsprach.

Für Schmidt änderte sich allerdings in dieser Nacht einiges.

Zunächst eine sofortige Dienstsuspendierung, dann behördlich angeordnetes Antiaggressionstraining und als besondere Würdigung seiner physischen Fähigkeiten eine auf Bewährung ausgesetzte Haftstrafe.

Kollege Meidlinger hingegen erhielt eine Belobigung von der Polizeidirektion, da er so erfolgreich an der Aushebung eines Pornorings mitgewirkt und dabei auch noch Leib und Leben riskiert habe. Als Sahnetüpferl gab's dann auch noch ein neues „Sternderl" auf seiner Dienstjacke. Von Stund an stand er gerne mit dieser vor dem Spiegel und summte den DJ Ötzi-Hit „Ein Stern, der deinen Namen trägt". Wie wunderbar für die Selbstwahrnehmung eines Staatsdieners.

17 Schlimmer geht's immer

Schmidt war seinen Traumberuf los. Was tun, wenn man plötzlich viel Zeit hat. Im Internet surfen, Sport, Joggen und viel Spazierengehen. Das half gut gegen die düsteren Gedanken, welche sich nach derartigen Schicksalsschlägen wie eine Medusa über die Seele legten, sie mit ihren Tentakeln umwaberten, Nesselzellen auf das Gefühlszentrum abschossen, sie betäubten und dann das wehrlose Opfer in sich aufsaugten und verdauten. Und so leer fühlte sich auch Schmidt bei seinen ausgedehnten Spaziergängen. Doch plötzlich teilte sich der Nebel und wie bei einem Nahtodereignis stand am Ende des dunklen Tunnels Monsignore Seiler in gleißendem Licht.

Sie standen sich, wie einst vor dem Beichtstuhl, gegenüber. Diesmal ergriff der Geistliche sofort das Wort: „Servus Andreas, wie geht's dir? Was ist los mit dir, du wirkst so bedrückt?"

Schmidt wiederum war dankbar, seine Seelennot dem einzigen vertrauenswürdigen Menschen auf dieser Welt anvertrauen zu können, sozusagen ein Notfallbeichtstuhl unter freiem Himmel. Nachdem er alles detailliert erzählt hatte und die Medusa seiner Qualen von sich gerissen hatte, stand Seiler abermals mit geröteten Augen vor ihm und hatte schwer damit zu kämpfen, seine Tränen zu unterdrücken. Ein Teil der Geschichte war durch die lokale Presse bekannt, die weiteren Folgen des Geschehenen jedoch ohne öffentliches Interesse.

„Schau mal, Bub, ich weiß, dass du einen schon fast krankhaften Gerechtigkeitssinn hast, aber du musst die Menschen so annehmen, wie sie sind. Es gibt halt keine besseren. Ich habe jeden Tag damit zu tun und wir müssen das Beste daraus machen. Nur dann haben wir eine Chance, etwas zu bewegen. Bei deinem Bildungsniveau warst du eigentlich für den eingeschlagenen Berufsweg geistig und moralisch überqualifiziert. Sieh es als Chance, deine wahre Bestimmung zu finden." Und auch diesmal schlug er vor, zum Wirt gegenüber der Kirche zu gehen und im Rahmen der kleinen Psychotherapie saure Bratwürste und eine Halbe Bier zu sich zu nehmen. Wie damals stieß auch der Koller Sepp dazu und fuhr den sichtlich erleichterten Andreas später nach Hause. Trotz schlimmster psychotraumatischer Erfahrungen ist Schmidt nie aus der Kirche ausgetreten. Die Institution der Täter hat ihm durch einfühlsame Helfer, welche klerikale Anweisungen eher als Empfehlung denn als Befehl umsetzten, immer wieder Heimat gegeben, vielmehr als das so christliche Elternhaus.

Die nächsten Tage war der so Geächtete damit beschäftigt, sich einen neuen Lebensweg zu überlegen und irgendwie und irgendwo ein passendes Studium zu finden. Monsignore Seiler hatte ihm dazu geraten.

18 Das Böse kennt keine geregelte Arbeitszeit

Schmidt las nun sehr viel, arbeitete am Computer. Immer wieder fiel ihm bei dem Blick aus dem Fenster auf, dass hin und wieder ein schwarzer BMW mit rumänischem Kennzeichen an seinem Haus vorbeifuhr. Zunächst maß er dem keine Bedeutung zu, doch dann kamen ihm Zweifel und er fotografierte mit seinem Handy Fahrzeug und Kennzeichen. Am nächsten Abend saß er wieder in seinem Zimmer im Erdgeschoss des kleinen Reihenhauses am Rande der Stadt und recherchierte, welchen Studiengang er einschlagen könnte. Von außen drang der sonore Klang eines Achtzylinders in den Raum und man konnte vernehmen, wie sich das Fahrzeug im niederen Drehzahlbereich fortbewegte. Das Geräusch verstummte, dafür erschien jedoch ein kleiner rot flimmernder Punkt auf der gegenüberliegenden Wand von Schmidts Zimmer. Zum Glück saß er genau so, dass er frontal darauf blicken konnte, denn die höchste Empfindlichkeit für auch nur schwache Farbsignale liegt in der Mitte der Netzhaut, der Fovea centralis. Dort sind die meisten Sehzapfen beheimatet. Dieses nur ultrakurze Signal löste bei dem ehemaligen Waffenträger eine sofortige Fluchtreaktion aus und er ließ sich zu Boden fallen. Den Bruchteil einer Sekunde später hörte er dieses ihm wohlbekannte „Pitsch". Die Ausbildung bei der Polizei hatte ihm jetzt das Leben gerettet. Glassplitter übersäten seinen Schreibtisch und an der Stelle, wo der rote Punkt zu sehen war, befand sich ein kleines Loch. Es war ihm sofort klar, dass auf ihn geschossen wurde. Früher hatte er eine Dienstwaffe, aber diese musste er ja abgeben und er konnte somit keine angemessene Antwort auf diesen Akt der Unhöflichkeit geben. Er wusste auch, dass er schnellstmöglich unsichtbar werden musste. Unter dem Schreibtisch fand sich der übliche Kabelsalat, der mit seinen Elektronen Computer, Drucker und Leselampe zur Lebenskraft verhalf. In dem Durcheinander lag aber auch eine kleine Zange, wie sie Elektriker zum Abisolieren von Drähten verwendeten. Sein Werkzeugkoffer hatte diese schon lange als vermisst gemeldet.

Schnell begriff er die Chance und durchtrennte das Kabel einer Verlängerungssteckdose, was einen unmittelbaren Kurzschluss auslöste und das ganze Zimmer in Dunkelheit tränkte.

Vermutlich würde sich der Angreifer von seinem Ableben überzeugen wollen und es dauerte auch nicht lange, bis er hörte, dass im daneben gelegenen Hausgang von der dort befindlichen Haustür ein kratzendes Geräusch hörbar wurde, welches vermutlich von einem

Lock-Picking-Werkzeug stammte. Dann wurde die Türklinke zu seinem Zimmer gedrückt. Schmidt, der bei seinen Kollegen als ultracool eingestuft wurde, fühlte, wie sein Herzschlag schneller wurde und Schweißtropfen sich von seiner Stirn lösten. Die Tür öffnete sich einen Spalt weit. Wieder flimmerte ein roter Punkt suchend an den Wänden und dem Inventar entlang. Die Vorhersehung, Schmidts einzige Waffe, sagte ihm, sich neben der Tür zu postieren. Da war es wieder, das aufsteigende Kribbeln, das den bevorstehenden Kontrollverlust signalisierte. In der Dunkelheit hatte er instinktiv einen am Boden stehenden Gegenstand zur Hand genommen und ihn fest umklammert. Später stellte sich heraus, dass es das alte Flügelhorn war, welches er zu Ehren Gottes im Kirchenchor verwenden sollte, aber aufgrund der Ereignisse zu einem Deko-Stück degradiert worden war. Wie zu vermuten war, trat die schwarze Gestalt vollständig in den Raum ein, immer den roten Punkt vor sich hertreibend, was einem zur Unzeit geplanten Sankt Martinszug ähnelte. Jetzt kam der Einsatz des Blasinstrumentes in der Ouvertüre „zum fliegenden Eindringling". Das Crescendo zu Beginn der Darbietung führte zum Verlust der gegnerischen Frontzähne und einem frakturierten Nasenbein. Dabei erlitt jedoch auch das Instrument einen erheblichen Kollateralschaden, sodass es nur noch lurenähnliche Schallwellen erzeugen konnte, wie man sie wohl bei altgermanischen Lustbarkeiten zum Besten gab. Selbst die Festspiele Bayreuth hätten bei unerschrockenster Inszenierung von der Mitwirkung eines solchen Messingkonvolutes Abstand genommen.

Die kakophone[21], wohl schmerzbedingte Koloratur[22] des Mitwirkenden bestätigte Schmidt, dass seine Form der Operninterpretation effektiv wahrgenommen wurde. Dass sich nebenbei ein Schuss aus der Handfeuerwaffe des Besuchers löste und etwas Verputz von der Decke herabfiel, lockte der Szene auch noch etwas mehr an Dramatik ab. Zum Finale Grande[23] betonierte Hundlinger im Allegretto-Takt noch diverse Körperareale mit seinen geballten Greifwerkzeugen, um final mittels Kabelbinder und Klebeband den nächtlichen Besucher im bewusstseinsgetrübten Format versandfertig zu machen. Von draußen hörte man das Starten eines hochvolumigen Verbrennermotors und ein hysterisches Quietschen, verursacht durch den eilfertigen Abschied der Pneus vom Straßenbelag.

Nach Entfernung der Kurzschlussursache und Renaturierung des Stromflusses am Verteilerkasten rief Schmidt die ehemaligen Kollegen sowie Vertreter der von Henry Dunant einstmals begründeten Hilfsorganisation herbei.

(Anmerkung: Zu Ehren des in Genf geborenen Begründers des Roten Kreuzes gab es in der Oberpfälzer Stadt eine Dunant-Straße. Diensthabende Notärzte, welche keine französischen Vorkenntnisse hatten, waren bei der Übermittlung des Einsatzbefehls im Vorteil, da der bayerische Funksprecher in der Leitstelle den Namen buchstabengetreu aussprach. Beim frankophilen Kolle-

---

21 Missklang, Dissonanz
22 Koloratur: Die schnelle Abfolge von Tönen in hoher Stimmlage (Alt-Koloratur)
23 Letzter Abschnitt einer Oper

gen hingegen führte dies gelegentlich zu Ortsfindungsstörungen.)

Der Verursacher des unvorhergesehenen Meetings wurde zunächst zur medizinischen Begutachtung in eine Notaufnahme überstellt, wo man die vorläufige Notreparatur der schadengelittenen Gesichtskontur vornahm und die restlichen, einem Hagelschaden ähnlichen Residuen mittels Nahtmaterial und Mull zur Restrukturierung vorbereitete. Den reduzierten Bestand des Frontzahnbereiches konnte man allerdings nicht zeitnah ergänzen. Es blieb ein verändertes Stimmmuster mit eingeschränkter sprachlicher Verständlichkeit zurück.

Ein eilig herbeigerufener Dolmetscher konnte, gegen gute Bezahlung, der polizeilichen Befragung zu dem deutlichen Erkenntnisgewinn verhelfen, indem er die vom näselnden nächtlichen Zeitarbeiter rumänischen Worte in „Ich mache keine Aussage" übersetzte.

Hingegen konnte ein mit hoher Geschwindigkeit die Oberpfalz durchquerender BMW mit nicht unerheblichem Personaleinsatz der Remigrierung in das Heimatland Einhalt geboten werden. Schmidt hatte diesen mit seinem Handy Tage zuvor aufgenommen und die Daten sofort an die Polizeileitstelle weitergegeben. Der Fahrer stand auf der Gehaltsliste eines Subunternehmens des zuvor ausgehobenen Pornorings und war beauftragt, störende Einflussnahme auf die Geschäftstätigkeit jenes globalen Unternehmens zu unterbinden, quasi eine Fachkraft zur Verkürzung von Lebensrestlaufzeiten, auch anglifiziert „Killer" benannt.

19 Schmidt ist nicht mehr Schmidt

Nun war klar, dass Andreas in höchster Lebensgefahr war. Ein Rund-um-die-Uhr-Personenschutz war kaum realisierbar, weshalb ein ortsansässiger Richter mithilfe bester Beziehungen zu Regierungskreisen und Vertretern des Bundesnachrichtendienstes erwirken konnte, dass Andreas eine neue Identität bekam und in ein Land seiner Wahl ausreisen konnte. Bald waren seine Daten im Zentralregister auf wundersame Weise nicht mehr abrufbar, sogar die in Papierform abgelegten Informationen wurden von einem Herrn einer staatlichen Behörde abgeholt und waren von Stunde an nicht mehr auffindbar. Er erhielt auf kurzem Dienstweg, ohne großes Einbürgerungsverfahren, einen österreichischen Pass und hieß jetzt Jochen Hundlinger.

Obwohl deutsche und österreichische Nachrichtendienste in hohen Kreisen nicht immer für ihre herzliche Verbundenheit bekannt waren, funktionierte diese in mittleren Diensträngen sehr gut.

Er packte also seine unbedingt notwendigen Sachen zusammen, bereitete seine Familie darauf vor, dass er ein Sabbatjahr nehmen würde und er sich immer wieder mal via Satellitentelefon melden würde. Dann wählte er die Nummer von Monsignore Seiler und fragte ihn, ob er nicht Lust auf ein paar saure Bratwürste in kulinarischer Begleitung von ein oder zwei Gläsern Zwickelbier[24] hätte. Auch der Koller Sepp war wieder von der Partie.

---

24 Unfiltriertes Bier, welches eiweißhaltig eine ganz besondere Geschmacksnote hat

Bei der Verabschiedung ahnten wohl alle drei, dass es kein Wiedersehen gäbe, und so kam es zu einer ungewöhnlichen Geste, denn sie umarmten sich und allen dreien liefen ungezügelt die Tränen über die Backen.

Am nächsten Tag fuhr bei Dämmerungsanbruch ein schwarzer Mercedes mit Berliner Kennzeichen und CD-Schild bei Hundlinger vor, zwei betont korrekt gekleidete Herren verstauten Hundlingers Koffer im Fahrzeug, er folgte kurz danach, um im dunkel verglasten Fahrzeug zu verschwinden. Das Ziel war Wien, wo man im UNO-Viertel ein kleines Häuschen für ihn, wohl ein früheres Gartenhaus, angemietet hatte.

Zum einen bot die Großstadt Anonymität und zum anderen war das Viertel mit Sicherheitseinrichtungen und unscheinbaren Personen der Informationsbranche gut versorgt.

Heimweh plagte den österreichischen Neubürger nie. So viele verletzende Erinnerungen hatte er in seinem Unterbewusstsein abgespeichert. Nur der Gedanke, dass er seinen einzigen Vertrauten, Monsignore Seiler, nicht mehr wiedersehen würde, bereitete ihm manch schwere Stunde.

Statt Zwickelbier half dann auch ein Achtel Gemischter Satz oder auch ein Ottakringer und ein kleiner Teller frisch zubereiteter Grieben[25] über den Blues hinweg.

---

25 Kleine knusprig gebratene Stücke aus Schweinefett

20 Lebenslinie 2

Jochen Hundlinger hatte bald seinen neuen Namen verinnerlicht und seinen alten ins oberste Regal der Erinnerungen verbannt. Sein Gesicht wurde zur Hälfte von einem Zeugnis maskulinen Haarwuchses, gerne auch als Gesichtstoupet umschrieben, verhüllt und dank einer leichten beginnenden Sehschwäche fand auch noch eine Sehhilfe mit dominierendem Rahmen darin Platz. Beim Spazierengehen trug er einen schwarzen Borsalino-Hut. Kein Mensch aus seinem Heimatort hätte ihn wiedererkannt, bestenfalls an der Stimme mit bayerischem Sprachkolorit. Die Tarnung war fast perfekt.

Hundlinger plante nun seinen neuen Lebensabschnitt. Das geeignetste Studium schien Medizin zu sein, ein Ausbildungsgang, welcher unglaublich facettenreich ist und auch eine universelle Gestaltung des weiteren Berufsweges ermöglicht. Eine Ausbildung, die Chemie, Physik, Biologie oder die Macht der Sprache und des Denkens beinhaltet. Seien es die „großen" Fächer wie Innere Medizin oder Chirurgie oder aber die vielen anderen Fachrichtungen, welche der Menschheit Gutes bringen sollten. Nicht zu vergessen die Möglichkeit, durch erworbenes Wissen auch andere Berufe wie Komiker, Politiker und Revolutionsführer zu werden. Erwähnt sei der Arzt Che Guevara, der an der Seite Fidel Castros in der kubanischen Revolution kämpfte, oder der Oberbürgermeister von Hamburg, Arzt und Politiker Dr. Peter Tschentscher. Gedacht sei auch an den für seine komödiantischen Rollen bekannten Gunther Philipp, der Neurologe und Psychiater war. Das Repertoire zwischen Heiler, Komiker und Revolutionsführer, möglicherweise eine Idealkombination des ärztlichen Alltags, beflügelte Hundlinger so sehr, dass er sich dafür entschied.

Nachdem er ein exzellentes Abiturzeugnis vorweisen konnte, stand der Immatrikulation nichts im Wege und so wie er als Schüler war, durchlief er den Studiengang in kürzester Zeit. Nach dem Studium arbeitete er in der Gerichtsmedizin, entschloss sich aber letztendlich, in der Anästhesie zu bleiben, da in dem Fachgebiet eher eine wohl kontrollierte Kommunikation mit dem Patienten möglich sei.

So langweilig, wie dieses Fach von Chirurgen und anderen Fachkollegen oft beurteilt wurde, war es in Wirklichkeit nicht. Die höhnischen Kommentare, Anästhesisten seien nichts weiter als „Gasmänner" für die Chirurgen, prallten an seinem Selbstbewusstsein ab. Schließlich hatte er dem Fährmann Charon, der Seelen zur finalen Kreuzfahrt empfängt, schon oft genug Kundschaft abgeworben. Es war aufregend und spannend zugleich: Mit fundiertem biochemischen Wissen konnte er Leben retten – und manchmal auch bei nicht ganz fachgerechten Eingriffen größeren Schaden verhindern. Menschen akute oder chronische Schmerzen zu nehmen, war für ihn nicht nur eine wissenschaftliche Herausforderung, sondern auch eine moralisch befriedigende Aufgabe. Neben Narkosegasen interessierte er sich für die Wirkung anderer Gase. Zum Beispiel Sauerstoff, der in der Überdruckkammer eine ganz andere Wirkung entfaltet als bei normaler Inhalation, aber auch sich in den Brennkammern unserer Zellen mit Wasserstoff verbindet – dabei wieder zu Wasser wird und zugleich eine enorme Menge an Energie freisetzt. Sei es das äußerst seltene Edelgas Xenon, das im Körper zwar keine chemischen

Bindungen eingeht, aber dennoch durch seine physikalische Wirkung Schmerzen, Depressionen und Suchtabhängigkeiten lindern kann. Oder das Verbrennungsprodukt Kohlensäure, das im Rahmen der sogenannten „Quellgastherapie" nicht nur Schmerzen behandelt und den Blutdruck senkt, sondern sogar kleine Falten glätten soll. Auch molekularer Wasserstoff hat erstaunliche Effekte: In verschiedenen Anwendungen kann er sowohl innere als auch äußere Entzündungen bekämpfen. Ähnliche Wirkungen erzielt die Ozon-Sauerstoff-Blutwäsche – ein Verfahren, das seit über hundert Jahren bekannt ist, aber in der Schulmedizin bis heute keinen Platz gefunden hat. Dabei besitzt es durchblutungsfördernde und entzündungshemmende Eigenschaften. Hundlinger hatte nicht nur eine neue Identität, sondern auch seine wahre Bestimmung gefunden. Er war jetzt Anästhesist, der mit einem Zauber an Medikamenten und Gasen Schmerzen verbannte und Leben erhielt.

21 Gewissheit

Hundlinger saß auf der Terrasse seines 80-Quadratmeter-Häuschens nahe der Alten Donau. Die Sonne sandte ihre wärmenden Strahlen in seinen kleinen Garten Eden. Er liebte diese Atmosphäre. Ein „Tasserl" Verlängerter, ein Kipferl und die gemütliche Morgenlektüre der Tageszeitung – die Heilige Dreifaltigkeit der Wiener Frühstückskultur – breiteten ihre Reize vor ihm aus. Die Beschaulichkeit fand jedoch ein abruptes Ende, als das Rufsignal seines Handys ertönte. Am anderen Ende:

Professor Jodok Wohlgenannt, der Toxikologe. Der aus Vorarlberg stammende Gelehrte eröffnete das Gespräch mit einem fröhlichen „Heile Hundlinger!". Nun muss man wissen, dass der alemannische Sprachgebrauch noch Vokabeln kennt, die beim Dialektunkundigen Bart- und Haupthaar gleichermaßen zu Berge stehen lassen – nicht selten, weil sie ungewollte Assoziationen mit dunklen Kapiteln der Geschichte wecken. Zugewanderte Neubürger in Vorarlberg sollen gar gemutmaßt haben, dass Radio- und Fernsehempfang dort so eingeschränkt sind, dass das Ende des Zweiten Weltkriegs noch nicht wahrgenommen wurde. Natürlich eine üble Nachrede von besserwissenden „Piefkes" – wie man deutsche Staatsbürger in Österreich gerne nennt.

(Übrigens: Johann Gottfried Piefke war ein preußischer Militärmusiker und Komponist. Unter anderem schrieb er „Preußens Gloria" und den „Königsgrätzer Marsch". Also kann der Spitzname ja gar nicht so abschätzig gemeint sein ... oder?)

„Hundlinger, du bischd a Hundling, woher haschd g'wisst, dass den Professor vagift hän?" Hundlingers Glücksrausch zwischen „Verlängertem" und „Kipferl" wich schlagartig der Aufmerksamkeit eines Adlers, der eine Maus am Boden erblickt hat. „G'wusst hab i's ned, aber g'rochen hab i's. Was war's?" „Isch a alt's Abmagerungsmittel gsi, Dinitrophenol und heutzutag verboten." „Whow", entkam es dem so Gehuldigten. Das weitere Gespräch, welches in westgermanischen und mittelbayerischen Dialekt, garniert mit englischen Einwürfen, geführt wurde, sei hier verständlichkeitshalber nicht weiter veröffentlicht.

22 Das Tschernobyl der Zellen

Die in den Mitochondrien beheimatete „Oxidative Phosphorylierung", kurz OXPHOS, dient der Zelle zur Herstellung von Brennstoff, dem Adenosintriphosphat oder kurz ATP. Dazu braucht der Körper Sauerstoff. Nach nur wenigen Sekunden des Sauerstoffmangels wird man bewusstlos und nach 10 Minuten stirbt das Gehirn endgültig ab. Unterbricht man also die OXPHOS, ist man in kürzester Zeit tot. Ebenso würde es z. B. Zyankali verursachen, indem es die Energieproduktion zwischen Komplex 3 und 4 lahmlegt. Die Verwertung des Sauerstoffs wird schlagartig unterbunden und man erstickt innerlich.

Die Anzahl der Mitochondrien, auch „Powerhouse of cells" genannt, variiert je nach Zelltyp erheblich. Während in einer Herzmuskelzelle mehrere Tausend dieser kleinen Energiefabriken unermüdlich schuften, beherbergt eine reife Eizelle bis zu 100 000 von ihnen – sozusagen vorbereitet für die energetische Herausforderung für das zukünftige Leben. Vergleicht man die Energieproduktion eines einzelnen Mitochondriums mit der der Sonne, wird es fast absurd: Mitochondrien produzieren bis zu 50 000-mal mehr Energie bezogen auf das Gewicht. Damit sind sie die wahre Supernova unseres Körpers. Und das Beste daran? Sie erledigen diesen Job ganz ohne Fusionsreaktor, sondern dank NADH, aus dem sie Wasserstoffatome herauslösen. Dieser vorletzte Schritt (Komplex 4, für die Chemienerds) mit Sauerstoff eine energiegeladene Wiedervereinigung zu feiern. Das Resultat? Enorme Energiemengen, die den turbinenähnlichen Komplex 5 antreiben, der schließlich das goldene Endprodukt unseres zellulären Stoff-

> *wechsels liefert: ATP. Der menschliche Körper stellt davon täglich etwa so viel her, wie er selbst wiegt – eine wahrlich gigantische Leistung. Zum Vergleich: Würde man 1 kg ATP im Labor synthetisieren, müsste man dafür locker 50 000 bis 150 000 Euro auf den Tisch legen. Und das Tag für Tag.*

Dinitrophenol, jenes Toxin, das zur Ermordung von Professor Pirkhofer eingesetzt wurde, wurde erstmals in den 1930er-Jahren synthetisiert und fand zunächst Verwendung in der Sprengstoffherstellung. Beobachtungen findiger Pharmakologen führten jedoch zu einer bahnbrechenden Idee: Man stellte fest, dass Dinitrophenol die Energiegewinnung durch Fettverbrennung im menschlichen Organismus erheblich steigern kann. Daraus entstand das Konzept eines neuen, chemisch basierten Abmagerungsmittels. Die zugrunde liegende Hypothese war simpel: Durch eine gezielte Beschleunigung der Stoffwechselvorgänge sollte es möglich sein, eine nachhaltige Gewichtsreduktion zu erzielen.

Der wirtschaftliche Anreiz war enorm, denn als synthetische Verbindung ließ sich Dinitrophenol patentieren – ein potenzielles Geschäftsmodell mit außergewöhnlich hohem Gewinnversprechen. Allerdings wurden die erheblichen Nebenwirkungen – darunter lebensgefährliche Überhitzung und schwerwiegende metabolische Entgleisungen – zunächst unterschätzt. Diese Risiken machten das vermeintliche „Wundermittel" jedoch schnell zu einem höchst umstrittenen Präparat.

Wie so oft endete der menschliche Eingriff in die Natur in einem Desaster. Die Zellen produzierten Energie so ungezügelt wie der Reaktor in Tschernobyl und überhitzten dabei den Körper dermaßen, dass die Temperatur – also das Fieber – völlig außer Kontrolle geriet. Der medizinische Fachbegriff für dieses Szenario lautet „maligne Hyperthermie" – was so viel bedeutet wie „Du wirst buchstäblich gargekocht".

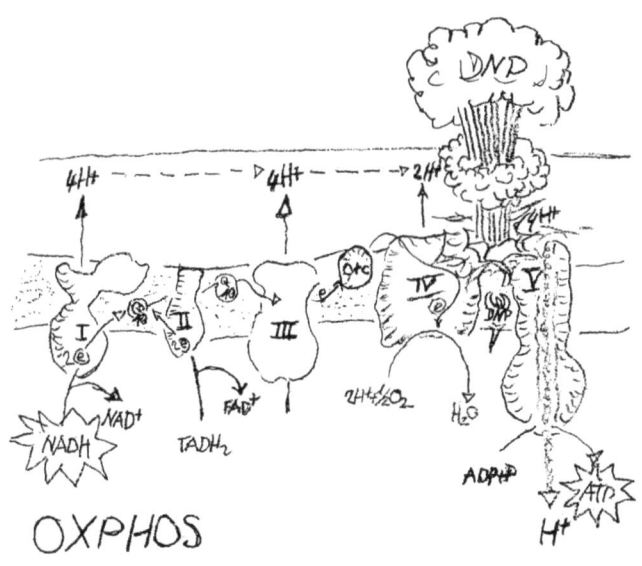

„Jetzt is' ma alles klar", resümierte Hundlinger, während seine Gehirnzellen auf Hochtouren liefen. Der Professor hatte regelmäßig das von ihm entwickelte NADH eingenommen, eine Art „Turbo-Sprit" für die Energiebildung in den Zellen. Wenn man ihm dann noch eine Zubereitung mit DNP unterjubelt, drehen die Mitochondrien komplett durch. Das Ergebnis: Muskelzucken, unkontrollierbare Wärmeproduktion und hohes Fieber – exakt der Erkrankungsverlauf, der zum Tod geführt hatte.

Wahrlich ein teuflischer Plan, dachte Hundlinger. Pirkhofer sollte durch den Energieeffekt des eigenen Präparats über den Styx geführt oder zumindest nachhaltig geschädigt werden. Aber wie konnte dieses Gift so lange unentdeckt bleiben und seine Wirkung entfalten? Phenole haben doch einen unverkennbaren Geruch, den der Parfümeur als eine süßliche Mischung von verbranntem Gummi mit einer leichten Note fauler Eier beschreiben würde. Außerdem ist DNP relativ kurz im Blut nachweisbar. Da türmte sich in Hundlingers Kopf ein Berg an Fragen auf.

In seinem Großhirn blinkten nun sämtliche Synapsen auf Alarm Rot, und mit vollem Stimmbandeinsatz deponierte er ein Wortgewitter ins Handy: „Jodok, du musst sofort bei den Gerichtsmedizinern anrufen und dein Analysenergebnis durchgeben! Und i ruaf gleichzeitig den Amonn von da Kripo an!"

Doch Professor Wohlgenannt war von dieser Idee alles andere als begeistert. „Jochen, erstens hab i dir zuliebe des auf'm kurzen Dienstweg gmacht, und zweitens hab i kan Beweis, dass des Bluat wirklich vom Opfer stammt. I steh da wirklich auf da Kippe. Ruaf du lieber selber in da Forensik an!"

Damit war das Gespräch abrupt beendet – und Hundlinger saß mit seinen unbeantworteten Problemen allein da.

Eilig versuchte er, Amonn zu erreichen. Die Kriposekretärin teilte ihm jedoch mit, dass Herr Chefinspektor im Außendienst sei und dringende investigative Aufgaben abarbeite. Hundlinger wiederum kombinierte, dass es sich bei den Ermittlungen um die gärungsbedingten

Hinterlassenschaften von Hefepilzen handeln könnte. Die Spurensicherung übernahm der Chefinspektor vermutlich auch gleich selbst.

Als Nächstes versuchte er, die Staatsanwaltschaft zu erreichen, was auch nicht erfolgreich verlief. Dann Anruf in der Gerichtsmedizin. Der Notsituation gehorchend meldete er sich mit dominantem Tonfall bei der Sekretärin mit „Staatsanwalt Gruber". Es gäbe neue Erkenntnisse zum Fall Pirkhofer und man müsse nochmals eine Leichenblutentnahme durchführen. Jene weibliche Stimme beantwortete die Anordnung mit der Information, dass der Professor schon am Vortag zur Feuerbestattung freigegeben wurde. Das dafür vorgesehene Krematorium sei wahrscheinlich das am Zentralfriedhof. Damit wäre der Giftnachweis nicht mehr möglich – sozusagen in Rauch aufgegangen.

Abermals griff Hundlinger zu einer List und rief das Polizeirevier Donaustadt an. Er sei ein Hauptzeuge in einem Prozess von Kinderpornografie und er habe gerade Kenntnis davon bekommen, dass ein leitendes Mitglied dieses obszönen Kinderschutzbundes ein konspiratives Treffen im Zentralfriedhof habe und dass nur er die Person erkennen könne. Es dauerte dann auch nur wenige Minuten, bis ein Streifenwagen vor seinem Haus hielt und mit dem vermeintlichen Zeugen Richtung Zentralfriedhof fuhr. Das Ganze begleitet von den traditionell heroischen Klängen des Sondersignalhorns, welches in der für Österreich typischen Tonabfolge im Wechsel von Auftakt und folgendem Viertelnoten-Rhythmus den anderen Verkehrsteilnehmern bedeutete, man möge sich „schleichen".

In Angedenken an den 200. Geburtstag von Johann Strauss [26] wäre auch ein Dreivierteltakt anzudenken. Flüssig-elegante Überholvorgänge im Walzertakt der eilbedürftigen Gendameriedroschken hätten sicherlich weltweite Aufmerksamkeit zur Folge, wäre eine PR-Sensation zu Ehren des Meisters.

Ta, ta, tatü, tatü, ta, ta. Ta, ta tatü, tatü, ta, ta. [27]

Nun denn. Einige mündige Autofahrer begriffen die Aufforderung zum Platzmachen als unangemessenen staatlichen Eingriff auf den persönlichen Fahrstil. Es sei das individuelle Recht, sich keinesfalls dieser Willkür zu beugen oder gar sich zur Seite abdrängen zu lassen. Andere witterten hingegen eine Chance, schneller durch den Verkehr geleitet zu werden und „klemmten" sich hinter das Einsatzfahrzeug, was wiederum beim mündigen Verkehrsteilnehmer zur exzessiven Entleerung von Nebennierenhormonen und einem Hupkonzert führte.

Eigentlich benötigt man von der UNO-City für die 12 km lange Strecke zirka 20 Minuten, doch mit vorfahrtberechtigenden Signalen schafften sie es in der halben Zeit.

Am 1. November 1874 wurde der Wiener Zentralfriedhof eröffnet. Er gehört mit 330 000 Gräbern sowie mehr als drei Millionen Verstorbenen zu den größten in Europa. Damals wurde auch der Plan geschmiedet, die Verstorbenen mittels eines unterirdischen Rohrpostsystems dorthin zu verbringen. Der Gedanke entstammte

---

26 Im Jahr 2025
27 Diese Überlegung hat ORF Vorarlberg als Aprilscherz am 1.4.2025 übernommen und gesendet.

der Tatsache, dass die ständigen Leichenzüge mittels Pferdegespann die Bevölkerung nervten und wäre, auch der Hygiene geschuldet, schnell und diskret vollziehbar gewesen. Leider konnte das visionäre Vorhaben des Ingenieurs Franz von Felbinger und des Architekten Josef Hudetz nicht realisiert werden. Kaum vorstellbar, wie schnell und diskret die Drei-Mann-Super-Squad damit ihr Ziel erreicht und dem egomanischen Verhalten anderer Verkehrsteilnehmer den bekannten Mittelfinger gezeigt hätte.

Mit unverminderter Geschwindigkeit, in Begleitung des gequälten Quietschens der Reifen in der dritten Oktave, ähnlich den ersten Klängen eines zukünftigen Geigenvirtuosen, bog das Trio in den würdigen Ort der ewigen Ruhe ein. Hurra, fast am Ziel! Schon Wolfgang Ambros intonierte: „Es lebe der Zentralfriedhof"!

Aufgrund der Größe des Areals durchquert eine eigene Buslinie dieses und verweilt an verschiedenen Haltestellen. Somit ist ein eingeschränkter Straßenverkehr mit der Pietät angemessenen Geschwindigkeit normal. Wenn aber ein Fahrzeug der Polizei diesen mit hoher Geschwindigkeit und Blaulicht überholt, trifft es doch auf hohes Interesse von Besuchern und Trauernden.

Am Krematorium angekommen, sprangen die Beamten mit gezogener Waffe aus dem Fahrzeug, Hundlinger hinterher, um das Pyrolyseinstitut[28] zu erstürmen.

Der Herr im Empfangsbereich war derart eingeschüchtert, dass er bereitwillig Auskunft zum Verbleib von Professor Pirkhofer gab, welcher bereits in einem einfachen

---

28 Pyrolyse: Spaltung durch hohe Temperaturen

Fichtenholzsarg vor dem mit Vorhang verhängten Entrée lag. Mit gierigem Begehren forderte dahinter das Pyrolysegerät den nächsten Kunden auf, sich ihm anzuvertrauen, ähnlich einem Türsteher in Hamburg St. Pauli, welcher vorbeischlendernde Herren zum Besuch einer Darbietung animiert.

Der diensthabende Kremierer[29], sichtlich beeindruckt von den zum Äußersten bereiten Gesetzeshütern, welche die Ernsthaftigkeit der Situation durch Präsentation einer Glock 17[30] nachhaltig verstärkten, fand sich zu der Bemerkung genötigt: „Der is doch scho tot, wollts eahm a no daschießn?"

Skurriles hatte der gute Mann schon öfter erlebt.

Da gab's zum Beispiel eine sehr würdevolle Einäscherung eines berühmten Herzspezialisten. Die Kollegenschaft hatte vor dem Ofen ein mit Rosen floristisch aufbereitetes riesiges Herz installieren lassen. Als der Sarg durch die symbolträchtige Installation in den Ofen einfuhr, hörte man ein glucksendes, unterdrücktes Lachen aus den hinteren Reihen. Einer der Kollegen drehte sich um: „Sans ned so pietätlos!"

Der Gemaßregelte flüsterte: „Des müssen's schon verstehn. I bin Gynäkolog und hab grad an mei eigene Feuerbestattung gedacht."

Was tun:

Angesichts der Tatsache, dass durch ungenaue forensische Recherche ein Mord vertuscht und der Täter nicht

---

29 Kremierer ist der Fachmann der die Feuerbestattung technisch, respektvoll und einfühlsam durchführt.
30 Halbautomatische Handfeuerwaffe der österreichischen Waffenschmiede Glock mit 17 Schuss Munition

mehr dingfest gemacht werden könne, schrie Hundlinger: „Die Leiche ist beschlagnahmt!"

Dabei erschrak er selbst. Er hatte seine Kompetenz maßlos überschritten. Mag es daran gelegen sein, dass er seinen neuen Vornamen so verinnerlichte und göttliches Verhalten an den Tag legte. Jochen kommt aus dem Hebräischen und bedeutet „Jahwe (Gott) richtet auf". Na also. Wenn das Gute den Absichten Luzifers ein Bein stellen kann, ist eine Überschreitung der Zuständigkeit keine sündhafte bzw. beichtpflichtige Handlung. Oder?

Angesichts der uniformierten Staatsgewalt unterbrach der Angestellte den Einäscherungsprozess. Das hydraulische Tor des Ofens senkte sich ab. Das Schlimmste war vorübergehend verhindert, aber wie jetzt aus dieser Nummer wieder rauskommen? Da gab es mehrere Zeugen des gesetzlosen Handelns.

Hundlinger zückte deshalb rasch sein Handy und rief Prof. Jodok Wohlgenannt an. Zum Glück meldete sich dieser sofort und hatte vermutlich aufgrund der Schilderung seines ziemlich besten Freundes einen Schweißausbruch, ähnlich einem Prüfling, der gerade erkannte, dass die Examensfragen nicht seinem Erkenntnisstand entsprachen. Fassungslos flüsterte er in den Funkfernsprecher: „Bischd narrisch?"

Hundlinger flüsterte: „Du muasst sofort den diensthabenden Richter anrufen und das Analyseergebnis mitteilen. I brauch sofort an Beschluss und wannst ma jetzt ned hülfst, geht dei Video online." Das Argument war wieder einmal überzeugend. Der Toxikologe legte auf, um der Anweisung zähneknirschend zu folgen. Wenig später rief dann auch Richter Dr. Sobotka im Krematorium an und teilte mit, dass der Leichnam des Wissenschaftlers beschlagnahmt sei. Der schriftliche Beschluss würde umgehend mit Kurier nachgereicht.

„Geschafft", dachte Hundlinger. Es kehrte wieder die angemessene Stille in den Ort des ewigen Friedens ein. Die anwesenden Polizeibeamten nahmen ihre regulären Dienstverpflichtungen wieder auf, verließen das Gebäude und widmeten sich wieder der Maßregelung von Falschparkern.

Hundlinger hingegen blieb noch vor Ort und verließ diesen erst, nachdem er sich davon überzeugen konnte, dass der Sarg wieder ordnungsgemäß im Kühlhaus stand. Stunden später kam dann ein auf Erdmöbeltransporte spezialisiertes Fahrzeug und verbrachte die sterbliche Hülle des Professors abermals in die Gerichtsmedizin.

23 Alltagsgeschäft

So schön, wie es an der Alten Donau gewesen wäre, irgendwann enden alle freien und schönen Stunden. Also Wecker auf 05:30 Uhr stellen, kurz heiß und kalt duschen und zur Vigilanzsteigerung[31] einen „Verlängerten" der Espressomaschine entlocken. Kurzer Blick aufs iPad und die neuesten Nachrichten in der Kronen Zeitung überfliegen. Beinahe hätte Hundlinger dabei den frisch zubereiteten Kaffee verschüttet. Auf der Titelseite war zu lesen: „Polizeieinsatz im Krematorium des Wiener Zentralfriedhofs." Darunter: „Polizeikom-

---

[31] Erhöhung der Wachsamkeit, Aufmerksamkeit und Reaktionsfähigkeit

mando des 22. Bezirks stürmen in Begleitung eines Arztes Krematorium."

Offensichtlich hatte Hundlingers Aktion nicht nur die Aufmerksamkeit von Besuchern des Zentralfriedhofs erregt, sondern auch die eines Journalisten, welcher sich nun in schriftlicher Form ausführliche Gedanken über den Sinn dieses Einsatzes machte. Gott sei Dank war der Artikel so allgemein gehalten, dass der dritte – in Zivil gekleidete – Mann nicht näher bezeichnet wurde und lediglich ein Bild des Gebäudes auf der Titelseite prangte.

„Nochmal Glück gehabt", dachte er sich, warf sich seine alte Lederjacke über und bestieg seinen 20 Jahre alten Skoda, der immer noch gute Dienste leistete. Nach 15 Minuten Fahrt erreichte er das Klinikum und parkte auf dem ihm zugewiesenen Parkplatz. Er fing seinen Dienst immer möglichst früh an, da zu dieser Zeit der Verkehr noch moderat war. Vor der Anästhesieabteilung kam ihm die dort tätige Sekretärin entgegen, hielt kurz inne und rapportierte: „Guten Morgen, Herr Oberarzt, wissen's schon, dass sie heut eine Kollegin vertreten müssen, die sich aufgrund einer Unpässlichkeit nicht imstande fühlt, ihren Dienst anzutreten."

Normalerweise wäre Hundlinger auf der Intensivstation eingeteilt gewesen. Ungewöhnlich, dass er jetzt im „Knochen-OP" bei den Orthopäden aushelfen musste. Das übliche Procedere: Passieren der Umkleideschleuse, Tausch der von der Klinik gestellten weißen Schutzbekleidung im Comfort-Schnitt, heißt, so bequem und oversized, dass man bei Ausfall der Heizung die aufgestülpten Ärmel und Hosenbeine beim Wiederausrollen auch als Handschuh und als zweites Paar Socken verwenden konnte. Eine Haute-Couture-Kreation, welche zur blutigen Umgebung passend in farblich abgestimmter Komplementärfarbe Grün erstrahlte.

Nach Durchdringen der Sterildemarkationslinie der Blick auf den OP-Plan. Als erfahrener Oberarzt der Anästhesie hatte man ihn für einen Wiener Kapazunder – eine besonders wichtige Persönlichkeit – vorgesehen. Dann Gang zur Patientenschleuse, wo die Narkose eingeleitet wird. Begrüßung des Patienten, Blick aufs Narkoseprotokoll und die siebenseitigen Aufklärungsprotokolle und die Hinweise, dass der Patient auch mit langanhaltenden Gesundheitsschäden und dem Ableben zu rechnen hätte. Um die emotional verstörende Information leichter zu verarbeiten, gab es auf Station schon ein Beruhigungsmittel oder wie Hundlinger im bayerischen Dialekt bemerkte, eine „Arschlochspritzn" – mir geht alles am Arsch vorbei.

Diese hatte nicht nur die Funktion, sich entspannt dem Skalpell hinzugeben, sondern hielt manch einen Patienten auch davon ab, nochmals die Maßnahme zu überdenken und evtl. ein konservatives Heilverfahren zu bevorzugen. Für den Verwaltungschef bezüglich seines Wirtschaftsplanes eine Horrorvorstellung. Der Gedanke, ein Leben über sechzig ohne mindestens eine künstliche Hüfte zu führen, war früher durchaus denkbar. Man bemühte weitaus mehr konservative Verfahren und nur bei sich der Therapie widersetzenden Schmerzen griff man chirurgisch ein. Heutzutage kaum mehr vorstellbar. Ebenso verhält es sich mit Bandscheiben, welche bereitwillig zur Wertschöpfung einer klinischen Einrichtung beitragen.

Anekdotisch wurde berichtet, dass einst ein angesehener Primar der Chirurgie sich den wirtschaftlichen Vorgaben der Verwaltung mit dem Argument „Ich operiere keine Hüften, sondern Menschen" entziehen wollte. Sehr bald bekam er die Empfehlung, seine heilenden Kräfte an anderem Orte, gerne auch Afrika, walten zu lassen. Das Wohl von Menschen und Klinik steht ja an erster Stelle. Die Neubesetzung einer vakanten Stelle durch einen karrierebedachten Kollegen ist auf dieser Ebene der Einkommensklasse in der Regel kein Problem.

Wie schrieb der bayerische Heimatdichter Michel Ehbauer so trefflich: „Da Mensch wär schon gut, aber die Leut san halt so schlecht."

Besagter Wichtigpatient wurde also nach den sedierenden Worten Hundlingers in Verbindung mit einem zeitgemäßen Narkotikum in bewusstseinsverminderten Zustand versetzt und in Begleitung des gesamten Schlafteams zu Operationssaal 1 verbracht und anschließend auf dem OP-Tisch gelagert, dem Altar chirurgischen Wirkens. Ohne vorheriges Geläut einer Messglocke trat der vollständig verhüllte Professor Mitsutakis mit gefalteten latexverhüllten Händen ein, gefolgt vom orthopädischen Oberarzt Dr. Janic und den nicht näher erwähnenswerten niederen Chargen, um sich nach Rang- und Hackordnung um den heiligen Schrein zu verteilen.

Dann übliches leitliniengerechtes Vorgehen der Desinfektion mittels diverser chemischer Substanzen, die den Tatort von unerwünschten Mikroben reinigten. Großzügiger Hautschnitt, ausgeführt von Seiner Eminenz persönlich, filigranes Blutstillen durch Herrn Oberarzt, Anschiss ans pflegerische Bühnenpersonal, dass wieder einmal die fokussierte Beleuchtung zu wünschen übrigließe.

Beiseitedrängen von schützender Muskulatur, die durch von Pfeilgiften abstammenden Pharmazeutika willenlos ihrer Funktion beraubt war. Vordringen bis auf die Statik vermittelnde Grundstruktur menschlicher Anatomie. Dann mittels oszillierender Säge Durchtrennung des Knochens, Entfernung maroder Gelenkstrukturen und anschließender computergestützter Reorganisation der Hüfte mit Titanapplikation.

Herr Primar musste sich dann doch vorzeitig vom Tisch verabschieden und überließ den Wundverschluss der medizinischen Mittelschicht. Er hatte schließlich noch weitere Operationen von Privatpatienten zu ministrieren und dann war da auch noch der Vortrag auf dem Orthopädenkongress in Baltimore, zu dem ihn der Hersteller der im Hause verwendeten Implantate nötigte.

„Von nix kummt nix": Der physische Beweis emsigen Schaffens dokumentiert sich als bescheidenes Eigenheim am Kahlenberg und als PS-starker Geländewagen für Frau Gemahlin, damit sie ihre überschweren Einkäufe sicher nach Hause bringen kann.

24 Mittagspause

Nach der vierten OP konnte sich Hundlinger eine Mittagspause gönnen und begab sich in die Personalkantine. Zur Auswahl standen verschiedene Zubereitungen von Leichenteilen verschiedener Tierspezies aus dem Tierwohl-Programm, begleitet von garantiert nicht erntefrischem Gemüse.

Er entschied sich für einen Omega-3-fettreichen Lachs, ungeachtet der möglichen Kontaminierung mit Mikroplastik und diverser Schwermetalle, welche die Ozeane der Menschheit zurückgeben. Leichtsinnigerweise setzte er sich an einen Tisch gleich neben dem Zugang zur Theke. Gerade wollte er sich den ersten Bissen des Seebewohners zuführen, als Schwester Susi vorbeikam und mit gewinnendem Lächeln „Mahlzeit" wünschte. Ebenso tat dies im Anschluss Anästhesiepfleger Mario und eine Dame aus der Verwaltung. Hundlinger beantwortete ebenfalls den gut gemeinten Wunsch zur komplikationslosen Verbringung von Lebensmitteln in den Magen-Darm-Trakt mit „Mahlzeit".

Römische Soldaten hielten als Nahrungsvorrat Korn in ihrem Gepäck, was wiederum erst durch Mahlen zur Weiterverarbeitung geeignet war. Dieser Vorgang benötigte Zeit und wäre zu unserem heutigen Essverhalten des schnellen Aufnehmens von Fertigkost eine gute Alternative gesunden Lebens.

Als sein Mittagsmahl zum zehnten Mal von dem wohlwollenden „Mahlzeit", „Mahlzeit" unterbrochen wurde, entschloss er sich, den Standort zu wechseln, schließlich bestand die Gefahr, noch in der Kantine an Unterzucker zu versterben. An dem entlegensten Platz des Speisesaals fand er dann die Gelegenheit, die Hauptmahlzeit ungestört mit Genuss und Wertschätzung einzunehmen.

Bei der Nachspeise endete aber schon wieder jene Glückseligkeit. Kollegoid Ilg hatte ihn erspäht und pflügte durch die Stuhlreihen auf ihn zu: „Servus Hundlinger. Wolltest Tote im Krematorium reanimieren oder deiner nekrophilen[32] Leidenschaft einen Gefallen tun?"

Im Zeitungsartikel war kein Name erwähnt. Woher wusste die Schlange schon wieder, dass er bei dem Einsatz dabei war.

„Ist ein wissenschaftliches Projekt, von dem du eh keine Ahnung hast."

„Und, warum brauchst du da zwei schwer bewaffnete Polizisten als Assistenten?"

„Geht dich nix an, ist alles strenge Verschlusssache. Woher weißt du überhaupt, dass ich bei dem Einsatz dabei war?"

„Meine Oma ist im Bus der Friedhofslinie gesessen und hat gesehen, wie du und zwei Polizisten das Krematorium gestürmt habt."

„Schleich di", sagte Hundlinger, „geh lieber deine Pflegestufe beantragen", nahm sein Tablett mit der nicht verzehrten Nachspeise, drängte an Kollegoid Ilg (kollegenähnliche Person mit unkollegialen Verhaltensmustern) vorbei, steuerte die Tablettrückgabe an und ging wieder in den OP-Bereich. Dort kam er hinter Narkosegerät und rhythmisch piepsenden Monitoren wieder zur Ruhe. Der restliche Tag verlief problemlos und er konnte entspannt den Feierabend zur vorgesehenen Zeit antreten.

---

32 Nekrophil: Sexuelle oder romantische Anziehung zu Leichnamen oder zur Totenwelt

25 Boxenstopp

Wieder zu Hause, wechselte er seine Kleidung gegen leichte Sportbekleidung, joggte um den Kaiserstrand und nahm anschließend ein Bad in der alten Donau. Danach kurze Dusche zu Hause und Anlegen des „leichten Bier'gwands" – in Bayern wäre es die kurze Lederhose und ein Leinenhemd, in Wien die kurze Leinenhose mit farblich unauffälligem T-Shirt – und auf geht's zur „Alten Kaisermühle", einem der schönsten Biergärten der Stadt, quasi der Olymp des betreuten Trinkens und der traditionellen Küche. Gedanken oder gar die öffentlich geäußerte Meinung zu cholesterinsenkender Diät käme hier einer blasphemischen[33] Despektierlichkeit gleich.

Der Ort seiner Sehnsüchte war mit Gästen schon gut besucht und es war schwer, noch einen Platz zu finden. Hundlinger hatte aber Glück. Die Jana, eine Kellnerin mit charmantem osteuropäischem Dialekt und einer Oberweite, die ungeniert aus dem Ausschnitt ihrer Bluse quoll, erkannte ihn und sprach: „Kommens Herr Doktor, i hab no a Platzerl, direkt am Wasser." Sie führte ihn zu einem Tisch, an dem schon drei Personen in alkoholisch fortgeschrittener Stimmung saßen und fragte diese, ob sich Herr Professor dazusetzen dürfe – durch den aufgewerteten Titel war ein höherer Grad an wohlwollender Zustimmung zu erwarten –, was bei den Anwesenden zu einem freudigen „Bitte gerne" führte. Bei dieser Art von Service war natürlich auch bei der Abschlussrechnung mit einer erhöhten steuerfreien Zuwendung zu rechnen.

---

33 Religiöse Respektlosigkeit

Hundlinger bedankte sich artig bei den Tischgästen, ordnete gewohnheitsmäßig zwei Paar „Wiener" in Begleitung eines halben Liters „Hopfenkaltschale". Mag das Bestellte eher kärglich nach Arme-Leute-Essen klingen, so ist doch anzumerken, dass in früheren Zeiten die Frankfurter/Wiener Würstel in höchsten Adelskreisen als Delikatesse geschätzt waren.

Der aus dem oberfränkischen Gasseldorf, Kreis Ebermannstadt (Deutschland), stammende Johann Georg Lahner musste aus Not seine Heimat verlassen. Er lernte in Frankfurt das Metzgereihandwerk sowie die Herstellung von Frankfurter Würstel. Später kam er als einfacher Rudergehilfe mit einem Donauschiff nach Wien, wo er eine reiche Dame kennenlernte, die es ihm ermöglichte, eine eigene Selcherei zu eröffnen. Als um 1805 in einer Wiener Zeitungsmeldung über „merkwürdige Gebilde" in Lahners Schaufenster berichtet wurde, war dies bald Stadtgespräch und gesuchte Delikatesse bei Adel sowie Hautevolee. Sogar Kaiser Franz Josef schätzte diese Köstlichkeit als Gabelfrühstück und ernannte Lahner zum Hoflieferanten. Franz Schubert, Grillparzer, Nestroy und Lanner erklärten dieses „Gebilde" ebenfalls zu ihrer Lieblingsspeise. Für Hundlinger war es der würdige Ersatz seiner sauren Bratwürste.

Lahners Grab im Wiener Zentralfriedhof wurde 1975 eingeebnet. Somit erinnern an die kulinarisch-historische Kulturleistung nur noch eine Gedenktafel in dem ebenso vergessenen Gasseldorf, diverse Interneteinträge und indirekt jeder Würstelstand in der Alpenrepublik.

Der Promillespiegel war nun bei allen Anwesenden im angenehmen Mittelbereich angekommen, was einer tischübergreifenden Diskussion absolut förderlich war.

Gegenüber von Hundlinger saß ein Herr, welcher ihn schon seit seinem Eintreffen genau musterte. Plötzlich griff dieser in die Diskussion ein und sagte: „Ich kenne Sie doch von irgendwoher?" Bei diesen Worten wurde es Hundlinger warm und kalt. Die Erinnerungen an seine Vorgeschichte mit den Kinderschändern, der neuen Identität und dem Killer löschten schlagartig jegliche Glückseligkeit des lauen Abends. Sein Adrenalinspiegel war über der oberen Nachweisgrenze angekommen, alle Muskeln in maximaler Anspannung, es trennten sich nur noch Millisekunden vor dem Druck auf den roten Knopf, um eine unkontrollierte Reaktion auszulösen. War seine Tarnung aufgeflogen? Glücklicherweise setzte der Fragende den angefangenen Diskurs gleich fort: „Jetzt weiß ich's. Sie waren doch der Arzt, der mit der Polizei das Krematorium im Wiener Zentralfriedhof gestürmt hat." Hundlingers Zentralnervensystem sowie die nachgeordneten Nerven- und Muskelstrukturen kehrten wieder in den Ruhemodus zurück.

„Woher wissen's des, es war doch kein Bild und Name in der Zeitung?"

Jetzt enttarnte sich der Fragesteller: „Ich bin der Journalist von der Kronen-Zeitung, der das zufällig beobachtet und den Artikel geschrieben hat. Wie ich gehört habe, ist wohl mit Ihrem Einsatz die Vertuschung eines Mordes verhindert worden."

Mehrere Fragezeichen blitzten nun auf dem Bildschirm in Hundlingers Großhirnrinde auf.

„Woher wissen's des?"

„Naja, als Journalist hat man da so seine Quellen, nicht nur bei der Polizei. Der Professor wurde mit Dinitrophenol vergiftet."

Jetzt war Hundlinger endgültig sprachlos, bei ihm fast schon eine medizinische Sensation. Auch am Tisch und an den benachbarten Tischen brachen abrupt die Gespräche ab. Die Augen des Enttarnten suchten verzweifelt nach Jana, der Bedienung: „Ja, irgendwie haben's schon recht. I möcht aber darüber ned reden. Des is Aufgabe der Polizei und der Staatsanwaltschaft."

Ruckartig stand er auf, er hatte Jana gesichtet, wünschte noch einen schönen Abend, eilte hilfesuchend zur Bedienung, beglich seine Zeche mit einem „fetten" Trinkgeld und wählte den schnellsten Weg nach Hause.

26 Dienstbeginn

Ein kurzer, von schrecklichen Träumen unterbrochener Schlaf endete wie immer um 5:30 Uhr durch den gnadenlosen Rufton seines Handyweckers. Schnell duschen, einen Verlängerten und ab Richtung Klinik. Der Appetit war ihm absolut vergangen.

Frühbesprechung im Anästhesiesekretariat und Diensteinteilung.

Im Klinikflur begegnete ihm der pflicht- und karrierebewusste Kollege Ilg. Mit hämisch aufgesetztem Lächeln rief er ihm zu: „Servus Pater Braun, hast du die Fakultät gewechselt?"

Hundlingers Antwort: „Zipfiklatscher, bleda." Diesmal ohne gerichtsverwertbare Zeugen, daher sühnemäßig nicht relevant.

Im Büro angekommen, begrüßte ihn die Sekretärin mit bewunderndem Lächeln und einem Gesichtsausdruck, als ob sie ihn noch am Vormittag zum Standesamt schleppen wolle. Das Problem war nur, dass sie schon verheiratet war und dieser Verbindung schon zwei liebe Kinder entstammten. Der Angeschmachtete konnte sich all dies nicht erklären. Der Nebel der Ungewissheit fiel aber, als der Chef mit der „Kronenzeitung" in der Hand den Raum betrat, auf Hundlinger zukam und ihm die Hand schüttelte. „Unglaublich", war der einleitende Kommentar, was in dem Kontext mit Händeschütteln wohl als positive Bemerkung zu bewerten war.

Er hielt ihm die erste Seite des Boulevardblattes vor Augen, wo zu lesen stand: „Wiener Arzt verhindert Vertuschung eines Giftmordes."

Darunter das verschwommene Bild von Hundlinger, wohl mit dem Zoom eines Handys aufgenommen, als er die Zeche zahlte. Leute in seinem Umfeld erkannten ihn, für Außenstehende war die Aufnahme wohl eher nicht zuordnungsfähig.

Natürlich war die Neugier der im Sekretariat Anwesenden groß. Man wollte mehr darüber wissen, doch Hundlinger gab sich mit der Bemerkung, das sei Aufgabe der Polizei, sehr „zugeknöpft".

Die Jana hielt übrigens den Fragen, wer denn der Professor gewesen sei, ganz im Stil osteuropäischen Gemeinschaftsdenkens stand.

Besagter Arzt war zwar in Wien tätig, aber gebürtiger Oberpfälzer. Ist nicht so schlimm, denn aus Mozart und Beethoven hat man auch Österreicher gemacht. Die einheimische Bevölkerung liebt halt Helden. Bei Hundlinger war es ja noch viel interessanter, da man Namen und wahre Identität nicht kannte, und das war gut so.

Hundlinger wurde heute wieder auf seine geliebte Intensivstation eingeteilt. Gegen zehn läutete sein Handy. Jodok Wohlgenannt war es: „Super Aktion! Die Gerichtsmedizin hat mir nochmal die Proben zugeschickt und jetzt kam natürlich zuordnungsfähig dasselbe raus. Die sind auf den Oberst Amonn ziemlich sauer, weil er sie so ins Messer laufen hat lassen. Eigentlich san's auf dich a sauer, weilst as glei an die Presse weitergeben haschd."

Hundlinger: „Des war i ned. I bin in da Kaisermühl g'hockt. Da red mi a Mo an, er sei Journalist und hätt mich wiedererkannt, wia ma in's Krematorium san. Woher der scho vor mir des Tox-Ergebnis kannte, woass i a ned."

Der Ruf des Helden der Wiener Detektivszene war in der Gerichtsmedizin wohl bisher nicht aufgefallen, aber jetzt als medizinisches „Friendly Fire" – der Beschuss eigener oder verbündeter Streitkräfte – mit rufschädigendem Kollateralschaden an der ehrwürdigen Ärzteschaft gelistet.

Später stellte sich heraus, dass besagter Journalist auch im Schritt einer Sekretariatsangestellten der Forensik gelegentliche Nachforschungen anstellte und nebenbei an brisante Informationen kam, quasi voller Körpereinsatz im Auftrag der Wahrheitsfindung.

27 Oxphos die 2.

Zwei Wochen später wurden die sterblichen Überreste von Professor Pirkhofer schließlich zur Feuerbestattung freigegeben. Diesmal verlief die Zeremonie komplikationslos – abgesehen von der beträchtlichen Anzahl an

Trauernden und Schaulustigen, die durch die ausführliche Berichterstattung in der Presse angelockt wurden. Auch Hundlinger hatte es geschafft, seinen Dienstplan so zu arrangieren, dass er an der Abschiedszeremonie teilnehmen konnte. Gut getarnt in schwarzem Anzug und mit einer Sonnenbrille mischte er sich unter die Menge, immer darauf bedacht, von den anwesenden Pressevertretern nicht erkannt zu werden. Zwar waren einige Journalisten vor Ort, doch die große Menschenmenge und sein unauffälliges Auftreten machten ihn für sie zu keinem lohnenden Ziel.

Die Sonnenbrille hatte es allerdings in sich: In ihr war eine kleine Minikamera mit Aufzeichnungs-Chip versteckt, sodass Hundlinger zu Hause alles noch einmal in Ruhe Revue passieren lassen konnte. Während der Zeremonie fand er auch Gelegenheit, einige der Anwesenden nach ihrer Beziehung zum Verstorbenen zu befragen. Besonders interessant wurde es, als er auf einen sportlich wirkenden Herrn traf, der sich als Vorsitzender der Longevity-Gesellschaft entpuppte – jener Organisation, die den Kongress auf Ischia veranstaltet hatte. Ein wahrer Glücksfall, dachte Hundlinger, und heftete sich an dessen Fersen. Der Mann machte sich schließlich auf den Weg in ein Café in der Nähe des Zentralfriedhofs, wo sich auch andere Trauergäste einfanden.

Hundlinger nutzte die Gelegenheit, setzte sich spontan an den Tisch des Kongressvorsitzenden und begann, ihn mit allgemeinen Floskeln in ein Gespräch zu verwickeln. Dabei gab er sich als Kollege zu erkennen und erklärte, er sei aus persönlichen Gründen an Longevity-Medizin interessiert – vor allem mit Blick darauf, die „Himmelsfahrt möglichst lange hinauszuzögern." Geschickt fragte er nach dem nächsten Kongress sowie nach möglichen Unterlagen und Vortragsaufzeichnungen vom Treffen auf Ischia.

Der Unkaputtbarkeits-Protagonist, dessen merkantiles Interesse nun geweckt war, zog prompt ein Mitgliedsformular aus seiner Jackettasche und begann, die zahlreichen Vorteile der Mitgliedschaft in der Gesellschaft anzupreisen. Hundlinger zögerte nicht lange und unterzeichnete mit falschem Namen „Dr. Sascha Kohn", wohnhaft im zweiten Wiener Bezirk. Schließlich, so seine Überzeugung, sind kleine Lügen im Dienste der Wahrheitsfindung kaum beichtpflichtig.

Durch diese neue „geistige Bruderschaft" gewann Hundlinger das Vertrauen des Vorsitzenden, der bereitwillig über den Inhalt und Verlauf des Kongresses plauderte. Bei der Verabschiedung versprach der Mann, sämtliche Kongressunterlagen inklusive Vortragsprotokollen per E-Mail weiterzuleiten. Hundlinger war bestens vorbereitet: Er verfügte über mehrere anonyme E-Mail-Adressen, die keinerlei Rückschlüsse auf seine wahre Identität zuließen. Eine davon – *oxphos@oxphos.info* – erschien ihm besonders glaubwürdig für einen angeblichen Experten der medizinischen Wissenschaften zur Lebensverlängerung.

28 Auswertung

Zu Hause angekommen setzte sich Hundlinger an den Computer, überspielte die Bilddaten seiner Spy-Cam auf eine Gesichtserkennungs-KI – diese hatte ihm ein französischer Freund aus Sophia Antipolis zukommen lassen – und studierte Gesichter und Namen. Plötzlich fielen ihm das Gesicht und der Name von Andrei Albescu, dem Rettungssanitäter aus dem Learjet, auf. Was hatte der mit der Familie vom Professor zu tun?

Rasch griff er zum Handy, rief die ÖAMTC-Leitstelle für die Koordination von Rettungsflügen an, fragte, wann er wieder zum Einsatz käme, und dass er froh wäre, wenn sein erfahrener Flugbegleiter Andrei Albescu auch wieder von der Partie wäre. Zur besseren Absprache des nächsten Einsatzes wäre es auch hilfreich, wenn man ihm Andreis Handynummer gäbe, was ja dem ÖAMTC-Koordinator sinnhaft erschien.

Sofort rief er seinen Begleiter an, der ihn freudig am Telefon begrüßte. Nach dem allgemeinen „Wie geht's dir" und „Wann fliagn ma wieder" fragte Hundlinger: „Hab di heut bei der Einäscherung vom Professor Pirkhofer g'sehn. Bist du mit der Familie verwandt oder bekannt?"

Längere Pause, dann kam vom anderen Verbindungsende: „Na, war bloß neugierig. Is ja g'nug in der Zeitung g'standen."

Dann wieder allgemeine Fragen, wie es den Eltern so ginge und was die Geschwister so machen. Vor allem, welchen beruflichen Werdegang die Geschwister so eingeschlagen hatten.

Die familiäre Biografie erhöhte bei Hundlinger die gedankliche Umdrehungszahl in den Maximalbereich. Bruder Eugen Albescu war der erfolgreichste in der Familie. Er hatte einen internationalen Autohandel aufgebaut mit Niederlassungen in Bukarest, Belgrad und Istanbul.

Blitzartig meldeten sich bei Hundlinger die Erinnerungen an den rumänischen BMW zurück. Die beiden Insassen, der „Ich mache keine Aussage" und der ausreisewillige Lenker der schwarzen Edellimousine, könnten doch die Subunternehmer der Firma gewesen sein. Warum stockte Andrei bei der Frage, ob er verwandtschaftliche oder bekanntschaftliche Beziehungen zur Familie Pirkhofer hätte? Könnte Andrei eventuell auch zur Mannschaft seines Bruders gehören? Er hätte die Möglichkeit gehabt, während des Transportes das Dinitrophenol zu verabreichen. Das immer noch gut nachweisbare Gift würde diese Hypothese untermauern.

Jochen Hundlinger verabschiedete sich und sülzte ins Telefon, dass er sich auf das nächste Treffen und die Zusammenarbeit sehr freue. Anschließend wählte er die Nummer von Jodok Wohlgenannt, dem Toxikologen. Diesmal dauerte es länger als gewöhnlich, bis er sich meldete.

Hörbar genervt sprach er: „Du scho wieder. Von mir aus kannst dei Video auf YouTube, Instagram und TikTok stellen oder im Cineplexx als Vorprogramm laufa lassen. Is ma wurscht, wansd mi ruinieren wuist. Irgendwann geh i eh in'd Renten."

Hundlinger: „Geh Jodok, sei doch ned so nachtragend. War doch alles richtig, was wir zwei gmacht ham und außerdem hast für deinen nächsten Kongressvortrag a super Kasuistik. Bei deine Studenten kannst an dem Beispiel hervorragend die Störmöglichkeiten an der Oxphos erklären. Zyankali und Sauerstoffmangel kennt doch a jeda, aber Dinitrophenol die wenigsten. Da bist da Chef. Und wärst du ned gwesen, wär des nia raus'komma, das eahm vagift ham."

Zur Erklärung: Auf Hochdeutsch nennt man das „Süßholz raspeln". Eine Wortwahl, welche ertappte Lebenspartner gerne einsetzen, um die Wahrnehmung einer

Verfehlung zu positivieren. Die einfachste Formulierung wäre „Du liebst mich doch", was in diesem Fall jedoch absolut unangebracht gewesen wäre.

Wohlgenannt: „Also, wo brennt's?"

Hundlinger: „I hät eventuell an Verdächtigen. Mei Flugbegleiter. Hatte jede Menge Möglichkeiten, dem Professor das Gift beizubringen. War trotz irgendeinem triftigen Grund bei der Einäscherung dabei. Dann die gute Nachweisbarkeit vom DNP und, er ist rumänischer Abstammung. Hab' schon a mal mit solchen Leuten Probleme g'habt. Sein Bruder hat einen Fahrzeughandel mit Niederlassungen in Rumänien, Serbien und der Türkei. Hast ned zufällig an guten Draht zur Kripo? Den Amonn brauch i eh ned anrufen."

Wohlgenannt raspelte nun seinerseits: „OK, klingt plausibel. Für di du i faschd alles. Bischd halt immer scho a Hund gsi."

Im Unterschied zu anderen Mundarten fehlt dem Vorarlberger die Präteritumform des Verbs „sein". Als Beispiel sei die Formulierung „I bin gsi" (Ich bin gewesen) genannt. Korrekterweise müsste es heißen „Ich war". Zugereisten Neubürgern in Vorarlberg sei an dieser Stelle nochmals dringend geraten, einen Sprachintegrationskurs zu belegen, um sich nachzuqualifizieren.

Am nächsten Morgen verlief Hundlingers Dienst routiniert: kurzes Briefing, Visite auf der Intensivstation, Schulung und Einweisung von Turnusärzten. Zur Mittagspause begab er sich jedoch nicht in die Kantine, sondern zur Krankenwagenanfahrt der Nothilfe, wo sich die Sanitäter nach Einsätzen häufig aufhielten, um eine Zigarette zu rauchen. In der Hoffnung auf Informationen über Albescu zog Hundlinger eine alte Packung filterloser Zigaretten aus seinem Spind – sogenannte „Beuschelreißer"[34], benannt nach dem Hustenanfall, den sie zuverlässig auslösten.

Nach mehreren Wechseln der Besatzungen stieß Hundlinger schließlich auf eine junge Rettungsassistentin, die Albescu kannte: „Klar, der Andi. Macht doch auch beim Flugdienst Begleiter. Soll ein super Typ sein, redet nicht viel, aber die Mädels stehen auf ihn."

Die Information war dürftig und Hundlinger fragte sich, ob die tabakassistierte Zwangsräumung seiner Lunge diesen Einsatz wert war. Am Abend meldete sich Wohlgenannt erneut. Jochen Hundlinger hatte ihm Tage zuvor die Situation beim Rückflug von Ischia geschildert.

„Dein Andrei ist ein absolut unbeschriebenes Blatt. Sozial engagiert, kein Dreck am Stecken. Auch über den Bruder gibt's keine belastbaren Infos."

Hundlinger fühlte sich ertappt. Seine Gedankenwelt hatte kurz Stammtischniveau erreicht, indem er Albescus Herkunft voreilig mit Kriminalität assoziiert hatte. Genauso könnte man behaupten, alle Österreicher seien Frauenmörder, nur weil das Land in den Statistiken der Femizide[35] negativ auffällt – übrigens ein verzerrtes Bild, das mit fehlenden Daten in anderen Ländern erklärt werden kann. Wie meinte mal ein erfahrener Journalist: „Bad News are good News, Wahrheit ist doch ein Luxusproblem. Hauptsache die Auflagenzahl stimmt."

---

34 Beuschel auf Wienerisch: Lunge
35 Femizide: geschlechtsspezifische Morde an Frauen

29 Wiedergutmachung

Sein schlechtes Gewissen drängte ihn dazu, Andrei anzurufen und zum Essen in die Kaisermühle einzuladen. Unter Berücksichtigung beider Dienstpläne fand sich drei Tage später eine Lücke für den späten Nachmittag, wo der Biergarten nicht so voll war. Somit war das moralische Konto des Mediziners wieder ausgeglichen.

Abends checkte Hundlinger seine Mailkonten und siehe da, das versprochene Programm von Ischia, die Vorträge in Schriftform, sowie die Programme nachfolgender Kongresse waren an das Anschreiben angefügt.

Da standen Themen wie: Gesunde Ernährung, Substitution von Vitaminen, Schlaf, gesunder Sport und vieles mehr. Natürlich war auch der Vortrag von Pirkhofer über NADH und ein weiterer über NAD+ angeführt, welchen der bekannte Pillenpapst Grobmeier gehalten hatte. Diese beiden Referate studierte Hundlinger genauer, da er NADH häufig selbst einsetzte. Äußerst interessant schien ihm daher der Vortrag von Grobmeier, welcher sich auf die Inhalte des Buches „Das Ende des Alterns" von Professor Sinclair bezog. Der australisch-amerikanische Biologe und Genetiker hatte mit diesem Buch einen Riesenerfolg und es wurde zum Bestseller. Der Mensch könnte aufgrund seiner Genetik theoretisch 120 Jahre alt werden. Hundlinger assoziierte alptraumhafte Gedanken. Jetzt bekam man in seinem Lieblingsbiergarten eh schon schwer einen Platz. Wenn die Bevölkerung noch älter wird, verschärfe sich das Problem exponentiell. Vermutlich müsste die gastronomische Wohlfühleinrichtung direkt am Donauufer erheblich erweitert werden und sich um den gesamten

Kaiserstrand ausdehnen. Häuser müssten abgerissen werden. Seines wäre auch dabei. Eine wahrlich düstere Szene, der Gedanke daran unerträglich. Er sah sich deshalb genötigt, auf kürzester Luftlinie seinen Kühlschrank anzusteuern und eine gut gekühlte Flasche „Gemischten Satz" diesem zu entlocken. Anders wäre der depressionsbedingte drohende Selbsttötungsversuch nicht mehr abwendbar.

Nach dem ersten Achtel bilanzierten sich seine Gedanken und kamen wieder ins Gleichgewicht mit der Ist-Situation, nach dem zweiten Achtel kam seine Gelassenheit endgültig zurück, ähnlich den zwei Schweinen, die sich mit den Worten trösteten: „Was aus uns wird, is eh Wurscht."

30 Im Elysium

Das Wort **Elysium** entstammt der griechischen Mythologie. Es bezeichnet einen Ort im Jenseits – das Himmelreich, das Paradies. In der latinisierten Form „Elysion" wird es zur Insel der Seligen, umflossen vom mythischen Fluss **Okeanos** – dem Ozean. Schillers berühmteste Ode, geschrieben im Sommer 1785, greift dieses Motiv auf: **„Freude, schöner Götterfunke, Tochter aus Elysium."** Beethoven vertonte diese Worte später in seiner monumentalen 9. Sinfonie, deren Schlusssatz bis heute als Inbegriff universeller Harmonie gilt.

Im Sommer 1971 schließlich erhielt diese Melodie eine neue Bedeutung: Der Europarat erklärte sie zur Europahymne. Zwar wird sie ohne Text aufgeführt, doch ihr

Geist soll die Ideale Europas – Freiheit, Brüderlichkeit und Gleichheit – musikalisch zum Ausdruck bringen.

Hundlingers persönliches **Elysium** war der Kaisermühlgarten. An einem sonnigen Sommertag unter den kühlenden Bäumen dort sitzen zu dürfen, war für ihn der Inbegriff von Glückseligkeit. Jana, die charmante Bedienung, hatte ihm erneut den besten Platz zugewiesen – wieder direkt an der Alten Donau. Für den Mediziner war dieser Ort nichts weniger als das Paradies der Wiener Gastronomie: Ein Ort, an dem man sich sowohl das proletarische Schaumgetränk Bier als auch hochpreisige Erzeugnisse aus vergorenem Traubensaft bestellen konnte.

Hier verschmolzen Welten, die sich sonst kaum berührten: Der Arbeiter, der UNO-Mitarbeiter und der Unternehmer saßen vereint an einem Tisch. Es war, als ob Schillers Idee von Brüderlichkeit und Gleichheit im Biergarten tatsächlich gelebt wurde – eine Utopie, die jenseits der schattigen Bäume und des schäumenden Krugs wohl selten ihren Platz fand.

Hundlinger wartete auf Andrei, seinen Flugbegleiter, der auch pünktlich eintraf.

Statt Nektar, welcher den Göttern ewige Jugend und Schönheit verlieh, bestellten sie sich Bier, welches wohl auch einen gewissen glättenden Effekt auf die Körperkontur hat. Chefinspektor Amonn, pseudogewerkschaftlicher Vertreter der Mitarbeiter aller Brauereien, meinte oft: „Die Haut über dreißig benötigt Alkohol." Ein Gebot, welches er selbst überzeugend berücksichtigte.

Ambrosia, die Götterspeise, ersetzten sie durch Wiener Schnitzel und Rindsgulasch, ein ebenso stärkendes

Nahrungsmittel, wenn nicht unbedingt als streng diätetisch und lebensverlängernd einzuordnen.

Bald kam ihr Tischgespräch auf das gemeinsam Erlebte, wer hatte wohl Interesse, einem so renommierten und allseits beliebten Wissenschaftler den Lebensfaden vorzeitig abzuschneiden.

Hundlinger hatte aus dem Internet erfahren, dass Pirkhofer für sein neues Präparat eine Firma gegründet hatte und auch dabei war, ein Vertriebssystem für Russland, die Türkei und Serbien zu etablieren. Gab es Geschäftspartner, die an seinem Ableben interessiert waren? Ging es um Geld oder um das Patent? So reflektierten sie einen Gedanken nach dem anderen und fanden keine Antworten.

Andrei: „An was hat eigentlich Pirkhofer geforscht?"

Hundlinger: „Das Lebenswerk von Pirkhofer drehte sich um NADH – jenen Ausgangsstoff, der als Grundlage unserer Lebensenergie dient. Aus NADH entsteht ATP, ein Molekül, von dem wir täglich so viel produzieren, wie unser Körpergewicht ausmacht. NADH ist ein natürlicher Stoff, der nicht patentiert werden kann. Genau hier setzte Pirkhofer an: Er entwickelte ein Verfahren, um NADH zu stabilisieren und über Jahre hinweg in Tablettenform aktiv zu halten. Anfangs wurde es gezielt bei der Parkinson-Krankheit – der sogenannten Schüttellähmung – eingesetzt. Doch Pirkhofer erkannte schnell, dass NADH weit mehr Potenzial hatte. Es konnte überall dort helfen, wo Energiemangel eine Rolle spielt – und das betrifft viele Krankheiten. Sogar im Spitzensport erwies es sich als nützlich. Zudem zeigte das als Coenzym 1 bekannte Molekül weitere positive Effekte: Es hebt den Serotoninspiegel, was bei Depressionen hilfreich ist, und findet Anwendung bei Demenz, Schlaganfall, Krebs, chronischem Müdigkeitssyndrom, Diabetes, hormonellen Störungen, Konzentrationsproblemen, Wundheilungsstörungen und vielem mehr. Der amerikanische Biochemiker Dr. Passwater fasste es einmal treffend zusammen: ‚Es gibt vielleicht kein einziges Molekül im menschlichen Körper, das man als das Wichtigste bezeichnen könnte – aber NADH kommt dieser Beschreibung wohl am nächsten.'"

Andrei: „Ich hab davon noch nie was gehört. Warum setzt man es nicht häufiger ein?"

Hundlinger: „Weil es eben als Nahrungsergänzungsmittel gilt und nicht als Medikament. Forschungsgelder fließen in solche Stoffe kaum. Zudem kann man NADH nicht patentieren und damit auch nicht das große Geld verdienen. Allerdings wird das oxidierte Produkt NAD+ vermehrt beforscht, besonders seit Professor Sinclair sein Buch **Das Ende des Alterns** veröffentlicht hat. NAD+, ein Spaltprodukt, das bei der Oxphos entsteht, konnte in Tierversuchen zeigen, dass es den Alterungsprozess verzögern kann. Aber die Verfechter dieser Longevity-Methode vergessen oft, dass NAD+ zwar wieder in NADH umgewandelt, in Tablettenform jedoch schlecht resorbiert wird. Entscheidend in der Oxphos ist das Wasserstoffatom, das mit Sauerstoff reagiert, um die Energie für die Synthese von ATP zu liefern. NADH ist dabei der reduzierte Stoff – der ‚Stahl'. NAD hingegen ist das oxidierte Produkt – der ‚Rost'. Wenn ich NADH nehme, habe ich das ‚Rohöl' für die Oxphos, aus dem der Kraftstoff ATP entsteht. Gleichzeitig habe ich auch das Anti-Aging-Produkt NAD+, das den Alterungsprozess verzögert. Nehme ich hingegen nur NAD, muss es erst wieder zu NADH reduziert werden, um an der Energiegewinnung teilzunehmen. Kurz gesagt: Es ist effizienter, NADH zu nehmen, um beide Effekte zu erzielen. Das war Pirkhofers Botschaft. Leider hat er es versäumt, das populärwissenschaftlich zu verbreiten – und so hat er Sinclair und anderen das Feld überlassen."

Andrei: „Hätte Sinclair denn ein Interesse gehabt, Pirkhofer aus dem Weg zu räumen?"

Hundlinger: „Wohl kaum. Erstens kannten sie sich nicht. Zweitens lebt Sinclair in Amerika und Australien, er ist also geografisch weit entfernt. Drittens: Sinclair ist nicht nur als Wissenschaftler, sondern auch als Geschäftsmann äußerst erfolgreich. Mit mehreren Firmen im Rücken hat er es überhaupt nicht nötig, jemanden aus dem Weg zu räumen. Es muss andere Gründe geben."

Andrei: „Aber welche?"

Hundlinger: „Wenn wir das wüssten, wären wir der Aufklärung schon ein gutes Stück näher."

Letztendlich konnten sie trotz des „Orakels von Wien" im aufsteigenden Nebel der Donau und der Einwirkung der Hopfendroge kein klares Bild erkennen und beschlossen, den Abend zu beenden.

Hundlinger winkte die liebreizende Jana mit dem noch liebreizenderen Dekolleté zu sich, um die Zeche zu begleichen. Die Bedienung beugte sich tief über den Tisch, tauschte Geld gegen Wechselgeld, ließ dafür das „Gebirge des Semmerings" aus dem Ausschnitt noch einmal aufleuchten und sprach: „Kommen's bald wieder, die Herrn Doktores."

Eine Formulierung, die Andrei für seine Person als außerordentlich angemessen wahrnahm. Schließlich machen Rettungssanitäter die weitaus wichtigeren Tätigkeiten zum Wohle des Patienten. Dennoch intervenierte er der Ehrlichkeit gehorchend: „Ich bin nur Rettungssanitäter."

Was überflüssig war, da in Wien jeder generöse Gast mit Herr Doktor oder Herr Ingenieur tituliert wird, einem Brauch wohl aus alten Zeiten. Beim Pädagogen war auch „Herr Professor" oder gar „Herr Hofrat" gern gelitten. Welch Freude bei dem Angesprochenen, auch ohne Habilitation angemessen gewürdigt zu werden. Wem schad's?

Genau das ist es doch, was Österreich für den Piefke so mysteriös, so sympathisch macht. Die Eleganz einer Sprache vergangener monarchischer Zeiten, auch wenn die Habsburger alles „verkackt" haben. Gerne wählt der emigrierende Nachbar die Alpenrepublik zur neuen Heimat, weshalb der prozentual höchste Anteil an Ausländern Deutsche sind, die nach dem „Tu Felix Austria" suchen, auch wenn die Korruption hier höher als in Deutschland ist. Wen stört's. Höchstens einen missgünstigen Parlamentskollegen oder einen Journalisten, der sein Salär von der Aufklärung solcher Umstände bezieht. Übrigens bezieht sich das Wort Salär auf römische Zeiten, als Salz – Sal – sehr wertvoll war. Heutzutage streut der investigative Schreiber fiktives Salz zwischen seine Zeilen. Danach geht's eh wie gewohnt weiter. Schlimmstenfalls wird mal ein Ministerposten gegen einen Sitz im Europaparlament getauscht.

Dennoch ist summa summarum vieles besser als in der benachbarten Achtzig-Millionen-Republik.

So wohl gestärkt mit den elysischen Köstlichkeiten der Kaisermühle, bar jeglicher Ahnung über die Gründe des unvorhergesehenen Ablebens von Prof. Pirkhofer, trennten sich Hundlinger und Andrei.

31 Flugbereitschaft

Wie verabredet, konnten sich Dr. Hundlinger und Andrei Albescu im Flugbereitschaftsdienstplan gemeinsam eintragen. Beide erschienen pünktlich um 7:00 Uhr am Flughafen Wien-Schwechat und machten gemeinsam einen Geräte- und Medikamentencheck. Anschließend begaben sie sich in eine Cafeteria im Abfertigungsgebäude, um gemeinsam zu frühstücken. Im Gegensatz zum Rettungshubschrauber musste man sich nicht unmittelbar am Flugzeug aufhalten, da die Vorlaufzeiten in der Alarmierung länger waren. Die Patienten waren ja in aller Regel bereits in medizinischer Betreuung und wurden im Rahmen des Ambulanzfluges in die Heimat rückverlegt.

Dieses wurde auch nur dann genehmigt, wenn eine landgebundene Rückholung mittels Krankenwagen nicht zumutbar und der Zustand des Patienten einigermaßen stabilisiert ist.

Gegen 8:30 Uhr läutete dann Hundlingers Telefon. Die Leitstelle forderte Arzt und Rettungsassistenten zum nächsten Einsatz an. Es sollte nach Nizza gehen. Kurze Übermittlung der Basisdaten, Näheres sollte noch per Mail folgen.

Der österreichische Bauunternehmer Alois A., mit gemeldetem Hauptwohnsitz Monaco, wo er in einem bescheidenen Zweizimmerappartement für drei Millionen Euro angeblich lebte, habe wohl einen Herzinfarkt erlitten und sollte nun ins Landeskrankenhaus Salzburg verlegt werden, quasi Familienzusammenführung. Frau Gemahlin verfügt in Zell am See über ein deutlich größeres Anwesen. Monaco wird bei Menschen mit hohem

Einkommen bekanntlich zur Steueroptimierung sehr geschätzt. Einkommensdiät sowie Steuersolidarität sind eher etwas für untere Bevölkerungsschichten, damit die Bevölkerungsstruktur übersichtlicher wird und es bald nur noch Arm und Reich gibt. Der Hafen der monegassischen Hauptstadt, aber auch der von Nizza, bietet die großartige Möglichkeit, neue Freundschaften zu schließen und die bescheidenen Erträge ideenreicher Finanzakrobatik in Sicherheit zu bringen. Die auf den Jachten gehissten Flaggen der Cayman Islands geben beredtes Zeugnis davon. Früher stachen auch die Luxuslimousinen westlicher Hersteller mit russischem Kennzeichen ins Auge. Diese sind nun nicht mehr so präsent und wurden durch Edelsänften mit ukrainischer Identifikation abgelöst.

Es trug sich zu, dass besagter Alois A. im benachbarten Nizza mit Geschäftsfreunden dinierte. Das in Hafennähe gelegene „Plongeoir", ein ehemaliger auf einem Felsen gelegener Sprungturm, der zu einem Edelrestaurant umgebaut wurde, war der ideale Ort für mediterrane Speisen und die Anbahnung neuer Geschäftsbeziehungen. Zum Entrée wählte der Repräsentant der Betonschickeria sechs Exemplare der bretonischen „Gillardeau-Auster". Nicht ganz ohne Hintergedanken, diese als Biotreibstoff maskuliner Überzeugungskraft einzusetzen, schlürfte er die letzte lüstern – gourmandhaft[36] – in sich hinein. Vielleicht könnte sich am Abend noch eine der anwesenden Damen barmherzig zeigen. Champagner in kleiner Dosierung genossen, wirkt wohl synergistisch zum Effekt

---

36 Gourmand ist im Gegensatz zum Gourmet eher der hemmungslosere Konsument

des Meeresbewohners, doch das pro Exemplar jeweils mitgetrunkene Glas Dom Pérignon kann auch kontraproduktiv sein, den erotischen Ausklang des Abends zu einem „Unhappy End" gestalten.

Kleine Sünden bestraft der Herrgott sofort, große etwas später. Beides trat nun nacheinander ein. Noch vor dem „Plat principal", der Hauptspeise, tauschte Alfred A. sein dem erhöhten Blutdruck geschuldetes und am Kopf zu diagnostizierendes Hochrot in ein unheilkündendes Friedhofsgrau. Erst Übelkeit, dann schlagartig einsetzender Vernichtungsschmerz in der Brust. In zeitlicher Abfolge servierte er zuerst die glitschige Mixtur seines Verdauungs-Zwischenlagers zielgenau auf seinen Teller, um sich anschließend damit wiederzuvereinigen, indem er nach vorne kippte und sein Antlitz darin verbarg. Für weitere Gespräche stand er nicht mehr zur Verfügung. Ein herbeigeeilter Ober, welcher das Ambiente als ungemein gestört empfand, alarmierte die „Samu" und nur wenige Minuten später fuhren zwei Fahrzeuge des medizinischen Notfalldienstes publikumswirksam vor. Der Bauunternehmer war mittlerweile auf dem Weg zum Todesfährmann. Hastig eilten die Retter auf den umgewidmeten Sprungturm, befreiten das Gesicht des Gepeinigten von dem angedauten Austernschleim und lagerten ihn auf dem Boden vor den ungeniert weiterspeisenden Gästen. Der Griff zur Halsschlagader entlockte dem „Médecin" die Worte „sans pouls" – Pulslosigkeit. Das hastig angelegte Notfall-EKG bestätigte, dass sich das Herz einer geordneten Tätigkeit verweigerte. Das zittrige Bild auf dem Monitor ließ Herzkammerflimmern erkennen. Ein Zustand des Organs, welcher die Bereitschaft andeutete, durchaus nach geeigneten Maßnahmen die Tätigkeit eventuell wieder aufnehmen zu wollen.

„Rapidement" – Herzdruckmassage, Beatmung, Intubation, Defibrillation und nach nur zwei Stromstößen erbarmte sich das Pumporgan und beendete den Streik. Trotz inkompetenter, eigentlich nicht vorhandener Ersthelfereinwirkung hatte Alois A. das Glück, aufgrund des beherzten Eingreifens der Samu-Retter wieder den Weg ins Diesseits gefunden zu haben.

Nach gelungener Reanimation der beschleunigte Transport ins Hôpital Pasteur, wo man einen Herzinfarkt mit Verschluss eines Gefäßhauptastes bestätigte. Durch Revaskularisierung, das Wiedereröffnen des verschlossenen Gefäßes, konnte ein erheblicher Schaden am Herzmuskel verhindert werden. Wochen zuvor hatte der wohlbeleibte und dem opulenten Leben zugeneigte Mann einen Arzt aufgesucht. Diverse Medikamente gegen Bluthochdruck, Cholesterin und leichten Diabetes konnten jedoch dem langjährigen Versuch zur Verkürzung seiner Restlaufzeit nicht Einhalt gebieten. Wären da nicht die schnellen Samu-Retter gewesen, könnte er jetzt mit seinem Wiener Kollegen Mörtel die sanierungsbedürftige Himmelspforte überarbeiten.

Nach nur wenigen Tagen war das Schlimmste überstanden und Alois A. verlangte umgehend, nach Österreich verbracht zu werden. Obwohl sich das Personal redlich bemühte, in Englisch zu kommunizieren, wollte er dringend in eine deutschsprachige Leidensanstalt. Seine Kernkompetenz war weder Allgemeinbildung noch Englisch oder Französisch, sondern die Geldakquise. Sein Motto auf dem Weg zum Alphatier war „Wer zahlt, schafft an".

32 Nizza Airport

Nach einer Flugzeit von einer Stunde fünfundvierzig schwebte der gelbe Engel mit Besatzung ein, vorbei am Schlossberg, der Vieille Ville, eine der schönsten Altstädte Europas. Nizza gehörte bis 1860 zum Königreich Sardinien-Piemont und kam erst 1861 zu Frankreich, weshalb man sich dort in eine alte italienische Stadt versetzt fühlt. Einheimische sprechen eine eigene Sprache, das okzitanische Nissart. Vom Klangbild erinnert es ans Italienische, stellt jedoch auch für Italiener und Franzosen eine Herausforderung dar.

Der gelbe Albatros glitt an der Baie des Anges (Bucht der Engel) entlang und setzte sanft auf das im Meer gelegene Rollfeld des Aéroport Nice auf, bog am Ende Richtung Stellplatz zu den unzähligen Privatjets ab. Nizza hat den drittgrößten Flughafen Frankreichs. Hier werden Geschäfte, aber auch Kultur und Wissenschaft gemacht. Angebunden sind Monaco, Antibes, Cannes und Sophia Antipolis – das französische Silicon Valley. Für betuchtere Passagiere steht auch der Heli-Service bereit, um in kürzester Zeit den okzitanischen Wohnsitz oder die Helikopterplattform der eigenen Luxusarche erreichen zu können.

Nachdem der Learjet seinen endgültigen Standplatz erreicht hatte, dokumentierte Hundlinger dieses mit „Et voilà", auf Bayerisch so viel wie „Na oiso". Die frankophonen Sprachkenntnisse aus seiner Schulzeit waren nur noch kärglich vorhanden. Er wollte halt nur ein bisserl angeben und Andrei beeindrucken.

Hundlinger war früher auch immer wieder mal privat in Nizza und lernte dort in der „Shapko Bar" einen Kollegen und Medizininformatiker kennen. Djamal war ein hochintelligenter Mann mit französischer Staatsbürgerschaft und algerischen Wurzeln. Seine Eltern wussten um die Probleme der xenophoben Haltung der Bevölkerung und setzten daher alles daran, ihrem Sohn die beste Ausbildung zu ermöglichen. Trotz bescheidener wirtschaftlicher Verhältnisse konnte er Medizin studieren. Schon bald erkannte er, dass die Zukunft in der Informatik lag und setzte deshalb noch ein IT-Auslandsstudium in den USA drauf. Nach dem Abschluss begann er im Rechenzentrum des Louis Pasteur, wandte sich aber nach kurzer Zeit der viel spannenderen forensischen Informatik zu und gründete eine kleine Firma in Sophia Antipolis. Die ersten Aufträge erhielt er wohl von der Police Nationale. Danach war von der Firma weder im Internet noch sonst was zu hören.

Hundlinger fragte ihn einmal, was Djamal in seiner Firma so machen würde, was dieser mit den charmanten Worten und anglofranzösischem Akzent mit „If I told you that, I'd have to shoot you afterwards" beantwortete – wenn ich dir das erzähle, muss ich dich anschließend erschießen.

Djamal hatte auch eine bildhübsche Schwester, die er einmal zum Abendessen ins Restaurant Favola mitbrachte. Hundlinger war unglaublich angetan von ihr, konnte jedoch seine explodierenden Gefühle in Anwesenheit des Bruders und auch ob der Sprachbarriere nicht zur Wirkung bringen.

Mit den Frauen hat's bei ihm nie so richtig funktioniert. Seine altbayerischen Wurzeln verhinderten halt eine charmante sülzende Kommunikation mit dem anderen Geschlecht.

Der Krankenwagen mit dem Patienten war noch nicht am Flughafen angekommen. Es blieb also noch etwas Zeit für Kontaktpflege zu seinem französischen Freund. Er hatte auch einen Hintergedanken dabei. Vielleicht hätte Djamal einen Tipp, wie man dem Giftmörder auf die Schliche kommen könnte. Eigentlich wäre das die Aufgabe der österreichischen Polizei, aber von der Seite hörte man ja nichts. Vermutlich hatte Chefinspektor Amonn die Leitung übernommen. Da waren wohl einige Boxenstopps in Hopfenverbrauchszentren erforderlich, um nicht voreilige Schlüsse zu ziehen.

Hundlinger hatte gerade Djamals Nummer gewählt, als der Krankenwagen auf dem Rollfeld vorfuhr. Somit konnte er kein Gespräch führen; er würde dann von zu Hause aus den Kontakt suchen.

Dann alles wie immer. Fahrer, Beifahrer sowie der begleitende Notarzt der Ambulance Nice Est stiegen aus, kurze mündliche Übergabe in Englisch, Übergabe des Krankenhausberichts und zuletzt Umlagern des Patienten auf die Trage des Learjets.

Der Patient Alois A. war dank moderner Medizin und einer perfekten Rettungskette wieder zu Leben erwacht und außer einer leichten Herzschwäche in passablem Zustand. Eigentlich hätte er ja laufen können, doch der Rettungsregie folgend musste er liegen. Einem Alphatier-Charakter fällt es zwar schwer, Anweisungen zu folgen, doch der Paukenschlag in seiner Schicksalssymphonie veranlasste ihn, sich diesmal ergebenst ins Orchester einzureihen und dem Taktstock des Dirigenten Folge zu leisten.

33 Q 10

Im Flugzeug wechselte Andrei die Infusion, legte EKG, Pulsoximeter und Blutdruckmanschette an, kontrollierte nochmals den korrekten Sitz der Gurte und nahm ebenso wie Hundlinger neben dem Patienten Platz. Gleichzeitig verschloss der Co-Pilot die Tür und verabschiedete sich mit einem zu ihnen gewandten „Daumen hoch" ins Cockpit. Langsam rollte der Jet zur Startbahn, verweilte dort wie ein Hundertmeterläufer in den Startlöchern, um dann mit maximaler Schubkraft, höchstem CO_2-Ausstoß und einer toxischen Kerosinfahne der Stadt Adieu, respektive Bonne Journée zu sagen. Bei 180 000 Flugbewegungen im Jahr und den üblichen Straßenverkehrsemissionen ist es kaum verwunderlich, dass trotz Meeresbrise die Luft an den meisten Tagen im Jahr als eher schlecht beurteilt wird.

Alsbald erreichte das Flugzeug die ihm zugewiesene Flughöhe und nahm Kurs auf Salzburg. Wie ein zufriedenes Kätzchen schnurrten die Turbinen vor sich hin. Nun fand sich Zeit, mit dem Patienten zu plaudern. Mit mitleidsheischendem Gesichtsausdruck beklagte dieser, wie ungerecht das Schicksal sich gegen ihn verschworen habe. Er müsse jetzt regelmäßig zwölf verschiedene Medikamente einnehmen. Hundlinger studierte nebenbei den Medikamentenplan.

Gott sei Dank gibt es die moderne Medizin, die unbestreitbar zur höheren Lebenserwartung beigetragen hat. Doch wo Wirkung, da auch Nebenwirkung – und das mal zwölf!

Der Mediziner runzelte die Stirn. Besonders ins Auge stach ihm die Kombination aus einem Cholesterinsenker, einem Blutzuckermedikament und einem Antidepressivum. Er sah den Patienten an. „Hat man bei Ihnen das Ubichinon, also Coenzym Q10, gemessen?"

Alfred A. blinzelte verwirrt. Im Laborbericht war davon nichts zu lesen – natürlich hatte er selbst auch keine Ahnung.

Hundlinger seufzte und erklärte: „Die oxidative Phosphorylierung, oder kurz ‚OXPHOS', ist der zentrale Stoffwechselvorgang zur Energiegewinnung. Sie läuft über fünf Komplexe, die wiederum auf essenzielle Substanzen wie NADH, Coenzym Q10 und Sauerstoff angewiesen sind. Aus NADH wird Wasserstoff gewonnen, der sich im vorletzten Schritt der Kette mit Sauerstoff verbindet – dabei wird eine enorme Menge Energie freigesetzt. Energie bedeutet aber nicht nur Wärme oder Bewegung, sondern auch elektrische Energie – also Elektronen. Und genau die müssen transportiert werden. Hier kommt Ubichinon – auch Coenzym Q10 genannt – ins Spiel. Man könnte sagen, es ist der Lastwagen für den Elektronentransport. Es ist lebenswichtig und wird vom Körper selbst produziert – allerdings mit zunehmendem Alter in immer geringeren Mengen. Und dann kommen die Statine ins Spiel. Cholesterinsenker, die im Alter zu den am häufigsten verordneten Medikamenten gehören. Der Haken? Sie bremsen nicht nur die Cholesterinproduktion, sondern senken auch den Q10-Spiegel – und damit die Energiebereitstellung. Besonders betroffen: Herz und Gehirn, die energiehungrigsten Organe im Körper."

Der Betonpapst schüttelte den Kopf. „Warum misst man das nicht routinemäßig? Gerade nach einem Herzinfarkt oder bei Herzschwäche wäre das doch wichtig."

Hundlinger lehnte sich zurück, musterte seinen Patienten und setzte nach: „Q10 kann ebenso wie NADH unsere Zellen und unsere DNA vor schädlichen Einflüssen schützen. Deshalb: Messen, messen, messen! Aber viele Fachleute starren nur auf die Routinelaborwerte und vergessen, dass es zum Leben weitaus mehr braucht." Er griff in seine Tasche, zog einen Blister NADH hervor, drückte zwei Tabletten heraus und hielt sie Alfred A. hin. „Lutschen!", befahl er. Aus einer anderen Packung entnahm er eine Tablette Coenzym Q10 und übergab sie ebenfalls.

Der Narkosearzt hatte diese Energiespender immer dabei, um gerade Menschen, die Erkrankungen mit erhöhtem Energiebedarf haben, schnell behandeln zu können. Gerade in der Anästhesie, aber auch in allen anderen Fachrichtungen, erlebt man dies tagtäglich. Dennoch schien sich die hohe Wissenschaft kaum darum zu kümmern. NADH lässt sich halt nicht patentieren. In der Klinik konnte er sich mit seinem biochemischen Wissen kaum durchsetzen und fand seine Bestätigung letztendlich nur in den Erfolgsberichten seiner Patienten. Das war halt sein Außenseiter-Schicksal, welches er mit anderen bis heute berühmten Ärzten teilte.

Ignaz Semmelweis, der „Retter der Mütter", veröffentlichte 1861 eine Studie, in der er darauf hinwies, dass das Kindbettfieber durch unhygienisches, schmuddeliges Verhalten der behandelnden Ärzte verursacht wurde. Für seine wissenschaftlichen Erkenntnisse erhielt er allerdings nur Hohn und Spott. Als er sich 1865 in Wien aufhielt, wurde er unter ungeklärten Umständen in die staatliche Landesirrenanstalt Döbling aufgenommen, wo er wenige Tage später starb. Der Sorgfalt gehorchend wurde eine Obduktion durchgeführt. Im Obduktionsbericht führte man den schnellen und unerwarteten Tod auf eine Infektion zurück, welche er sich durch eine Schnittverletzung bei einer Leichenobduktion zugezogen hätte. Wie plausibel, und dann soll er noch gegen die von ihm vertretenen Hygienemaßnahmen verstoßen haben. Dennoch hielten sich hartnäckig die Gerüchte, dass der Gelehrte umgebracht wurde.

Erst fast hundert Jahre später, als die geneigte Kollegenschaft bereits selbst dem Gottesacker übergeben war, entschloss man sich, den Leichnam von Semmelweis zu exhumieren und, welch Wunder, die Todesursache war eine ganz andere. Die sterblichen Überreste wiesen zahlreiche Frakturen an Händen, Armen und Brustkorb auf. Da hatten wohl willfährige Helferlein Hand angelegt und ein Kollege die passende Diagnose dazu gefunden, ein wahrer Medizinkrimi.

„Also was soll's", dachte sich Hundlinger. Dankbare Patienten waren ihm lieber als die Anerkennung durch seine Kollegen. Der Arzt ist für den Menschen da und nicht der Mensch für den Arzt.

Zum Patienten gewandt sagte Hundlinger noch: „Vergessen's nicht den Sauerstoff, welcher in der OXPHOS benötigt wird. Natürlich kann man diesen aus einer Sauerstoffflasche oder einem Konzentrator inhalieren und seine roten Blutkörperchen damit maximal auffüllen. Weitaus besser wirkt er, wenn er auch noch im Blutplasma gelöst wird. Dazu benötigt man aber eine Sauerstoffdruckkammer. Das Verfahren nennt sich ‚Hyperbare Oxygenationstherapie' oder abgekürzt HBOT." Nicht unweit von Salzburg, in Traunstein, gäbe es eine solche Druckkammer und er solle doch mal mit dem zuständigen Kollegen Kontakt aufnehmen.

So mit Informationen geflutet, lag der Bauunternehmer wortkarg auf seiner Trage. Nach Landung auf dem zweitgrößten Flughafen Österreichs, W. A. Mozart – wofür der Komponist alles herhalten muss – war die Sprachlosigkeit schon wieder beendet. Er forderte imperativ, selbst und auf eigenen Beinen den Flieger zu verlassen, was möglicherweise auch dem NADH geschuldet war. Ein Alphatier kennt keine Schwäche. Man verlässt das Schlachtfeld mit erhobener Faust, wie einst Donald Trump, als auf ihn geschossen wurde.

34 Kaffee, Kerosin und der Fluch der Mozartkugel

Hundlinger und Andrei hatten nun Zeit und schlenderten zum Abfertigungsgebäude, um sich mit Kaffee und hyperkalorischem Gebäck die Zeit zu vertreiben. Die Crew war mit der Betankung und den Formalitäten beschäftigt.

Die Kühltheke der Cafeteria lockte mit einer vertrockneten Linzer Schnitte, einer speckig glänzenden Sachertorte oder einem original Bio-Marillen-Kuchen aus der Wachau. Andrei entschied sich für das Obstgebäck, welches möglicherweise noch Restbestände an Vitaminen enthielt. Hundlinger beließ es bei einem „Verlängerten" und genehmigte sich eine Original-Mozartkugel. Wie sich allerdings nach Enthüllung herausstellte, hatte vermutlich Maestro Mozart dieses Exemplar noch persönlich hergestellt, da die Schokolade keine einheitliche Konsistenz mehr aufwies und der zentral gelegene Nougat-Marzipan-Kern als „gut abgelagert" zu beschreiben war. Offensichtlich war der Pächter der „Save-Food-Bewegung" beigetreten und war ein glühender Verfechter gegen Lebensmittelverschwendung.

Nun denn, was soll's. Er ließ einfach die Hälfte am Rand der Kaffeetasse liegen, vielleicht hat ja das Mozartmuseum noch eine Verwendung dafür.

Andrei, dessen Interesse an OXPHOS nach Hundlingers Ausführungen geweckt war, fragte neugierig: „Und was kann man außer NADH, Ubichinon und Sauerstoff noch tun?"

„Da gibt's tatsächlich spannende Erkenntnisse", erklärte Hundlinger. „Methylenblau – ursprünglich ein Färbemittel und Gegengift – kann bei blockiertem Komplex 1 und 3 direkt Elektronen auf Cytochrom c übertragen, das als Vorstufe zum Sauerstoffverbrennungskomplex 4 dient, und wirkt damit ebenfalls energiesteigernd. Möglicherweise könnte das bei mitochondrialen Erkrankungen des Nervensystems, aber auch bei vielen anderen Erkrankungen interessant sein. Außerdem wirkt es auch bei Infektionskrankheiten oder bei parasitären Erkrankungen wie Malaria."

Er lehnte sich zurück und fuhr fort: „Entscheidend ist aber, den gesamten OXPHOS-Prozess zu analysieren. Dafür kann man den sogenannten BHI-Index bestimmen. Zudem gibt es zahlreiche Störfaktoren – Schwermetalle, Medikamente oder andere Substanzen –, die die Elektronenkette blockieren können. Diesen Chemo-Müll muss man zur Ausscheidung bringen."

Noch bevor Andrei darauf eingehen konnte, unterbrach ein Signalton das Gespräch. Hundlinger zückte sein Handy – die ÖAMTC-Einsatzzentrale. Man hatte noch einen Rückholflug von Vorarlberg nach Wien, die

Crew war bereits informiert. Bei jährlich 400 Ambulanzflügen war das Einsatzaufkommen an diesem Tag ungewöhnlich hoch.

Hundlinger steckte sein Handy ein, nickte Andrei zu und meinte trocken: „Pack ma's." Dann grinste er: „Hast du Kaffee in der Blutbahn, kannst du fliegen wie ein Truthahn."

35 Istanbul ist überall

Nach etwa einer Stunde setzte der gelbe Engel in Altenrhein auf, dem Schweizer Flughafen in der Nähe von St. Gallen. In Vorarlberg gibt es in Hohenems einen Flughafen, jedoch ist der nur für Sportflugzeuge und Helikopter ausgelegt. Unmittelbar an der Landesgrenze, am gegenüberliegenden Rheinufer, befindet sich der Flughafen Altenrhein, welcher vornehmlich von Privatjets und der People's Air genutzt wird. Von dort aus werden zweimal täglich Wien und andere Urlaubsdestinationen angeflogen.

Das einstmals ärmliche Bundesland Vorarlberg gehört mittlerweile zu einem der vermögendsten Österreichs. Fleiß, Bescheidenheit und Unternehmergeist waren wohl das Erfolgskonzept. Bald prosperierte das Land, aber es fehlten auch bald die Arbeitskräfte, und so warb man diese in der Türkei an. Diese Arbeitsmigranten, welche für wenig Gehalt ebenso erheblich zum Wohlstand des Landes beitrugen, domestizierten sich, aber integrierten sich nur schwer, sodass eine Parallelgesellschaft entstand. Mittlerweile gab es eine sehr große Community, was zum Beispiel daran zu erkennen war, dass bei Hochzeiten mit 1000 und mehr Gästen eigens Messehallen angemietet wurden. Das Wir-Gefühl wurde auch durch den türkischen Ministerpräsidenten angefeuert. Er erhielt bei Wahlen über 70 Prozent der Stimmen von den in Vorarlberg wahlberechtigten Türken. Sein Wort ist jedenfalls zu respektieren und umzusetzen. Dennoch, eine Bildungsschicht gab es auch. Nicht nur, dass eine kleine Minderheit erfolgreich Firmen gründen konnte und es zu Wohlstand brachte, sondern auch Akademiker, welche sich schon lange Zeit integriert und den Vorteil eines demokratischen Staates genutzt und geschätzt hatten.

Ein investigativer Journalist aus diesem Kreis hatte schon seit längerer Zeit über Verflechtungen der Mafia und türkischer Politiker recherchiert und hatte wohl auch Informationen zu Geldwäschegeschäften im Vierländereck Schweiz, Liechtenstein, Österreich und Deutschland bekommen.

Cem Ömer kam spät nachts aus St. Gallen, nahm den Grenzübergang in Lustenau und fuhr Richtung Dornbirn. Auf der schnurgeraden Straße kam ihm ein Fahrzeug entgegen, und kurz vor ihm blendete der Fahrer auf, wechselte auf seine Fahrbahnseite und kam ihm frontal entgegen. In der Schrecksekunde riss Ömer das Steuer nach links, geriet über das Fahrbahnbankett, lenkte dagegen, schoss auf die Gegenseite und überschlug sich in der angrenzenden Wiese. Der verursachende Lenker hielt kurz an, gab jedoch gleich wieder Vollgas, als sich ein anderes Fahrzeug näherte. Es dauerte nicht lange, bis die Straße von den Drehlichtern mehrerer Einsatzfahrzeuge in ein gespenstisches Blau verwandelt wurde. Die Einsatzkräfte des Roten Kreuzes und der Feuerwehr konnten in kurzer Zeit den Journalisten aus dem Fahrzeug befreien. Dank Sicherheitsgurt und Airbag war ihm relativ wenig zugestoßen. Ein Schlüsselbeinbruch sowie zwei Platzwunden im Gesicht gaben keinen Anlass, dem Schöpfer vorzeitig ins Antlitz blicken zu müssen.

Im Krankenhaus angekommen, verhalf ein hoch motivierter Assistenzarzt des Dornbirner Krankenhauses Ömer sehr rasch zu einer schmerzfreien Versorgung der Blessuren. Den diensthabenden Oberarzt ließ man lieber unbehelligt, da jener bei solchen unspektakulären Verletzungen eher acide reagierte und das Motivationspotenzial der unteren Chargen eher belastete. Bei der Morgenvisite könne er sich immer noch, in Anwesenheit des Primars, zur Unvollkommenheit der Nachtdiensttruppe äußern.

VN, die Vorarlberger Nachrichten, hatten bereits morgens um fünf den Unfall in dem Onlineportal von Russ-Media, dem allgegenwärtigen Informationsgiganten, erwähnt, ohne jedoch über den Auslöser des Geschehens Kenntnis zu haben. Schnelligkeit ist im Tagesjournalismus alles und findet beim Verleger Wohlgefallen. Das Motto lautet: „VN sprach mit der Leiche, bevor die Polizei eintraf." Wichtig ist eigentlich nur die Schlagzeile, den Rest kann man getrost ChatGPT oder Journalisten wie Ömer überlassen.

Dieser hatte sich am Morgen von Schock, Schmerz- und Beruhigungsmitteln so weit erholt, dass er sich mit dem ausgeliehenen Handy seines Bettnachbarn bei seinem Chefredakteur gemeldet und die Umstände des Unfalls geschildert hatte. Dieser wiederum verständigte umgehend seinen guten Freund, den Chef der Wiener Kriminalpolizei, um für Ömer Personenschutz zu beantragen und die weiteren Hintergründe des Vorfalls zu recherchieren.

Bis alles durchorganisiert war, beschloss man, dass der Zeitungsmann möglichst unauffällig nach Wien zurückgebracht werden sollte. Außerdem wollte man die Verursacher des Unfalls über den Gesundheitszustand des Opfers im Unklaren lassen.

Zwei Stunden später erschienen zwei Herren in weißer Klinikbekleidung am Bett des Journalisten und forderten ihn auf, sich in den mitgebrachten Rollstuhl zu setzen, um ihn zum Röntgen zu bringen. Dort kam er jedoch nie an. Im Aufzug wiesen sich die vermeintlichen Pfleger als Kriminalpolizisten aus. Sie hätten den Auftrag, ihn möglichst unauffällig in die Hauptstadt zu bringen. Ömer musste auch sein Aussehen schnell verändern und erhielt eine Hose, Mantel, Sonnenbrille und Hut. Man wollte sichergehen, dass nicht ein Mitarbeiter der Klinik vom Transfer etwas mitbekam. Am Hinterausgang, dort, wo sonst die Verstorbenen dem Bestatter übergeben werden, parkte bereits ein unauffälliger VW-Bus, in dem der Patient ebenso unauffällig verschwand. Ziel war der Airport Altenrhein, den man jedoch nicht auf direktem Weg ansteuerte.

Schmitterbrücke, ein Grenzübergang, an dem meistens keine Zollbeamten standen, war taktisch günstiger, um unerwünschten Fragen der Schweizer Behörde zu entgehen. Juristisch gesehen war dies wohl nicht so ganz korrekt, doch auch die Schweizer Eidgenossen hielten sich nicht immer an Formalitäten.

Zeitgleich landete das Ambulanzflugzeug, und die Crew wartete auf den vermeintlich Schwerverletzten.

Kurze Zeit später kam das Behördenfahrzeug auf das Rollfeld und parkte unmittelbar neben der Air-Stair, wo

Hundlinger und Andrei warteten. Das Erstaunen war ihnen anzusehen. Kein Ambulanzfahrzeug, kein begleitender Notarzt, geschweige denn ein Übergabegespräch. Vielmehr zwei Herren im Schwarzenegger-Format, lässiger Freizeitbekleidung, Sonnenbrillen und dezenten Ear-Plugs, die sich durch spiralförmige Kabel der Bedeutung ihrer Funktion zu erkennen gaben. Dazwischen ein kleinerer Mann im Trenchcoat, Sonnenbrille und Trilby-Hut.

Hundlinger konnte sich angesichts des Szenenbildes die Bemerkung „Seid's ihr von der versteckten Kamera oder is des a Neuverfilmung vom ‚Rosaroten Panther'" nicht verkneifen.

„All's ghörig", raunzte eines der Schwarzenegger-Doubles zurück. Sprachlich war dies nicht ganz authentisch, da der bekannte Schauspieler ja aus der Steiermark stammte.

Hundlinger wiederum: „Sag's nochmal auf Deutsch", stellte sich dabei dem Trio gefahrverheißend in den Weg. Zwei Sonnenbrillen und die aus den Gehörgängen ragenden Spiralkabel waren für ihn noch lange kein „Eintrittsbillettel" für einen Freiflug. Da war wieder das komische Gefühl in seinem Rücken, welches unkontrollierte Gewaltreaktionen bei ihm ankündigten.

Einer der „Sonnenbrillenrambos" hatte wohl ein Deeskalationstraining absolviert und wollte den Abflug nicht unnötig verzögern. Er zog seinen Dienstausweis aus der Jackentasche und hielt sie dem bereits auf 6 000 Umdrehungen laufenden Ex-Polizisten vor die Nase: „Kripo Bregenz!"

Hundlinger, der nun das Gefühl hatte, er sei der Begleitbeamte für einen Abschiebeflug, konterte: „Habe die Ehre, Herr Oberförster, treten's ein. Das Rehragout ist angerichtet. Hätten's gern no a Weißbier dazu?"

Jetzt liefen bei den beiden Beamten ebenfalls die zerebralen Drähte heiß und sie zogen mehrere Möglichkeiten in Betracht, den aufmüpfigen Piefke in die Schranken zu weisen. Ähnlich dem in Bayern generell dem fremdländischen zuzuordnenden „Saupreuß" verwendete man hier dem nördlich zuzuordnenden EU-Land-Bewohner den Begriff „Piefke".

Die Abwägung lief zwischen einer verbalen Gegenreaktion, Anzeige wegen Beamtenbeleidigung, sofortigem Totschlag oder standrechtlicher Füsilierung.

Der eine Rambo schob deshalb schon mal das Ende seiner Sportjacke zur Seite, um ähnlich wie John Wayne im Film „High Noon" als Erster den finalen Schuss abgeben zu können. Die Gedankengänge des Vorarlbergers mögen langsam erscheinen, dafür fallen die Entscheidungen umso sorgfältiger aus. Angesichts der Tatsache, dass Gefahr in Verzug war und möglicherweise ein weiterer Mordanschlag auf den Journalisten geplant war, entschied sich der andere Personenschützer für das Deeskalationsprogramm. In beruhigendem Tonfall empfahl er dem agitierten Mediziner: „Atmen Sie ruhig weiter, das ist absolut gesundheitsfördernd. Sie dürfen auch auf meine aufrichtige Anteilnahme zählen, wenn Euer Gnaden vom Mittagsschlaf abgehalten wurde, doch ist in dem Fall äußerste Eile geboten, weil auf diesen Herrn bereits ein Mordanschlag verübt wurde."

Das war genau Hundlingers Wellenlänge. Dass ihm jemand so schlagfertig konterte, forderte ihm Respekt ab. Das war es, was seiner bayerischen Seele entsprach. Im alpenländischen Gstanzl ist es auch so, dass man jemanden gesanglich neckt und auf eine entsprechende Gegenantwort wartet. Im versöhnlichen, selbstironischen Ton bemerkte er: „Ok, dann beende ich vorzeitig meine Augenpflege und darf die Herren bitten, es sich in unserem Rettungsbomber bequem zu machen."

Nun glätteten sich auch Andreis Gesichtszüge. Gedanklich hatte er sich wohl schon auf ein tödliches Ende der verbalen Auseinandersetzung vorbereitet.

Mit großem Vergnügen hatte jedoch der vermeintliche Inspektor Clouseau, alias Cem Ömer, das Wortgefecht in sich hineingesaugt und in seinem geistigen Zettelkasten abgespeichert. Vielleicht wäre das mal was für einen humorvollen Artikel. Das Leben ist halt eine wundervolle Komödie. Man muss nur hinschauen und zuhören.

Nun ging alles schnell. Patient, medizinische Besatzung und Personenschützer fanden ihre Plätze im Flugzeug. Von angespannter Stimmung keine Spur mehr – im Gegenteil, irgendwie hatten alle das Gefühl, dass sie sich, wenn auch erst auf den zweiten Blick, ganz sympathisch fanden.

Wenige Minuten später hob der Jet ab – offiziell mit Kurs auf Salzburg. Schließlich konnte man nicht ausschließen, dass irgendein möglicher Attentäter mit einer Flugradar-App den Flug verfolgte. Erst kurz vor Salzburg bat die Crew dann um Umleitung nach Wien – ein kleines Täuschungsmanöver.

Nachdem Arzt und Security die verbale Friedenspfeife erfolgreich inhaliert hatten, entwickelte sich ein angeregtes Gespräch.

Hundlinger hinterfragte: „Normalerweise finden Ambulanzflüge mit Patienten, die keine lebensbedrohlichen Verletzungen haben, mit einer Linienmaschine statt. In dem Fall wäre das die People's-Airline gewesen. Warum hat man stattdessen den viel teureren Learjet gewählt?"

Der Sicherheitsbeamte antwortete sachlich: „Herr Ömer ist nicht irgendwer. Er ist ein Journalist, der illegalen Finanztransaktionen türkischer Regierungskreise auf die Spur gekommen ist. Offensichtlich fand das jemand als störende Einmischung in seinen privaten Wirtschaftsplan. Und wenn die reagieren, dann nicht mit halber Durchschlagskraft – die arbeiten mit absoluten Spitzenleuten. Wir gehen davon aus, dass ein zweiter Anschlag geplant ist. Deshalb sollte es so aussehen, als wäre Herr Ömer schwer verletzt, und vielleicht kann man den Täter herausfordern und dingfest machen. Das ist auch der Grund für den Learjet – offizielle Anweisung, Innenministerium."

Jetzt mischte Ömer sich ein: „Hab wirklich Glück gehabt. Auch, dass mein Chefredakteur und der Innenminister in derselben Schulklasse waren."

Hundlinger wiederum kryptisch: „Ähnliches kenne ich aus meinem früheren Leben. Falls Sie wollen, können Sie vorübergehend bei mir untertauchen."

Ömer winkte ab. Für ihn war bereits eine sichere Unterkunft organisiert. Dennoch wollte er sich erkenntlich zeigen. Er kritzelte eine E-Mail-Adresse auf einen Zettel und schob ihn Hundlinger zu. „Damit können Sie mich jederzeit erreichen."

36 Täuschung

Mittlerweile war es dunkel geworden in Wien. Der – wie von Hundlinger salopp bezeichnete – „Notfallbomber" vertraute sich den zur Landung einladenden Lichtern an, setzte mit einem „Hoppala" der Räder auf dem Asphalt auf. Mit dem Gegenschub der Turbine wurde der Vorwärtsdrang des Fluggerätes endgültig gehemmt und fand am Ende der Rollbahn gemütlich seine Parkposition. Dort standen zwei aufmerksamkeitsheischende Fahrzeuge mit eingeschalteten Blaulichtern – ein Fahrzeug der Wiener Rettung und ein Einsatzfahrzeug der Polizei. Dort angekommen, öffnete sich die Tür des Jets, eine Person wurde herausgetragen, im Rettungsfahrzeug durch zwei Sanitäter nicht minder auffällig verbracht und im Licht des Interieurs mit Infusion, Monitor und der vollen Dröhnung notfallmedizinischer Darbietungen umsorgt.

Nach abgeschlossener szenischer Versorgung des Patienten verließen beide Fahrzeuge mit Getöse den Ort der Inszenierung. Die dezibelintensiven Warntöne der nicht im Gleichtakt brüllenden Elektronikhupen, quasi eine Kakophonie, waren würdig, einmal Vorbild für eine moderne Opernkomposition zu werden. Ab ging's Richtung Hundlingers Wirkungsstätte.

In der Flugzeugkabine und im Cockpit gingen die Lichter aus. An Bord waren noch die Crew, ein Kripomann und Ömer. Mit dezentem Motorengeräusch näherte sich ein grauer Skoda, blinkte kurz auf, hielt unmittelbar vor dem Ausstieg des Flugzeugs. Der Fahrer, bekleidet mit Jeans und lässigem Pullover, stieg aus, öffnete die hintere Beifahrertür und hurtig wechselte Ömer den Platz im Flugzeug mit dem Rücksitz. Auf der Gegenseite saß, was niemand wusste, kein Geringerer als Oberstleutnant Haimerl, der Chef der Wiener Kriminalpolizei. Ebenso unauffällig wie der Wagen gekommen war, rollte dieser, eher einem Vertreter zuzuordnend, unaufgeregt aus dem Flughafengelände.

In der Nähe von Schwechat gab es ein wohl in den fünfziger Jahren erbautes kleines Einfamilienhaus mit verwildertem Garten, vor dem auf der Gegenseite ein schwarzer VW-Bus parkte. Dort hielt der Skoda an und alle begaben sich in das Anwesen.

Vom Inneren konnte durch die mit dicken Samtvorhängen verdeckten Fenster kein Lichtschein durchdringen. Dort warteten auch bereits Ömers Chefredakteur, der schon gespannt war, was sein Mitarbeiter alles herausgefunden hatte. Ebenso neugierig war Oberstleutnant Haimerl, welcher begriff, wie schwer es sei, dem osmanischen Mafianetz beizukommen, da wohl alles auf höchstem diplomatischem Niveau stattfand und somit durch Immunität der Beteiligten juristisch kaum erreichbar war. Die einzigen, die wohl dagegen etwas unternehmen konnten, waren Journalisten, vor allem die nach Deutschland und Österreich geflohenen. Dazu gehörte auch Ömer. Sie konnten durch Veröffentlichungen zukünftige Wahlergebnisse beeinflussen und andere Länder in Schwierigkeiten bringen, die mit dem Despoten Handelsbeziehungen aufrechterhielten. Dennoch, auch für sie ein schwieriges Terrain, denn Verbündete fand der Machthaber immer. Sei es Russlands Regierung, das Credo der Schweizer Neutralität oder die unglaubliche Realitätsverweigerung bildungsferner Wähler.

37 Oxphos die dritte

Mittlerweile war auch Rettungswagen und Polizeieskorte im AKH eingetroffen. Eilig wurde der vermeintlich wichtige Patient an der Notaufnahme vorbei direkt auf die Anästhesie-Intensivstation verbracht. Was niemand ahnte, weder Sanitäter noch Patient waren die, welche man anhand der Bekleidung als Journalist oder als Rettungssanitäter hielt. Es waren Kriminalbeamte eines Sonderdezernats. Selbst die Polizisten aus dem Begleitfahrzeug hatten davon keine Kenntnis. Der Vorarlberger Kriminaler, der den Patienten mimte, wurde im Aufzug, der kurz im Keller Zwischenstation machte, durch einen Wiener Beamten ersetzt. Dieser hatte weitaus mehr Ähnlichkeit mit Ömer. Schon im Keller hatte sich dieser mit patiententypischem Flügelhemd, Kopfverband und Antiemboliestrümpfen eingekleidet. Ebenso hatte er einen gefakten Verlegungsbericht des Dornbirner Krankenhauses dabei. Eine fast perfekte Inszenierung.

Für die Anästhesiestation hatte sich der DSN, der österreichische Geheimdienst, entschieden, da man genaue Kenntnis vom Leiter dieser Station hatte – Dr. Jochen Hundlinger. Auch er musste schon einmal vor dem organisierten Verbrechen in Sicherheit gebracht werden. Außerdem wusste niemand, wie weit der Arm des MIT – dem türkischen Geheimdienst – reicht. Dieser gilt neben dem israelischen Mossad als einer der bestinformierten und untersteht direkt dem türkischen Ministerpräsidenten.

Am nächsten Morgen trat Hundlinger wie gewohnt seinen Dienst an. Groß war sein Erstaunen, als er die Patientenakten der Neuzugänge in der Nacht betrachtete. Da stand der Name Cem Ömer, verlegt aus dem Krankenhaus Dornbirn. Angeblich hatte er bei einem Verkehrsunfall ein Polytrauma erlitten, sei aber extubiert und in stabilem Zustand. Sofort eilte er zur Einzelkabine, vor der ein Polizeibeamter in der der Hygiene geschuldeten Schutzbekleidung saß.

Dieser musterte den Mediziner argwöhnisch, ließ ihn aber passieren. Noch größer war Hundlingers Erstaunen, als er den im Intensivbett liegenden Mann sah. Wohl sah dieser irgendwie Ömer ähnlich, aber er war es natürlich nicht. Der vermeintliche Journalist, vielmehr das Double, hielt den Zeigefinger vor den Mund und bedeutete dem Arzt, ganz nah zu ihm zu kommen: „Bitte spielen's mit. Sie wissen doch über alles Bescheid und selbst waren Sie doch auch schon in einer ähnlichen Situation."

Wiederum großes Erstaunen bei Hundlinger, dass jener Fake-Patient so gut über ihn Bescheid wusste. Außerdem wunderte er sich, dass der Bluff in der Nacht nicht aufgefallen war.

Zum Glück hatte sein ziemlich bester Kollege Ilg Nachtdienst. Der Neuzugang wurde von ihm als medizinisch uninteressant, deutlich unterhalb seiner Gehaltsklasse eingestuft, sodass man getrost auf seine Expertise verzichten konnte. Wieder einmal derartig angepisst von der Nachfrage eines jungen Assistenten, ob er sich nicht persönlich vom Zustand des Patienten überzeugen wolle, zog er sich ins Dienstzimmer vor den Flachbildschirm zurück. Eine Ärzte-Herzkino-Serie geleitete ihn letztendlich in die Arme von Morpheus, dem griechischen Gott des Traumes. Vermutlich waren Ilgs luzide[37] Träume gerade bei seinem unglaublichen Karriereaufstieg. Möglicherweise dasselbe Missverständnis wie der Begriff „Morpheus Arme", denn der Vater von Morpheus, Hypnos, ist der griechische Gott des Schlafs. Macht nichts! Auch Selbsthypnose kann den Nullinger ans ersehnte Ziel bringen und dazu gibt es ja genügend Beispiele.

---

37 *Teilweise oder vollständige Kontrolle über das Geschehen im Traum*

Noch am gleichen Morgen wurde der vermeintliche Patient auf ein Einzelzimmer der chirurgischen Privatstation verlegt. Ziel war es, durch wechselnden Aufenthaltsort einen Attentäter plausibel zu täuschen. Wieder saß ein Polizist vor dem Zimmer.

Nachdem Dr. Hundlinger mit seiner Arbeit auf der Intensivstation fertig war, wollte er kurz vor dem Mittagessen eine Visite bei dem „falschen" Journalisten machen. Eigentlich plagte ihn nur die Neugier, wie es dem Ersatz-Ömer so ging.

Nach kurzem Gruß zu dem Wachmann hin betrat er das Zimmer. Was er dort aber sah, löste bei ihm Alarmstufe Rot aus. Das Ömer-Double lag mit hochrotem Kopf und Schaum vor dem Mund im Bett. Seine Gliedmaßen krampften. Er rang nach Luft.

Blitzschnell drückte Hundlinger den Notfallknopf am Patientenbett und zerrte den verkrampften Körper in stabile Seitenlage. Kurz darauf erschien eine Schwester im Zimmer. Hundlinger brüllte: „Notfallkoffer! Sauerstoff!"

Gleichzeitig griff er in seine Kitteltasche, wo er immer eine Staubinde und Dauerkanülen mitführte. Als Anästhesist war er gut geübt, um auch in schwierigen Situationen schnell einen venösen Zugang zu finden. Noch währenddessen nahm er mehr im Unterbewusstsein diesen merkwürdigen Geruch wahr. Und da war er wieder, der Liedtext von Chris de Burghs Song „Don't Pay the Ferryman".

Allerdings interpretierte Hundlinger diesen Text ganz anders als im Song. Lass dem Fährmann keine Chance, diesen Menschen über den großen Fluss Styx zu bringen, der die mythologische Grenze zwischen Leben und Tod darstellte.

Die Information des Geruchs raste durch seine Großhirnwindungen. Was war das nur? Im Archiv Weihnachten hielt es an. Es roch nach frisch gebackenen Marzipanplätzchen. Seine Synapsen funkten wieder ans Großhirn. Frischer Marzipangeruch passt irgendwie nicht zu der wohlgeruchs- und geschmacksbefreiten Krankenhausernährung. Und weiter ging's in der Synapsen-Post an entfernt gelegene Stellen und kam am Archiv aus dem Pharmakologie-Unterricht vorbei. „Kaliumcyanid" meldete dieses nüchtern. In Hundlingers Großhirn heulten nun alle Sirenen. Das ist der Atomangriff auf die OXPHOS, das Kraftwerk der Zellen. Es unterbricht schlagartig den Energiefluss am Cytochrom c. Trotz genügend Sauerstoff entsteht ein innerliches Ersticken.

Nicht alle Menschen können den Bittermandelgeruch von Zyankali wahrnehmen. Die Fügung wollte es, dass die richtige Nase zum richtigen Zeitpunkt an der richtigen Stelle war.

Mittlerweile war das Zimmer mit Schwestern, Pflegern, dem Stationsarzt und dem wachhabenden Polizisten gefüllt. Eine der Schwestern wollte gerade eine Sauerstoffmaske auf das Gesicht des Patienten drücken, da herrschte sie Hundlinger an: „Ziehen Sie sich sofort Handschuhe an! Keiner darf den Speichel berühren!" Zyankali kann nämlich auch über die Haut aufgenommen werden.

Ein Unglück kommt selten allein. Überflüssigerweise erschien auch noch Oberarzt Ilg, als er die Ansammlung von „Weißkitteln" durch die offene Krankenzimmertür sah. Natürlich musste auch er einen Blick riskieren. Drinnen erspähte er Hundlinger, der wohl gerade dabei war, einen Patienten zu intubieren. Dabei forderte er im

Kommandoton, alle verfügbaren Hydroxycobalamin-Ampullen – eine Vitamin-B12-Variante – oder Natriumthiosulfat schnellstens zu bringen, was wiederum Ilg in bedingungsloser Niveaulosigkeit zu der Bemerkung veranlasste: „Meinen Herr Professor Hundlinger, dass der Patient gerade versucht, wegen eines Vitaminmangels dem Irdischen zu entfliehen. Haben Euere Allwissenheit wieder einmal das aktuelle Ärzteblatt von 1948 zu Rate gezogen."

Skurrilerweise und offensichtlich unwissentlich hatte er dabei das Jahr der Entdeckung von Vitamin B12 zitiert. Die Vorstufe davon, das Hydroxycobalamin, bindet nämlich Zyankali. Übrigens ist dieses auch bei echtem Vitamin-B12-Mangel schneller wirksam. Bei älteren Patienten, magenoperierten Patienten, bei regelmäßigem Gebrauch von säurehemmenden Magenmitteln oder zuckersenkendem Metformin kann so etwas eintreten. Aus diesem Grund waren jene Ampullen auf der Station vorrätig.

Eine uralte Technik – das Rohrpostsystem – bewirkte, dass zusätzlich in kürzester Zeit das Cyanokit, das Notfallset gegen die Zyankalivergiftung, auf der Station eintraf. Ebenso waren Ampullen mit Methylenblau beigefügt. Dieses wirkt spezifisch auf die OXPHOS ein und überbrückt die durch Zyankali bedingte Blockade zwischen Komplex 3 und 4.

Gerade als das Notfall-EKG sich anschickte, nach arrhythmischem Takt in die Nulllinie überzugehen, bewirkte Hundlingers Injektion, dass es sich die Herzstromkurve nochmals anders überlegte und wieder die normale Kontur annahm. Die anschließende Infusion stabilisierte endgültig den Lebensfaden. Ein

Aufatmen bei allen Beteiligten. Jetzt erst wurde Hundlinger das unglaubliche Glück bewusst, dass er dem „Fährmann Charon" den Fahrgast abgeworben hatte. Ein bisschen zitterten seine Hände. Er hatte wie ein seelenloser Roboter gearbeitet. Jetzt war Zeit für große Emotionen. Eine Schwester, die neben ihm stand, wischte sich Schweiß – oder war es eine Träne – von der Wange. Unter Reanimationsbedingungen und der Gegengiftinfusion wurde der Patient in die Intensivstation rückverlegt.

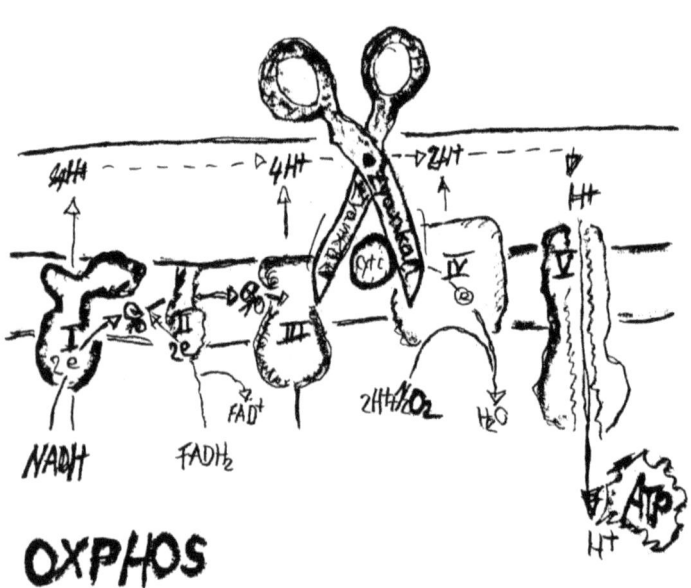

38 Die Jagd beginnt

Der wachhabende Polizist war auch nicht untätig geblieben und alarmierte seine Zentrale. Dieses löste einen eskalierenden Großeinsatz aus.

Rundherum um das AKH-Gelände tauchten Fahrzeuge der Exekutive auf. Ebenso rasten schwarze Edeltransporter der COBRA-Spezialeinheit zu den Haupt- und Notaufnahmeeinfahrten. Farblich gut abgestimmt quollen daraus schwarz verhüllte Männer in schusssicherer Kampfbekleidung und furchteinflößender Bewaffnung hervor, um den unbekannten Attentäter oder die Attentäterin kunstgerecht zu arretieren oder notfalls auch gleich vor Ort den Lebenslauf zu finalisieren. Ebenso reihte sich eine Hundeführerstaffel ein, die ihre fellnasigen Mitarbeiter anhielten, Unbekanntes zu ermitteln. Das Vierbeiner-Team lief entsprechend desorientiert auf und ab. Der unscharfe Einsatzbefehl ihrer Herrchen musste zwangsläufig zu Kollateralschäden führen. Zur Personenfahndung gab es absolut keine Geruchshinweise. Drogenfahndung ebenfalls extrem schwierig, denn im Grunde genommen war der gesamte Einsatzort von Krankenhaus-Drogen verseucht.

Dennoch gab es gewisse Teilerfolge. So entdeckte eine der Schnüffelnasen einen mit Flügelhemd ausgestatteten Kunden des Hauses, wie er im Keller gerade einen Joint inhalieren wollte. Pflichtbewusst stellte er den Drogenkonsumenten, indem er am unteren Ende des Designerstückes Halt suchte und die unverhüllte Kontur des Armen zur Geltung brachte. Die psychotraumatische Erfahrung des Opfers habe angeblich bis heute Fortbestand und müsse immer noch mit psychedelischen, nicht kassenüblichen Präparaten regelmäßig behandelt werden.

Ein anderer Schnüffel-Kommissar ermittelte an einem Arztzimmer eine vermeintlich verdächtige Situation. Zwei Cobra-Mitarbeiter stürmten daraufhin das Zimmer. Dort befand sich allerdings kein Attentäter, sondern ein Turnusarzt und eine Pflegekraft. Offensichtlich war der wissenshungrige Jungmediziner wohl im Rahmen einer inoffiziellen betriebsärztlichen Untersuchung dabei, die sekundären Geschlechtsmerkmale der jungen Dame in Augenschein zu nehmen. So manche Medizinerehe konnte damit, trotz dienstlicher Überlastung, am Arbeitsplatz angebahnt werden. Die gezielte Personalabwerbung im Rahmen späterer Praxisplanung wurde natürlich vom Arbeitgeber nicht gebilligt.

Einen interessanten Beitrag für den üblichen Krankenhaustratsch bot Ilg. Aufgrund der unüblichen Geräusche im Flur verließ dieser sein Dienstzimmer, um etwaige disziplinarische Worte an den Verursacher zu richten. Hundeführer und Blaulicht-Bello waren sich keiner weisungsverpflichtenden Unterordnung durch Herrn Oberarzt bewusst. Unglücklicherweise führte dieser auch noch eine leere Ampulle Fentanyl in seiner Kitteltasche mit, was der Schnüffelnase signalisierte, dass er einen Dealer stellen müsse und pflichtgemäß mit gefletschten Zähnen und Gebell auf den Hippokrates-Jünger losging. Angesichts der vermeintlichen „Bestie von Baskerville" meldeten die neuronalen Drähte an die Schließmuskulatur des Adressierten, sich maximal zu entspannen. Sowohl Front- als auch Heckklappe öffneten sich daraufhin ungeniert. Bezeugt wurde dieses durch einen immer größer werdenden feuchten Fleck im

Schritt der weißen Hose. Ebenso kam es zu einem markanten Geruch nach Coli-Bakterien, deren bevorzugter Aufenthaltsort eigentlich der Dickdarm war.

In Windeseile verbreitete sich die Anekdote im Haus. Ein besonders sarkastischer Mitarbeiter meinte auch, man müsse beim Betriebsrat darauf dringen, dass das Sicherheitskonzept sowie das Qualitätsmanagement überprüft werden sollten. Dienstwindeln seien für derartige Notfälle vorrätig zu halten.

39 Nochmal gut gegangen

Hundlinger war in Begleitung eines Toxikologen damit beschäftigt, das Giftopfer auf der Intensivstation weiter zu behandeln. Auch dort hatte die Neuigkeit um den mäßig beliebten Oberarzt schnell die Runde gemacht. Ein Pfleger kam dafür extra in die Intensivkabine, wo sich Hundlinger bemühte, das Leben des Beamten zu stabilisieren. Der Ernst der Situation musste kurz der doch erfrischend heiteren Laune aller Beteiligten weichen. Die Kurzinformation, dass Ilg sich „ogschissen hat", führte auch bei Hundlinger zu einem Lächeln und dem in Oberpfälzer Dialekt formulierten Ausruf: „I schiff mi o".

Es dauerte geraume Zeit, bis Hundlinger aufatmen konnte. Allmählich normalisierten sich alle Vitalwerte des Opfers. Blutdruck, Puls und Sauerstoffsättigung führten wieder ein gedeihliches Zusammenleben. Der sedierte Patient wurde allerdings noch weiter beatmet und konnte von seinen Kollegen daher nicht weiter vernommen werden.

Die übliche Routine mit ihrer lästigen Dokumentationspflicht und den bürokratisch überfrachteten Verwaltungsvorgängen hielt wieder Einzug. Es drängte sich unweigerlich der Eindruck auf, ein ordentlicher Mediziner bräuchte nicht nur ein Aufbaustudium in Informatik und Betriebswirtschaft, sondern gerne auch noch in Jura.

Hundlinger war gerade dabei, auf seinem Tablet die aktuellen Laborwerte und Blutgase zu bewerten, als sich die Schleusentür öffnete. Ein in Schutzbekleidung gehüllter Mann trat ein und steuerte direkt auf ihn zu. Oberstleutnant Haimerl. Er streckte ihm die Hand entgegen und sagte nur knapp: „Danke, Sie haben bei mir was gut." Haimerl trug die Verantwortung dafür, dass einer seiner Beamten beinahe das Leben verloren hätte – ein riskanter Balanceakt zwischen der Verschleierung von Cem Ömers Aufenthaltsort und dem Versuch, den Attentäter zu fassen.

Draußen, vor der Intensivstation, wimmelte es von Sonderermittlern und Spurensicherern. Sie waren damit beschäftigt, Beweise zu orten, das Personal zu befragen und Überwachungsvideos auszuwerten. Schon bald stand fest: Das Gift musste über das Krankenhausessen verabreicht worden sein. Die Videoaufnahmen und Befragungen ergaben, dass eine bislang unbekannte Küchenmitarbeiterin es möglicherweise ins Krankenzimmer gebracht hatte.

Das CSI Wien, welches kriminaltechnische Untersuchungen administriert, konnte anhand der Videobilder sehr schnell das Bild einer Verdachtsperson erstellen und an alle an dem Einsatz Beteiligten weitergeben. Auf dem durch Bildbearbeitungs-KI erstellten Foto war eine Frau wohl in mittleren Lebensjahren zu erkennen. Vor allem fiel auf, dass die Hände der Person sehr gepflegt waren und auch für eine Küchenhilfe eher untypisch lackierte lange Fingernägel und ein aufwendig gestaltetes Nageltattoo mit einem Adlerkopf aufwiesen.

In einer multikulturellen Weltmetropole wie Wien, mit fast 2 Millionen Einwohnern, eine Person zu ermitteln, auf die diese Merkmale zutreffen, ist wie eine Nadel im Heuhaufen zu suchen. Natürlich wurden die üblichen Fluchtwege, wie Ausfallstraßen, Bahnhöfe und Flughafen, intensiv überwacht. Dennoch blieb dies ergebnislos. Ebenso kamen zunächst keine zielführenden Hinweise durch die Veröffentlichung des Bildes in den Medien.

Am nächsten Tag meldete sich jedoch ein Taxifahrer aus Budapest. Durch Zufall habe er in einer österreichischen Zeitung ein Bild der gesuchten Person gesehen. Er habe diese am Donauhafen von einem Schnellboot abgeholt und zum Flughafen gefahren. Es sei eine sehr elegante Frau gewesen, die wohl eine gewisse Ähnlichkeit mit dem Zeitungsbild hatte, dennoch sei er nicht sicher gewesen, ob sie es tatsächlich sei. Das auffällige Nageltattoo mit einem stilisierten Adler, umrahmt von einem goldenen Kreis, machte ihn jedoch sicher, dass es tatsächlich die Gesuchte sei.

Die weitere Personenfahndung im Umkreis von Wien wurde daraufhin eingestellt und die ungarischen Ermittlungsbehörden um Amtshilfe gebeten. Diese wiederum recherchierten, dass sich am Vortag eine gewisse Emine Özdemir einen Flug nach Ankara gebucht hatte. Die österreichischen Behörden ersuchten daher dort um Amtshilfe. Nach mehreren Tagen bekam man die Information, dass die gesuchte Person dort niemals angekommen sei, und ihr Name lasse sich auch keiner Person zuordnen.

Letztendlich kam man in Wien zu dem Schluss, dass es sich aufgrund des symbolträchtigen Tattoos um eine Mitarbeiterin des türkischen Auslandsgeheimdienstes gehandelt haben muss und diese aufgrund diplomatischer Immunität eh nicht greifbar gewesen wäre.

40 Herbstsonne

Mittlerweile war es Herbst geworden in Wien. Die Bäume an der Alten Donau begannen, ihr Aussehen zu verändern, die Temperaturen waren wieder deutlich angenehmer und die Reststrahlen eines Altweibersommers leuchteten in Hundlingers kleinen Garten. Nach einem langen Arbeitstag saß er gemütlich in seinem Korbstuhl, den Kopf nach hinten an die Hauswand gelehnt, und genoss das milde Licht und die Wärme der lebensspendenden Herbstsonne. So viele Gedanken gingen ihm dabei durch den Kopf. Seit 4,6 Milliarden Jahren soll es diesen riesigen glühenden Himmelskörper, bestehend aus Wasserstoff und Helium, geben. Das Leben auf der Erde ist so sehr auf diese wohldosierte Energie angewiesen, was auch antike Völker wussten und Sonnengötter verehrten. Sei es Vitzliputzli, der Sonnengott der Azteken, oder Re, die wichtigste altägyptische Gottheit, welche das Leben auf der Erde und den Fortbestand ermöglichte. Die griechische Mythologie kannte Helios. Dabei kamen dem Mediziner die Erinnerungen aus seiner Studienzeit, als er eine Vorlesung über physikalische Medizin besuchte. Schon die Ärzte der Antike erkannten die heilende Wirkung der Sonnenstrahlung. Um 1770 wurde dieses alte Wissen wiederentdeckt und Sonnenbäder als Vorsorge gegen verschiedene Erkrankungen empfohlen. Im 19. Jahrhundert begründete Oscar Bernhard die Heliotherapie in Davos. Insbesondere wurde diese zur Behandlung von Tuberkulose eingesetzt. Die vielfältige Wirkung des von der Sonne kostenlos zur Verfügung gestellten Lichtspektrums vom tiefen Infrarotbereich bis zum Ultravioletten hat so unglaublich viele Einflussmöglichkeiten auf den menschlichen Organismus. 1904 erhielt der dänische Professor Finsen den Nobelpreis für Medizin „in Anerkennung seines Beitrags an der Behandlung von Krankheiten mit konzentriertem Licht".

Sei es der sichtbare und unsichtbare Blauanteil, welcher zur Therapie von Hautkrankheiten wie der Schuppenflechte eingesetzt werden kann, oder das sogenannte UV-B-Spektrum, welches die Vitamin-D-Produktion in der Haut aktiviert. Es wird auch als das Sonnenhormon bezeichnet. Eine überwiegende Mehrheit in der Bevölkerung leidet an einem Vitamin-D-Mangel. Dieses Vitamin könnte so viele Zivilisationskrankheiten verhindern. Es gibt auch Stimmen in der wissenschaftlichen Welt, die behaupten, dass die Corona-Pandemie nicht so schlimm ausgefallen wäre, wenn die Bevölkerung optimal mit Vitamin D versorgt wäre.

Zu denken ist aber auch an die stimmungsaufhellende Wirkung des sichtbaren Anteils des Sonnenlichts. Da dieses in den nördlichen Regionen oft fehlt, werden saisonale Depressionen, die also vorwiegend in den dunklen Monaten auftreten können, durch Tageslichtlampen behandelt.

In der Rheumatologie wird hingegen rotes und infrarotes Licht angewandt, also die Wärmestrahlung.

Hundlingers Gedanken schweiften dabei auf sein medizinisches Hobby, die Oxphos, die Energiequelle der Zellen, unsere „innere Sonne". So wie das Sonnenfeuer bei der Kernverschmelzung von Wasserstoffmolekülen der Erde die Energie spendet, gibt das vom ermordeten Professor Pirkhofer beforschte NADH seinen Wasserstoff in der Oxphos weiter, bis es im Protein-Komplex IV mit dem Sauerstoff verschmilzt. Dabei entstehen im Mitochondrium Temperaturen von über 50 Grad.

Das daraus entstehende ATP, unser Energiestoff, kann übrigens auch durch Rotlicht aktiviert werden. Zugvögel nutzen diesen Effekt für Langstreckenflüge.

Bei dem Gedanken an die fünf Syntheseschritte, welche man durch Zyankali so schnell blockieren kann, läutete Hundlingers Handy und beendete sein herbstliches Sonnenbad. Es war Oberstleutnant Haimerl: „Servus Herr Doktor", quäkte es aus dem Funkfernsprecher. „Hättens ned a mal Lust, mit mir und vielleicht auch ein paar Bekannten a Glaserl zu trinken." Das traf natürlich genau Hundlingers „Wiener Lebensgefühl". „Ja, gern kumm i", brummte er in seinem bayerischen Dialekt ins Smartphone. „Freitagabend 19.00 is im Kellerstöckl Stammersdorf ausgsteckt", kams vom Anrufer, was so viel bedeutete, der dortige Weinbauer konnte durch Aushang eines Zweiges oder Strohkranzes signalisieren, dass er zum Ausschank von Wein und kalten Speisen behördlich berechtigt war. Für Zugezogene zur Erklärung: „ausgsteckt" bedeutet geöffnet. Ob nun geringe Mengen Alkohol auch schon schädlich sind, ist doch egal. Dauerndes Sitzen oder Autofahren ist auch nicht gesund. Außerdem rottet sich die Menschheit mit der Kohlensäureproduktion von Verbrennungsmotoren eh bald selbst aus. Was machen da schon die paar Gärgase aus der Weinerzeugung. Lieber mit Schrammelmusik im Ohr, einem Glaserl Wein in der Hand, als mit festgeklebten Händen auf der Stadtautobahn sterben, dachte sich Hundlinger.

41 Kellerstöckl

Pünktlich 19.00 kam Hundlinger mit einem Taxi zum verabredeten Treffpunkt vorgefahren. Schließlich wollte er sich ja beim Oberstleutnant als vorbildlicher Alkoholkonsument präsentieren. Vor dem Weinstöckl standen schon ein paar uniform aussehende schwarze Skodas mit auffällig verdunkelten Scheiben. Beim Betreten des Gebäudes kam ihm sofort eine Bedienung entgegen, vermutlich die Weinbäuerin selbst, fragte, ob er der Doktor Hundlinger sei, und führte ihn an einen langen Tisch im Garten. Dort saßen bereits vier Männer in lässiger Freizeitbekleidung. Zu seinem großen Erstaunen begrüßten ihn diese respektvoll mit Namen, obwohl er sie nie zuvor gesehen hatte. Noch größer war allerdings die Überraschung, als kurz danach Oberstleutnant Josef Haimerl in Begleitung des Journalisten Cem Ömer, des Toxikologen Professor Jodok Wohlgenannt und seines Patienten Hauptmann Hamza Yildirim am Tisch erschienen. Der Höflichkeit befolgend stand er auf und als Erster gab ihm Haimerl die Hand mit der legeren Begrüßung „Servus Doktor", als kenne man sich schon seit Jahrzehnten. Als Nächster kam sein ziemlich bester Studienkollege, boxte ihn mit den Worten „Hundlinger, bischd einfach a Hund. Bischd wiedamal Herrgott gsi" gegen den Oberarm. Cem Ömer begrüßte ihn mit weitaus kultivierteren Worten „Schön, dass ich Sie wiedersehen darf" und Yildirim im Wiener Dialekt „Habe die Ehre, Herr Oberarzt". Die anderen vier am Tisch identifizierte Haimerl als zwei Herren von der COBRA und die anderen beiden als Mitglieder einer Abteilung des Wiener Innenministeriums, die so geheim war, dass auch der Oberstleutnant weder die Abteilung noch die Familiennamen kannte und sie daher nur mit die „Herrn von der Regierung" titulierte. Offensichtlich war Jochen Hundlinger, zumindest vorübergehend, in den Olymp der Exekutive aufgenommen worden.

Hier zwischen den Weinstöcken in angenehmer Begleitung einiger Gläser „Gemischten Satzes" – das ist kein misslungener Sprachkurs oder Begriff im Tennis, sondern eine der köstlichsten Wein-Kreationen Wiens. Der „Gemischte Satz" ist so vielseitig aus verschiedenen Rebsorten komponiert, quasi so multikulti wie die österreichische Hauptstadt selbst – ließ sich gut ein konspiratives Treffen arrangieren. Vermutlich war die Wirtin selbst auch eine Agentin im Einsatz gegen „das organisierte Erbrechen", da sie eine unglaubliche „Brettljause" servierte, die wirklich keine Wünsche mehr offenließ und das Elysion traditioneller Küche repräsentierte. Hatten die griechischen Schicksalsgöttinnen, die Moiren, schon Ahnung von Cholesterinspiegeln und den Behandlungsmöglichkeiten mit Präparaten börsennotierter Großunternehmen? Je nach Einnahmetreue und unter Berücksichtigung des Lieferkettengesetzes hätten sie dann den Lebensfaden länger oder kürzer spinnen können?

Hundlinger fragte sich, warum er eigentlich die Ehre hatte, in diesen Kreisen einen Eingang gefunden zu haben. Nach dem zweiten Achtel meinte Haimerl, dass Hundlinger aufgrund seiner medizinisch segensreichen Handlungen nebenher auch Einblicke in problematische diplomatische Situationen bekommen habe. Die Attentäter hätten wohl einen sehr engen Bezug zu höchsten türkischen Politikkreisen und somit wäre es sehr hilfreich, wenn auch bei ihm das Gefühl aufkäme, sich diplomatisch verschwiegen zu verhalten. Außerdem wäre es möglicherweise auch für seinen Lebensfaden von Vorteil. Das leuchtete ein.

Dennoch, Hundlinger sann auf ein Gegengeschäft. „Was ist eigentlich aus dem Giftanschlag auf Professor Pirkhofer geworden?" Haimerl stutzte: „Davon habe ich keine Kenntnis, werde aber gleich morgen nachfragen." Hundlinger: „Zuletzt war wohl Chefinspektor Amonn involviert."

Haimerl blickte nach unten, was wohl bedeuten sollte, dass ihm die kriminalistische Durchschlagskraft seines Mitarbeiters wohlbekannt sei. In manchen Abteilungen wurde diese ballistische Eigenschaft auch als Dumm-Dumm-Geschoss bezeichnet. Nun, der Staat muss sich auch seinen sozialen Aufgaben stellen.

Ömer, der Investigativ-Journalist, erinnert sich an Hundlingers Worte, dass auch er schon einmal die Situation erlebt habe, Ort und Identität ändern zu müssen, und wollte mehr erfahren, konnte außer allgemeinen Antworten jedoch nicht weiter vordringen. Auch von den anderen Anwesenden kam keine Information, obwohl dort das Curriculum vitae des Befragten sicherlich bekannt war. So verlief der Abend genussvoll, kurzweilig.

Jodok Wohlgenannt nahm gerade einen Selbstversuch an sich vor und orderte das dritte Viertel „Gemischten Satz", um die Toxizitätsgrenze dieses göttlichen Getränkes auszutesten. Einem geordneten akademischen Gespräch war er damit nicht mehr zugänglich, vielmehr genoss er die Erinnerungen an frühstudentische Erlebnisse in seinem „Lieblingsbeisl". Was soll's. Bei einem so Hochgebildeten können schon mal ein paar der im Überfluss vorhandenen Hirnzellen durch Alkohol abgetötet werden. Außerdem bietet sich die Gelegenheit nicht jeden Tag.

Yildirim hingegen trank aufgrund der Folgen des auf ihn verübten Giftanschlags und auch seinem Glauben gehorchend nur Wasser. Ebenso taten dies die beiden COBRA-Männer, welche die Schutzbeauftragten waren. Außerdem wollten sie den Ruf der Truppe nicht weiter schädigen, nachdem in der Presse bekannt wurde, dass Kollegen von ihnen mit der Frau des Bundeskanzlers die Pflicht des Personenschutzes so ernst genommen hatten, dass sie mit der Schutzbedürftigen alkoholische Getränke teilten. Für Hundlinger, im Gegensatz zur österreichischen Presse und der Opposition, kein wirklicher Skandal, da er ja in einer Stadt mit einstmals zehn Brauereien sozialisiert wurde.

Die Herren aus den mystischen Katakomben des Innenministeriums hingegen fanden hinlänglich Freude sowohl an der kraftspendenden Brettljause als auch an den euphorisierenden Getränken.

Vermutlich hatte man in diesen staatserhaltenden kryptischen Strukturen nicht viel Gelegenheit der heiteren Gefühlswahrnehmung.

Allmählich wurde es zwischen den Rebstöcken kalt. Der kurzfristig erhöhte glückvermittelnde Serotoninspiegel, aber auch der Alkoholspiegel waren am Kulminationspunkt angelangt und bei allen hatte sich das Gefühl verfestigt, einen sinnvollen und engagierten Beitrag zur Verbesserung der Welt geleistet zu haben. Obwohl den Weinflaschen kein Beipackzettel mit Indikationsangabe angeheftet war, hatte sich die stressmindernde, beruhigende Wirkung des „Gemischten Satzes" bemerkbar gemacht.

Haimerl rief zum Aufbruch und übernahm trotz eines übersichtlichen Beamtengehalts die gesamte Zeche. In den ländlichen Randbezirken Wiens sind die Preise eh moderater. Auffällig war aber auch die überaus herzliche Verabschiedung des „Herrn Chefs" von der nicht unattraktiven Wirtin. Das könnte auch Einfluss auf die Endabrechnung genommen haben.

„Eh wurscht", dachte sich Hundlinger, „es war doch ein wunderbarer und vermutlich ergebnisreicher Abend", das Ziel des „Networkings", wie man auf Denglisch sagt, war sicher optimal erreicht. Der Schlussakkord, das Klappen der Autotüren, signalisierte das Ende eines wunderbaren Abends.

42 Und weiter geht's

Langsam bemühte sich der Herbst, Mensch und Natur darauf vorzubereiten, dass bald Kälte und Dunkelheit das Ende eines Jahres erahnen ließen. Nach einem arbeitsreichen Tag saß Hundlinger an seinem Esstisch und blickte gedankenverloren aus seinem Fenster und beobachtete einen Raben, wie er versuchte, mit seinem

Schnabel eine Nuss zu spalten. Irgendwie drückte sich die nachlassende Kraft des Lichts auch auf das Gemüt. Der Anblick des Vogels erinnerte ihn an das Lied von Ludwig Hirsch „Komm großer schwarzer Vogel". Der melancholische Text beinhaltet die Sehnsucht nach dem Ende, aber auch die Hoffnung auf ein besseres Jenseits, auf eine schönere neue Welt. Wie oft hatte er das in seinem Beruf erlebt. So manches Mal konnte er die Hoffnungslosigkeit Schwerkranker abwenden und ihnen den Lebensfaden noch einmal etwas verlängern, das innere Zellfeuer wieder anzünden. Sein Hobby, die Kenntnis um die Biochemie der OXPHOS, half ihm dabei.

Der Rabe hämmerte immer noch auf die Nuss ein, doch diese sank immer tiefer in das weiche Erdreich und widersetzte sich damit erfolgreich dem Ende. Das kluge Tier erkannte, dass hier wohl nichts zu machen sei, und schwebte lautlos davon. Schließlich gab es ja noch andere Plätze, um eine Nuss zu zertrümmern. Bekanntermaßen lassen diese klugen Vögel Nüsse auf Straßen fallen, um sie verzehrfähig zu machen.

Seine Gedanken um Leben und Tod wurden jäh durch die Signaltöne seines Handys unterbrochen. Es war Oberstleutnant Haimerl. „Servus Doktor", klang es äußerst familiär aus dem Funkfernsprecher. Die verbindende Wirkung vom Gemischten Satz hat dazu geführt, dass sich beide Herren als so sympathisch empfanden und man zum persönlicheren „Du" übergegangen war.

„I hab ma die Akte vom Giftmord am Professor kommen lassen. Hast Recht g'habt. Der Amonn hat tatsächlich einen ‚Cold Case' draus g'macht." Cold Case ist nicht im Sinne einer gefrorenen Nachspeise oder als Frostbeule des Ermittlers, sondern als ungelöster Kriminalfall zu verstehen.

„Meine Sekretärin hat auch schon Kontakt mit den Italienern aufgenommen. Die wussten aber überhaupt nichts von dem Giftanschlag. Den Jodok Wohlgenannt in der Tox hab i a schon gfragt, wie man mit einem Abmagerungsmittel jemanden umbringen kann. Vielleicht hätt'st morgen Zeit, ins Kommissariat zu kommen, dass ma deine Aussage protokollieren könnten. Ich würde natürlich auch zu dir kommen, aber i brauch a Sekretärin. Außerdem wolln ma ja ned deinen Wohnstandort preisgeben."

Obwohl die Geschichte mit dem Kinderporonring schon lange her war, hatte Hundlinger es vorgezogen, immer noch anonym in Wien zu logieren. Gott sei Dank konnte er das ausgebaute Gartenhaus an der Alten Donau weiter zur Miete behalten. Ebenso vermied er es, Frauenbekanntschaften zu sich einzuladen, um seine wahre Identität nicht preiszugeben. Man weiß nie. Wie heißt es so trefflich in Verdis Arie „La donna è mobile" aus der Oper Rigoletto: „Ach wie so trügerisch sind Frauenherzen". Nicht, dass er keine Neigung zum anderen Geschlecht gehabt hätte. Gelegenheit hätte es rund um seinen Arbeitsplatz genügend gegeben. Auch in seinem „Lieblingsbeisl", der Kaisermühle, ergab sich der eine oder andere Flirt. Selbst die Gelegenheit, sich ein angenehmes Leben an der Seite einer Millionenerbin zu machen, ließ er zugunsten seiner inneren und äußeren Sicherheit und Zufriedenheit an sich vorbeiziehen.

Sein ziemlich bester Kollege Ilg, der schon Scheidungserfahrung hatte, meinte einmal: „Frauen sind wie tropische Wirbelstürme. Wenn sie kommen, sind sie stürmisch und wild. Wenn sie gehen, sind die Häuser weg."

In Erkenntnis der anästhesierenden Wirkung von Testosteron auf den männlichen Hausverstand meinte er auch, es sei sinnvoll, für eine Frühkastration des männlichen Nachwuchses zu sorgen, um wirtschaftliche Verluste zu vermeiden. Aber auch hier hatte er wie so oft das Ganze nicht zu Ende gedacht. Langfristig wäre das wohl das Ende der Menschheit. Möglicherweise war aber sein narzisstisches Weltbild auch das Ende seiner Ehe.

43 Aus cold wird hot

Dr. Hundlinger fuhr am nächsten Morgen schon etwas früher als gewohnt in die Arbeit. Um sechs Uhr war der Wiener Stadtverkehr noch moderat. Lieferfahrzeuge von Bäckereien und sonstigen Geschäften der Grundversorgung überholten ihn unter großzügiger Bewertung der Geschwindigkeitsregeln. Die stationären Radarkontrollen waren den Fahrern wohl bekannt, und man hielt davor auch kurz mehrere Gedenksekunden ein, um einer schriftlichen Ermahnung der Magistratsabteilung auszukommen. Alle Beteiligten der Lieferkette wussten um die kleinen Verkehrssünden der Fahrer und akzeptierten diese im Interesse ihrer Kunden. Schließlich ist ein backfrisches Weckerl der genussvolle Auftakt zu einem harmonischen Tagesverlauf.

Auch Hundlingers Ordnungssinn – schließlich war er ja früher einmal Ordnungshüter in der Oberpfalz – registrierte in der akzelerierten Fahrweise der Kleintransporter, die im Auftrag des Volkswohls unterwegs waren, keine wesentliche Belastung straßengesetzlicher Vorgaben.

Gerade deuteten ihm die Bremslichter eines vor ihm fahrenden Transporters an, dass sich trotz der gerade auf Grün umschaltenden Ampel ein verkehrstechnisches Ungemach anbahnte. War es ein vermeintlicher Blitzer? Irrtum!

Ein kreuzender Verkehrsteilnehmer der Transportzunft hatte das für ihn signalisierte Rot als Komplementärfarbe Grün interpretiert (in der Farbtheorie wird eine Komplementärfarbe als die im Farbkreis gegenüberliegende einer anderen definiert).

Die Farbpsychologie wiederum besagt, dass die Kombination von Rot und Grün starke Emotionen auslösen kann. Es war also davon auszugehen, dass der andere Fahrer dieser psychischen Belastungssituation beim Umschalten der Ampel nicht mehr standhielt und sich daher regelwidrig verhielt. Dies sei als „mildernder Umstand" zu beurteilen, noch dazu, weil die anderen Fahrzeuglenker in der eigenen Fahrtrichtung auf das zur Gelassenheit und Harmonie einladende Grün blicken durften.

Grüne Atmosphäre soll auch der Inspiration und Kreativität förderlich sein, was Hundlinger sofort in der Formulierung einer Wortneuschöpfung demonstrierte: „Hirnamputierter Einzeller. In welcher Lotterie hat der seinen Führerschein g'wonnen?"

Passiert ist eh nichts. Also was soll's.

Seine paläopsychologische Prägung, also die in der Genetik deponierte Erfahrung seiner bayerischen Vorfahren, meldete, dass es sich nicht rentiert, dafür die Nebennieren zu einer vermehrten Ausschüttung von

Stresshormonen zu bitten. Ganz anders war dies bei seinen Altvorderen, welche 1848 unter anderem wegen einer Bierpreiserhöhung die bayerische Revolution auslösten. Bei dieser verkehrstechnischen Widrigkeit war dies nicht der Fall und somit auch keiner weiteren Würdigung wert.

In der Klinik angekommen, wollte er auf seinem ihm zugewiesenen Stellplatz parken. Dort stand aber der Porsche von Oberarzt Ilg. Hundlinger suchte sich notgedrungen einen anderen freien Platz für sein in die Jahre gekommenes Fortbewegungsmittel. Ein bisschen zornig war er schon, und sein vor kurzem noch verkehrstechnischer Großmut reduzierte sich deutlich, da bei seinem ziemlich besten Kollegen ihm dies nicht als angemessen erschien. Zu allem Überfluss begegnete ihm dieser dann auch noch gleich im Umkleidebereich. Ilg hatte Nachtdienst und wollte nach Hause.

„Hey Ilg, warum stehst du auf meinem Parkplatz?" Dieser wiederum: „Reg dich ned auf. War kein anderer frei." Irgendwie war Hundlingers Harmoniebedürfnis für heute beendet und suchte nun die verletzlichste Zone des Sportwagendompteurs. Wie in der Nibelungensage Hagen von Tronje Siegfried von hinten erstach – in der Sage heißt es, dass Siegfried im Blut des getöteten Drachen Fafnir gebadet hatte und damit unverletzlich wurde. Nur eine kleine Stelle zwischen den Schulterblättern kam nicht mit dem Drachenblut in Kontakt und war somit ungeschützt – lanzierte Hundlinger seinen Speer in Ilgs Selbstwertgefühl: „Ja, ja. Einst hatte er einen flotten Pimmel, jetzt hat er einen Porschefimmel."

Das saß. Der selbsternannte strahlende Held auf dem Eroberungsfeldzug von Frauenherzen war im

Epizentrum seiner Männlichkeit zutiefst getroffen. Als Gegenangriff versuchte er, auf Hundlingers Vintage-Fahrzeug anzuspielen: „Schau lieber, dass deine Rostlaube den nächsten Tag übersteht." Dieses wiederum leitete zum „Crescendo maestoso" in Hundlingers Vokalkraftwerk: „Manche Autos fahrn halt nicht auf Radel, sondern auf Raten!"

Die von der Wahrheit erdrückte Seele riet Ilg, schnellstens den Fluchtmodus einzuschalten. Wortlos verließ er den Umkleideraum, ungeachtet der Tatsache, dass seine Bekleidungssituation noch als ungeordnet zu betrachten war.

Der sichtlich aufgeheiterte Hundlinger dachte bei sich, „so könne jeder gute Tag anfangen", summte den alten Schlager „Wenn die Sonne erwacht in den Bergen" und begab sich auf die Intensivstation.

Im Stationszimmer hatten sich bereits die Nachtschicht sowie die beginnende Tagesschicht versammelt – Schwestern, Pfleger und zwei völlig übermüdete Assistenzärztinnen.

Bestens gelaunt und mit Tatendrang betrat Hundlinger das Übergabezeremoniell – auf Neudeutsch *Briefing* – und ließ seinen Blick über die müde, aber erwartungsvolle Runde schweifen. Mit einem breiten Grinsen begrüßte er sie im Stil des legendären österreichischen Moderators Heinz Conrads:

„Griass eich die Madln, servas die Buam!"

Ein flotter Spruch, mit dem Conrads einst seine Hörer in der Sonntagmorgen-Sendung *„Was gibt es Neues?"* begrüßte. *A bisserl Schmäh muss schon sein.* Und außerdem – so gar nicht gendergerechte Grußformeln bringen eben Schwung in die Mannschaft und sorgen für gute Laune.

Jochen Hundlinger war nicht nur wegen seiner unkonventionellen Art und seines trockenen Humors beim Pflegepersonal beliebt. Auch seine medizinischen Kenntnisse jenseits der leitlinienkonformen Schulmedizin wurden geschätzt – sehr zur Freude der Belegschaft, wenn auch nicht immer zur Begeisterung des Primars.

Auch heute war dies Thema. Der Mediziner achtete bei seinen Patienten nicht nur auf Blutgase, Flüssigkeitshaushalt und künstliche Ernährung, sondern auch auf alle Vitamine, Spurenelemente, Aminosäuren und Energiestoffe, die zur Aufrechterhaltung des Lebensfeuers, der Oxphos, wichtig sind. Als Oberarzt hatte er gewisse Entscheidungsfreiheit und konnte deshalb auch Verfahren wie Akupunktur oder Low-Level-Laser-Therapie und NADH einsetzen. Vom Klinikbudget wurde dies nicht getragen, doch im Laufe der Zeit konnte er Sponsoren gewinnen, die ihm dies ermöglichten. Dazu verfasste er auch Artikel und hielt gelegentlich Vorträge.

Nach einem unspektakulären Vormittag konnte Hundlinger seinen Chef überzeugen, dass er in wichtiger Mission zu einem Gespräch ins Kriminalkommissariat geladen wurde und somit der Vertretung durch einen engagierten jungen Kollegen bedürfe. Die Nennung des neu gewonnenen Freundes Oberstleutnant Haimerl bewirkte, dass Herr Primar die Notwendigkeit des Besuchs nicht infrage stellte, sondern erstaunt war, in welchen Kreisen sich sein Oberarzt bewegte. Allein die Nennung des Titels „Oberstleutnant" ließ die Großhirnsynapsen des Anästhesieleiters strammstehen. Die Erinnerung an die Angelobung unter Abspielen der Nationalhymne und des Radetzkymarsches ließ in seinem Inneren eine gänsehautartige Erhabenheit entstehen. Soldatische Gehorsamkeit gebot hier, keinerlei Nachfragen zu stellen.

Hundlingers entspanntem Nachmittag stand also nichts mehr im Wege. Andere hätten bei der Einladung aufs Kriminalkommissariat eher ein mulmiges Gefühl. Bei ihm war es eher Erleichterung, dass aufgrund seines Gerechtigkeitsgefühls wieder Bewegung in den Mordfall Pirkhofer kam.

Nach kurzer Übergabe in der Intensivstation an seinen Vertreter verließ er mit seinem als Rostlaube titulierten Skoda das Klinikgelände. Nach zäher Fahrt durch den nun erheblich dichteren Verkehr erreichte er sein Ziel und begab sich ins Vorzimmer des Kripochefs, wo ihn eine überaus freundliche Sekretärin mit den Worten „Der Herr Oberstleutnant ist gleich so weit" empfing. Gleichzeitig öffnete sich die Tür zum „Allerheiligsten" und Chefinspektor Amonn kam mit hochrotem Kopf heraus. Als dieser Jochen Hundlinger sah, verdüsterte sich sein Blick noch mehr. Offensichtlich wurde er gerade zuvor „zur Schnecke gemacht", was seinem Habitus und seinem Fortbewegungsmuster sicherlich am nächsten kam.

Dahinter erschien in der Tür sein immer noch erregt wirkender Vorgesetzter und bat jetzt seinen neuen Bekannten herein. Auf dem Schreibtisch lag eine Akte und auf dem Computerbildschirm war eine Seite, Neudeutsch „Page", aufgerufen. Diese Kombination in Anwesenheit von Chefinspektor Amonn musste wohl den Blutdruck von Haimerl nahe an die Explosionsgrenze gebracht haben.

Nachdem Hundlinger Platz genommen und die Sekretärin für beide Herren einen „Verlängerten", die österreichisch typische Kaffeevariante – nicht das pharmakologische Ergebnis von Sildenafil[38] – gebracht hatte, entspannte sich die Atmosphäre. Auf der Akte ließ sich der Name Professor Pirkhofer entziffern. Offensichtlich war aus dem Cold-Case wieder ein Hot-Case geworden, passend zu dem wunderbaren Aroma eines heißen Kaffees. Auf der Tasse der typische einstmals schwarze Kopf einer bekannten österreichischen Kaffeemarke, der unter dem Druck des Zeitgeistes erbleichen musste. Dieses Heißgetränk, Zeichen des kulturellen Austausches – die osmanischen Belagerer Wiens hatten der Erzählung nach Säcke mit Kaffeebohnen zurückgelassen – führt bekanntlich zur Freisetzung von Dopamin, Serotonin und von Endorphinen. Das dabei entstehende Glücksgefühl führt zu erhöhter Denk- und Gedächtnisleistung sowie einem deutlichen Motivationsschub. Dieser Anschub war dem Mediziner in Angedenken an einen großen Wissenschaftler ein dringendes Bedürfnis.

„Nun, die Sache mit Pirkhofer ist ziemlich verzwickt. Die italienischen Behörden hatten keine Ahnung, dass er einem Giftanschlag zum Opfer gefallen ist. Leider sind auch aus unserem Haus keine weiteren Rechercheersuchen dorthin ergangen. Der Einzige, welcher dem Fall am nächsten ist, bist wohl du. Letztendlich hat dein unkonventionelles Eingreifen die Sache erst ans Licht gebracht." So eröffnete Haimerl das Gespräch und schob Hundlinger ein Mikrofon rüber, um das Erinnerungsprotokoll aufzunehmen. Dieser berichtete ausführlich von der Anforderung des Ambulanzfluges, der Diagno-

---

38 Viagra ist der Markenname für Sildenafil

sefindung während des Fluges und der ergebnislosen Reanimation in Schwechat. Über die Nachlässigkeiten des Chefinspektors Amonn ging er großzügig hinweg, da es ja für die Ermittlungen nicht zielführend war. Den Teil mit dem Giftnachweis und der nicht ganz korrekten Konfiszierung des Leichnams hielt er ebenfalls knapp. Was er jedoch eingehender schilderte, war seine Vermutung, dass das Dinitrophenol dem Opfer im Ablauf des Kongresses beigebracht wurde.

Um Material zu sammeln, habe er sich die Rednerliste und die Mitschnitte der Vorträge kommen lassen. Erhellendes ergab sich seines Erachtens daraus nicht, jedoch schickte er diese nun per Mail von seinem Handy auf Haimerls Adresse. Somit könnten die Kongressreferenten befragt werden. Allerdings erforderte dies einen größeren Aufwand, da diese ja aus mehreren Staaten stammten und somit die dortigen Behörden um Zusammenarbeit gebeten werden mussten.

„Damit habe ich gerechnet", sagte Haimerl, „und deshalb haben wir auch eine Sonderkommission eingerichtet." „Leider musste ich den Amonn mit einbinden, da er ja die ersten Ermittlungen geführt hat. Ich hoffe, dass er nach dem heutigen Gespräch etwas arbeitsamer wird."

Hundlinger dachte bei sich, wenn dem der Ottakringer-Spiegel absinkt, sieht er eh nur noch weiße Mäuse oder verschüttet den Kaffee.

Nach dem einstündigen Gespräch fuhr Hundlinger nach Hause. Seine Gedanken drehten sich ständig um Prof. Pirkhofer. Wie könne man nur dem Täter auf die Spur kommen? Während der Fahrt rief er seinen Studienkollegen Jodok Wohlgenannt an. Dieser ließ sich allerdings sehr viel Zeit, um ans Handy zu gehen. Er hatte schließlich Hundlingers Nummer mit Namen abgespeichert und wenn dieser anrief, gab's meistens Arbeit und blöde Bemerkungen. Beim zweiten Anruf nahm er das Gespräch an. Die Neugier löste dann doch seine emotionale Blockade.

„Heile Hundlinger. Was stod a? Willst du wieder a Krematorium überfallen?" Wie schon erwähnt, war die Kommunikation in alemannischem Vorarlberger Deutsch nicht ganz einfach und Hundlinger fragte sich, wie Jodok sich habilitieren konnte, ohne dem Hochdeutschen mächtig zu sein. Zum Glück verständigt sich die wissenschaftliche Community auf Englisch. Da war Jodok aufgrund seiner internationalen Vortragstätigkeit auf linguistisch barrierefreiem Terrain unterwegs.

Hundlinger: „Servus Jodok. Wie geht's dir?"

Wohlgenannt: „Wenn i di hör, isch da Tag scho numma an guada gsi."

Hundlinger in versöhnlichem bayerischem Dialekt: „Wannsd magst, däd i dei Hundlinger-Depression gern mit a gscheiden Brotzeit und am Flascherl Wein behandeln." War allerdings auch nicht so gut verständlich.

Wohlgenannt: „Des isch in Ordnung. Gomma zum Plachutta hüt Obad?"

Das berühmte Gasthaus Plachutta war nicht gerade für sozialverträgliche Preise bekannt, aber dort bekam man den weltweit berühmten Wiener Tafelspitz. Die perfekte Zubereitung der Leichenteile vom österreichischen Rind, in Begleitung eines Blaufränkischen, ließen das Hirnschmalzdepot in Verzückung dahinschmelzen. Dazu eine Markscheibe, Apfelkren, Rösterdäpfel und eine Schnittlauchsauce: der absolute Rinderwahnsinn, garantiert BSE-frei und nicht Auslöser der Creutzfeldt-

Jakob-Krankheit, bestenfalls zum rezidivierenden Besuch der Lokalität infizierend.

Umwelttechnisch tragen die vom Rind stammenden Methanfurze zur Klimaerwärmung und die aus Rinderdärmen stammende Hardware zur Stickstoffdioxid-Belastung des Grundwassers bei. Aber das kleine Österreich kann damit das Weltklima nicht nachhaltig schädigen. Hundlingers Gewissen beruhigte sich auch bei dem Gedanken, dass das Tier ja schon tot sei und außerdem frisst die Kuh ja vorwiegend Gras. Somit wäre auch die vegane Komponente bei der Speisenwahl voll berücksichtigt. Er nahm deshalb unter Abwägung all dieser Argumente den Vorschlag unverzüglich an.

„Ausgemacht, 19:00 Uhr beim Plachutta. I reservier an Tisch." Damit war alles gesagt und das Telefonat beendet.

44 Plachutta und die OXPHOS

Beim Plachutta war Hochbetrieb. Gott sei Dank hatte Hundlinger vorgesorgt. Eine Bedienung führte ihn zu einem Zweiertisch, wo ein Schild „Reserviert" stand. Wenig später erschien im Eingangsbereich Professor Wohlgenannt. Eine vorbeihuschende Bedienung fragte den neuen Besucher, was sie für ihn tun könne.

„I suach an Ma, der usschout wia an Akademiker, aber eigentlich an Sandler isch." Damit löste er völlige Verwirrung bei der Servicedame aus. Obdachlose waren eher nicht die Stammgäste des Hauses.

„Reserviert hat er auf den Namen Hundlinger. Sagt doch alles. Oder?" Das war gefühlt die Spitze seiner humoristischen Einlage. Der Vorarlberger neigt ja eher zu besinnlichen, versöhnlichen, humorbefreiten Worten. Die aus der sprachlichen Schockstarre erwachte Bedienung meinte kurz und knapp: „Tisch 13."

„Heile Jochen", begrüßte ihn sein Ex-Kommilitone. „Echt nobler Zug von dir, zum Plachutta zu laden."

Hundlinger versöhnlich sülzend: „Genialer Wissenschaftler, geniales Lokal." Wenn's um große Ganze geht, muss man halt Geld in die Hand nehmen. Irgendwann kann man ja „Eurer Eminenz" schon wieder eine „brettern".

Nachdem das erste Gläschen Rebenelixier Großhirn und die Stoffwechselorgane geflutet hatte, entspann sich eine angeregte Diskussion.

Hundlinger: „Wie kann es sein, dass ein Wissenschaftler wie Pirkhofer nicht merkt, dass man ihn mit Dinitrophenol vergiftet. Zum einen riecht das Zeug doch stark und zum anderen braucht man eine größere Menge, um eine maligne Hyperthermie auszulösen."

Wohlgenannt: „Darüberd hän i o scho nachdenkt. Die Dosis zur malignen Hyperthermie kann ma eigentlich ned richtig festlegen. Desch hängt viel von Genetik ab. Bei manchen wirken schon kleine Dosen toxisch. Des Mittel isch eigentlich scho lang verboten. Ma hats amal als Abmagerungsmittel eingesetzt. Auch in der Labordiagnostik und der Landwirtschaft hat man es versucht, aber aufgrund der hohen Toxizität – Giftigkeit – wieder verworfen. Eigentlich kannst desch nirgendwo mehr bekommen."

„Das heißt", meinte Hundlinger, „der Täter muss Altbestände gehabt und vermutlich irgendetwas mit Analytik, Chemie oder Bodykultur zu tun haben. Landwirtschaft konnte man ja bei einem medizinischen Kongress ausschließen. Das engt den Täterkreis ein. Doch wie kann er wissen, dass schon eine kleine Menge DNP ausreicht und wie kann er den typischen Phenolgeruch der Substanz verschleiern?"

Letztendlich mussten beide Mediziner trotz günstigster Bedingungen eines positiven Körpergefühls, unterstützt von der entspannenden Einwirkung mehrerer Achtel „Roten", die beweisführende Erklärung zum Thema Dinitrophenol schuldig bleiben.

Das Thema Phenol verdunstete schlagartig, als die Bedienung den Tafelspitz samt aller klassischen Zutaten servierte. Die volle Aufmerksamkeit der Geruchs- und Geschmacksorgane galt nun der perfekt zubereiteten Rindermuskulatur. Die zuvor wissenschaftlich geführte Diskussion wich einer stenoartig kargen Kommunikation – „Wie köstlich!" oder, auf Bayerisch, „sauguat!" – ungeachtet der zoologischen Unstimmigkeit, dass es sich hier keineswegs um Schweinefleisch handelte.

Statt Dessert gönnte man sich im Anschluss noch ein Achterl Roten. Hundlinger bemerkte augenzwinkernd, er müsse seine neuen Zahnimplantate erst richtig einbeißen – eine nicht ganz ernst gemeinte Anspielung auf Hans Mosers legendäres Lied „Die Reblaus".

Als Ernst Marischka den Liedtext 1940 schrieb, war der Begriff „Achtsamkeit" oder Mindfulness in der Psychologie noch nicht allzu präsent. Und doch könnte dieses Lied eine frühe Vorstufe gewesen sein – schließlich beschreibt die aus dem Buddhismus stammende Praxis eine Haltung, bei der man den gegenwärtigen Moment bewusst, ohne Wertung und mit allen Sinnen wahrnimmt. Genau das war es, was Hundlinger und sein Gegenüber in diesem kulinarischen Augenblick zelebrierten.

Trotz optimaler Bedingungen für ein positives Körpergefühl – unterstützt durch mehrere Achterl Roten – mussten die beiden Mediziner die beweisführende Erklärung zum Thema Dinitrophenol schuldig bleiben.

Hundlinger zahlte, und das bayerisch-vorarlbergische Pendant zu Dr. Watson und Sherlock Holmes verließ den gastronomischen Kultort – nicht ohne sich zu versprechen, in engem Kontakt zu bleiben.

Die Achtsamkeit des folgenden Morgens galt dann allerdings weniger der Gegenwart als vielmehr den Spätfolgen des weinseligen Abends. Man könnte es auch als „organisiertes Erbrechen" bezeichnen.

Glücklicherweise stand ein dienstfreies Wochenende bevor, sodass sich beide Herren ungestört diesem Gefühl widmen konnten.

Dennoch – Hundlinger verkürzte diesen Augenblick der Achtsamkeit durch Einnahme einer Tablette Ibuprofen.

Am Nachmittag lichtete sich dann auch sein selbst verursachter „Brain fog" und die restliche Truppe seiner Hirnzellen fokussierte sich wieder auf die Verfolgung des Giftmörders. So, wie sich die Sonne durch den Nebel eines Wiener Herbsttages brannte, kam ihm ein Geistesblitz.

45 Künstliche Intelligenz, der Feind natürlicher Blödheit

Djamal, sein Freund in Sophia Antipolis, dem französischen Silicon Valley, hatte doch dort eine Firma für forensische Informatik, also einen digitalen Sherlock Holmes. Vielleicht hätte dieser eine Idee, wie man dem Mörder auf die Spur kommen könnte. Hundlinger griff zum Handy und wählte die französische Nummer. Vielleicht hätte er Glück und könnte Djamal für seine Recherchen begeistern. Es dauerte auch nicht lange, bis sich sein Freund mit den Worten „Bonjour Joakim, comment ça va" meldete. Die Aussprache von Jochen oder Joachim fiel ihm ähnlich schwer wie Jochens Bonjour, was eher wie „Paar Schuah" klang. Zur Vermeidung weiterer gallo-bajuwarischer Missverständnisse schilderte Hundlinger sein Begehren auf Englisch. Die Ermittlungen zum Oxphos-Mörder seien zunächst durch die sorgfältige Prophylaxe arbeitsüberlastender, psychohygienischer Schäden des zuständigen Kriminalbeamten verzögert worden, jetzt aber auf höchster Prioritätsstufe durch eine Sonderkommission wieder in Gang gekommen. Da die italienische Polizei keine Kenntnis von dem Mord hatte, stand allerdings kein Ermittlungsmaterial zur Verfügung. Ob Djamal eine Idee hätte, wie man da wieder Energie reinbringen könnte. Dieser, er war ja Mediziner und Informatiker, bekundete sofort seine Begeisterung, da ihm Hundlinger über die detaillierten Vorgänge der Unterbrechung der oxidativen Phosphorylierung berichtete und im Unklaren war, wie eine wahrscheinlich kleine Menge an Dinitrophenol das Lebensfeuer auslöschen konnte. Wie erhofft, bat Djamal darum, ihm alles Wissen und alle Unterlagen zum Ischia-Kongress zukommen zu lassen. Sein Untergebener, der „Ordinateur" – Computer –, würde sich mal „seine Festplatte zerbrechen". Ordinateur war mit Bedacht eine maßlose Untertreibung. In Djamals Institut stand einer der ersten Quantencomputer. Dieses Daten-Ungeheuer rechnet millionenfach schneller als herkömmliche Computer. Quantencomputer sind in der Lage, Verschlüsselungssysteme zu knacken. Sie können komplexe Molekülstrukturen simulieren und erklären sowie komplexe Datenmuster viel effizienter erkennen. Dass Djamal über so ein Superhirn verfügte, wusste Hundlinger allerdings nicht. Ebenso war ihm nicht klar, dass sein Freund einer der bedeutendsten Informatiker im nationalen Sicherheitssystem Frankreichs war.

Hundlinger war nun wieder in bester Laune und versprach, sich bald mal wieder an der Côte blicken zu lassen.

Umgehend setzte er sich im Anschluss an seinen Laptop und mailte Djamal den Kongressmitschnitt, die Teilnehmerliste sowie ein persönliches Erinnerungsprotokoll des Rückholflugs. Außerdem schrieb er noch seine persönlichen Gedanken nieder.

46 Man muss nur warten können, bis die Leiche seines ärgsten Feindes ...

Montagmorgen, „the same procedure as every year". Hundlinger machte wie üblich Visite auf der Intensivstation, diskutierte Infusionspläne und die zu erwartenden Neuzugänge aus den Operationssälen.

Gegen 9:00 Uhr vermeldete sein „Piepser", er möge umgehend seinen Chef anrufen, was nichts Gutes bedeuten konnte. Gehorsamst folgte er der Anweisung der Stimme seines Herrn, respektive Alarmweckers, und rief zurück. Seine Vermutung, dass Ungemach in Verzug war, bestätigte schon die erregte Tonhöhe des Anästhesievorstands: „Hundlinger, kommen's möglichst schnell in den OP vier. Sie müssen dort eine Narkose übernehmen."

Was konnte nur passiert sein, dass man so intensiv auf seine Mitarbeit urgierte?

Noch erstaunter war er, als er im OP eintraf, dass anstatt des Anästhesisten ein OP-Pfleger an dessen Platz saß. Zunächst blickte er auf das Narkoseprotokoll und die am Monitor angezeigten Vitaldaten, um sich ein Bild vom Zustand des Patienten zu machen. Dann die Frage an die anwesenden Personen, was geschehen sei. Die Antwort gab ihm der Pfleger. Drei in Schutzbekleidung ausstaffierte Herren seien in den OP gekommen und hätten Oberarzt Ilg aufgefordert, mitzukommen. Als dieser dieses mit der Begründung verweigerte, er sei unabkömmlich, habe einer der Männer ihm seinen Dienstausweis gezeigt und gesagt, dass er verhaftet sei. Den Grund habe man allerdings nicht genannt.

Nach Narkoseausleitung kam Professor Hofmann, der Primar der Anästhesieabteilung, in den Aufwachraum. „Hundlinger, Sie müssen das gesamte Anästhesieprogramm heute übernehmen, ich habe niemanden als Ersatz für Ilg." Auf die Gegenfrage, was denn passiert sei, antwortete er: „Ich hab auch keine Ahnung. Gefühlte dreißig Mann haben die Abteilung gestürmt, Akten und Computer konfisziert und Ilgs Dienstzimmer versiegelt. Außerdem ist in der Klinik die Hölle los, da der Zentralrechner gehackt wurde. Es läuft zwar alles normal weiter und es gibt auch keine Erpresserforderungen, doch irgendjemand hat sich Zugang zu allen Daten verschafft."

Hundlinger „schwante" etwas. Waren das die kosmischen Folgen seines gestrigen Anrufs?

Nach der dritten Narkose fand er Zeit für einen Kaffee und zog sich kurz ins Dienstzimmer zurück. Er hatte mittlerweile beste Kontakte in die Polizei-Szene. Diese nutzte er nun. Er rief seinen neuen Freund Josef Haimerl an.

„Servus Josef, wie geht's?" Der andere Gesprächsteilnehmer: „Servus Jochen, ich kann mir schon vorstellen, warum du anrufst. Da hast ja an saubern Fetzn als Kollegen. Eigentlich darf ich dir nichts zu den Ermittlungen sagen, aber eigentlich bist du ja ned nur Mediziner, sondern auch immer noch a bisserl Polizist und schweigepflichtig bist a. Also die Sache ist so, die französische Polizei hat uns heute früh darüber informiert, dass im AKH ein Anästhesist tätig sei, der wohl eine Studie über Kinder-Narkosen macht, aber die betäubten Kinder im nackten Zustand fotografiert. Es seien Bilder im Darknet aufgetaucht, aber vermutlich finde man auch Material auf dem Laptop eines Dr. Ilg. Außerdem besteht irgendeine Verbindung zum Giftmord an Professor Pirkhofer.

Genauere Details wollte man uns nicht sagen, aber man hat uns umfangreiches Bildmaterial übersandt, sodass wir dann gar nicht mehr anders konnten, als die Verhaftung einzuleiten. Unsere Kriminaltechniker sind schon dabei, das ganze Datenmaterial von Ilgs Laptop zu sichten.

Wie die Franzosen an sowas drankommen, ist mir schleierhaft. Die hatten sogar Bewegungsprofile von dem sauberen Herrn. Da muss irgendwie ein ‚U-Boot' oder eine Geheimdienstbehörde im Spiel sein. Du hast damit sicher nichts zu tun, oder?"

Der letzte Satz verblüffte Hundlinger. Er antwortete mit einem „inneren Grinsen": „Wie sollte ich, bin ja selbst von den Ereignissen überrascht worden." Für sich selbst dachte er, so ein altgedienter Kriminaler hat wohl nicht nur einen lang eingeübten Verstand, sondern auch emotionale Intelligenz. Umsonst ist der nicht der Chef geworden.

47 Q-Bits, die kleinstmögliche Informationseinheit im Quantencomputer

Am späten Nachmittag leitete Hundlinger die letzte Narkose aus und ging nochmal auf die Intensivstation, um nachzuschauen, ob in seiner Abwesenheit alles gut gelaufen sei.

Unverhofft tauchte auch sein Chef Professor Hofmann auf: „Stellen Sie sich vor, Hundlinger, der Ilg hat mir da eine Studie über Kindernarkosen vorgeschlagen, hab Gelder dafür aufgetrieben und es durch den Ethik-Ausschuss gebracht und dann macht der Nacktbilder von den Kindern. Wenn das an die Öffentlichkeit kommt, sind wir erledigt. Da bekommen wir keine Unterstützung und Fördergelder mehr."

Hundlinger: „Ich denke, da gibt es nur eine Möglichkeit. Rufen Sie schnellstmöglich Vertreter der Presse zu sich und erklären Ihnen, dass Sie selbst die unangenehme Situation aufgedeckt haben. Ein ‚Unter-die-Decke-kehren' hätte hochwahrscheinlich fatale Folgen. So bleiben Sie Herr des Geschehens. Übrigens habe ich die Mailadresse eines Investigativ-Journalisten, der sicher emotionsfrei und neutral berichten wird. Den sollten Sie als erstes kontaktieren."

Über WhatsApp schickte er seinem Chef den Kontakt von Ömer. Selbst schrieb er dann auch noch an den mittlerweile zum Freund gewordenen Cem, dass sich Professor Hofmann mit einer Information an ihn wendet, dass aber möglicherweise noch, was „Fetteres" hinterherkommt. Hundlinger wusste selbst nicht, was das „Fettere" sei, aber die Anmerkung von Haimerl, dass Ilg auch was mit dem Giftmord zu tun hätte, ließ eine Vorahnung in ihm reifen. Vermutlich hatte Djamal in der Nacht noch recherchiert und das Ganze in Gang gebracht. Dennoch, der Oxphos-Mörder konnte der Herr Kollege Oberarzt nicht sein, denn er war zu keiner Zeit auf Ischia.

Hundlinger wollte jetzt schnellstmöglich nach Hause, um ungestört telefonieren zu können.

Wie immer war auch noch nach 19:00 Uhr der Feierabendverkehr sehr dicht, was ihn diesmal nervte. Er hoffte, möglichst schnell Djamal zu erreichen, um Näheres zu erfahren. Aus dem Auto wollte er nicht anrufen, weil er seinen Laptop nicht dabeihatte, um parallel zum Gespräch recherchieren zu können. Zu Hause endlich angekommen, saß zu allem Überfluss auch noch Kater Willibald vor seiner Haustür und bedeutete um Einlass. Vor Jahren musste er sich unfreiwillig einem chirurgischen Eingriff zur Modifizierung seiner Männlichkeit unterziehen. Damit konnte er ein triebfreieres und beschaulicheres Leben führen. Die besinnungslose Suche nach einer willigen Partnerin hatte in der Großstadt schon manch männlichen Artgenossen zum verfrühten Ableben auf einer verkehrsreichen Straße verholfen. Außerdem kam er zu der Überzeugung, dass Sex von seinen Kollegen deutlich überbewertet wird. Willibald hingegen hatte nach dem Eingriff den wahren Sinn des Lebens, die felinen Ernährungswissenschaften, entdeckt. Der Vergleich der verschiedenen kulinarischen Angebote in seiner Straße hatte allerdings seinen Preis, denn seine Körperkonturen verrieten, dass es viele tierliebe Nachbarn gab. Heute war das Restaurant Hundlinger dran.

Mittels Körpersprache, wie um die Beine streichen und Schnurren, forderte er imperativ nutritive Zuwendungen ein. Nur Hartgesottene konnten dieser Aufforderung nicht uneigennütziger Liebesbekundungen Widerstand leisten. Also Haustür schnellstmöglich öffnen, dem dirigierend aufgestellten Schwanz des Stubentigers unaufgefordert zum Kühlschrank folgen und den Inhalt auf carnivorengerechte[39] Lebensmittel untersuchen. Durch göttliche Fügung – Gott ist nämlich auch für Katzen zuständig – fand sich ein Päckchen gekochter Schinken. Dieser sollte eigentlich im Rahmen des Frühstücks dem Hauptbewohner des Hauses zur Verfügung stehen, musste allerdings aufgrund der drohenden Notsituation einer vermeintlich verhungernden Katze geopfert werden.

Jochen Hundlinger, der glaubte, dass er sich nach der Dosis von hundert Gramm Schinken ungestört einem Telefonat zuwenden könne, sah sich getäuscht. Der liebe

---

39 Carnivor: Fleischfresser

Kater Willibald hielt nun auch noch eine Kopfmassage für angebracht, quasi als Zeichen der Wertschätzung, dass es ihm gelungen war, besagten Schinken vor dem Überschreiten des Ablaufdatums zu bewahren. Somit musste Hundlinger weiteres verordnetes Verweilen auf der Kücheneckbank akzeptieren. Also Kater auf den Schoß, mit der rechten Hand Kopf kraulen, nicht zu fest und nicht zu sanft, da etwaige Unprofessionalität mit einer scharfen Katzenkralle korrigiert werden und mit schmerzhaften Kollateralschäden an der Körperhülle einhergehen könnte.

Risikobewusst angelte sich der Katzenfreund das Handy, wählte etwas ungelenk mit der linken Hand Djamals Nummer, welcher sofort das Gespräch entgegennahm: „Salut Djamal, quoi de neuf?" Auf Bayerisch: „Servus Djamal, was gibt's Neues?"

Dieser bestätigte, dass es hochinteressante Erkenntnisse gebe. Er habe mittlerweile sehr gute technische Möglichkeiten, Zusammenhänge und Vernetzungen zu durchleuchten, womit er indirekt bestätigte, dass er sowohl Ilgs Laptop als auch den Zentralrechner des AKH gehackt, aber auch in kürzester Zeit die Daten der Telekommunikationsanbieter durchsucht hatte.

Dafür braucht man Q-Bits, die Informationseinheit von Quantencomputern. Die Rechnerleistung selbst großer Computer reicht für so eine Recherche nicht aus. Nur Quantencomputer konnten es schaffen, herkömmliche Sicherheitssysteme so schnell zu überwinden. Hundlinger begriff nun, um welches „Kaliber" es sich bei Djamal handelte.

Dieser berichtete weiter, dass er keine Zeit gehabt habe, ihn vorab zu verständigen, da die widerwärtigen Aktivitäten von Hundlingers Kollegen zu schnellem

Handeln und zur Arretierung desselben verpflichteten. Da gab es aber noch eine interessante Aktivität. Ilg hatte sich Einsicht in die elektronische Krankenakte von Professor Pirkhofer verschafft. Dieser hatte niemals eine Narkose im AKH oder Kontakt zur Anästhesieabteilung. Was veranlasste also den Anästhesisten, sich damit zu beschäftigen?

48 Maligne Hyperthermie oder wenn die Suppe überkocht

Djamal fand heraus, dass es von Professor Pirkhofer eine elektronische Krankenakte in der genetischen Beratungsstelle gab. Sein Bruder hatte bei einer Blinddarmoperation einen fast tödlichen Narkosezwischenfall. Während der OP und danach stieg seine Körpertemperatur dramatisch über 40 Grad an. Der diensthabende Anästhesist, ein Dr. Ilg, erkannte wohl auch sofort das Problem, eine maligne Hyperthermie. Mit Dantrolen konnte er das Leben seines Patienten retten.

Das Zusammenziehen, die Kontraktion der Muskeln, wird durch den Einstrom von Calcium-Ionen in die Muskelzelle bewirkt. Bei einer Variation des Gens RYR1 und CACNA1S werden bei Anwendung von bestimmten Medikamenten, insbesondere bei Narkosemitteln, ungewöhnlich hohe Mengen an Calcium aus den zellulären Speichern freigesetzt, was wiederum zur vermehrten Aktivität der Muskulatur führt. Durch ständiges Muskelzittern steigt die Körpertemperatur an, der Herzmuskel schlägt immer schneller. Letztendlich kommt es dann zu einer allgemeinen Verhärtung der gesamten Muskulatur. Nierenversagen und Herzstillstand sind die Folgen.

Dantrolen verhindert über die Blockade bestimmter Rezeptoren die vermehrte Calciumfreisetzung und bewirkt somit eine Entspannung der Muskelfasern. Der tödliche Mechanismus kann damit unterbrochen werden.

In der Patientenakte des genetischen Instituts war nachzulesen, dass Pirkhofers Bruder an einer Variation des Gens RYR1 litt. Abschließend wurde in dem genetischen Gutachten empfohlen, alle Familienangehörigen diesbezüglich untersuchen zu lassen. Auch Professor Pirkhofer war von dieser genetischen Konstellation betroffen.

Djamal, der nicht nur ein genialer Informatiker, sondern auch Mediziner war, verbiss sich die ganze Nacht in diesen besonderen Fall. Wieso konnte Dinitrophenol ein tödliches Fieber auslösen? Die hochgiftige Substanz bewirkt selbst eine Entkoppelung der OXPHOS-Regulationsmechanismen, was das „Überkochen" bei der Energieproduktion in den Mitochondrien auslöst. Pirkhofer nahm große Mengen von NADH ein. Eigentlich kann man dieses nicht überdosieren. DNP (Dinitrophenol) schaltet jedoch eine regulierte Energieproduktion aus. Das zusätzlich aufgenommene NADH heizt zusätzlich den entfesselten Stoffwechsel und die Wärmebildung an. Erschwerend kam jetzt noch Pirkhofers genetische Disposition für maligne Hyperthermie hinzu. Alkohol und Betäubungsmittel begünstigen ebenfalls diese fatale Situation. Am Vorabend des Kongresses hatte er vielleicht Wein getrunken und der Notarzt hatte am nächsten Tag wegen der durchzuführenden Intubation auch noch entsprechende Medikamente gespritzt.

Gebannt hörte Hundlinger den Ausführungen Djamals zu. Jetzt war ihm auch klar, dass eine geringe Menge von DNP bei der genetischen Disposition den tödlichen Verlauf auslösen konnte.

Ebenso war damit erklärbar, dass der Phenolgeruch damit nicht so deutlich erkennbar war, denn die Zufuhr über eine Kapsel verhinderte die Wahrnehmung.

Aber es kam noch „dicker". Djamal hatte ja auch die Handydaten ausgewertet. Ilgs Handy war im entsprechenden Zeitraum nie im italienischen Netz eingeloggt (der geneigte Leser möge mir verzeihen, dass auch der Autor sich nunmehr des Denglischen bedient). Er konnte also nicht der Giftmörder sein. Allerdings fiel immer wieder eine Verbindung mit einem deutschen Teilnehmer auf.

Das Quantensuperhirn in Sophia Antipolis ordnete diese Nummer einem Helmut Grobmeier zu. Aufgrund der Referentenliste, welche Hundlinger an Djamal geschickt hatte, war sofort klar, dass sich dieser auf Ischia und offensichtlich auch in der Umgebung des Professors aufhielt. Er könnte möglicherweise damit etwas zu tun haben.

Hundlinger fragte nach, wieso Ilg und Grobmeier in Zusammenhang zu bringen waren. Auch dieses konnte Djamal beantworten. Die Recherche ergab, dass Grobmeiers Schwester die Ex-Frau von Ilg war.

Die Frage, ob Grobmeier der Täter war, konnte damit jedoch nicht beantwortet werden. Ebenso waren das Motiv und die den Mord bedingende Heimtücke nicht erklärbar. Djamal wollte sich um diese Fragen noch kümmern.

Als Nächstes wollte Hundlinger Jodok Wohlgenannt anrufen. Zuerst musste er aber noch Kater Willibald rauslassen. Dieser wartete schon ergebenst an der Haustür, um die Lebensmittelkontrolle in der Straße fortzusetzen.

„Servus Jochen", klang's aus dem Handy. Diesmal war Jodok Wohlgenannt auch in versöhnlicher Stimmung. Der gemeinsame Besuch im Plachutta und der alkoholinduzierte Leidensverlauf am nächsten Tag hatte ihre freundschaftliche Beziehung wiederbelebt.

Hundlinger berichtete von dem eben geführten Telefonat. Die Ungewissheit, warum eine geringe Dosis DNP den Tod verursacht hatte, konnte nun wissenschaftlich erklärt werden. Die Synergie von genetischer Disposition und dem toxikologischen Effekt des DNP löste den tödlichen Verlauf aus. Außerdem hatte Ilg was mit dem Mord zu tun, da er die genetische Belastung des Professors kannte. Hundlinger hatte damals beim Ambulanzrückflug Dantrolen angefordert. Ilg hatte wohl absichtlich vergessen, dieses mitzunehmen. Er wusste ja, dass nur dieses Mittel den Professor hätte retten können. Zumindest hat er sich mitschuldig gemacht. Das war es, was wohl Kripochef Haimerl andeutete. Um Ilg müsse man sich vorerst keine weiteren Gedanken machen, da er ja bereits arretiert war. Vielmehr galt es nun, Grobmeier aufzufinden und ins Visier zu nehmen.

„Der hält doch immer wieder Vorträge", meinte Jodok. „Schau doch mal im Netz nach, ob er irgendwo auf einem Kongress auftaucht. Verständige vor allem Haimerl, dass du einen Verdacht hast."

Wie durch Fügung konnte Hundlinger im Netz recherchieren, dass Grobmeier am Wochenende für einen Menopausen-Kongress in Wien als Referent gelistet war. Professor Hübner, der den Kongress organisierte, war der renommierteste Kenner der österreichischen

Hormonszene, quasi der Rächer für die klimakterische Frau. Da sich das Thema Hormone aber irgendwann erschöpfte, wählte er auch Referenten aus, die über Anti-Aging, Longevity und orthomolekulare Themen wie Vitamine, Aminosäuren und sonstige Mitoceutica (Substanzen und Methoden zur Stärkung der Mitochondrien) berichteten. Mittlerweile hatte die Wissenschaft die Bedeutung der wurmartigen Gebilde in den Zellen erkannt. Sie sind die Erbschaft der Vereinigung von Bakterien und der Ursprung der Menschheit. Es gab auch Versuche, mittels Mitochondrien-Transplantation Herz-Kreislauf-Erkrankungen, neurologische Erkrankungen und Diabetes zu behandeln. Grobmeier war im Programm mit einem Vortrag gelistet, einem Beitrag, wie man mehr Energie aus den Mitochondrien rausholen könne.

Auch wenn man Grobmeier kaum einen Giftmord nachweisen konnte, entschloss sich Hundlinger, den Vortrag anzuhören. Als Nächstes wollte er Haimerl anrufen und das Ergebnis seiner Recherchen übermitteln.

Gerade als er auf die Kurzwahltaste seines Handys drücken wollte, läutete dieses. Es meldete sich eine Frauenstimme: „Hallo Herr Doktor, entschuldigen Sie, dass ich Sie störe. Es hat a bisserl gedauert, bis ich Sie erreichen konnte. Erst hab ich beim ÖAMTC angerufen, aber die wollten mir Ihre Nummer nicht geben und dann hab ich auf Ihrer Station im AKH angerufen. Die wollten mir auch nichts sagen. Erst als ich g'sagt hab, dass ich eine Urlaubsbekanntschaft sei und was Freudiges mitteilen wollte, haben's die Nummer rausg'rückt."

Hundlinger stockte der Atem und war, was ihm sonst nie passierte, sprachlos. Erstens war er nicht im Urlaub und zweitens hatte er auch keine Urlaubsbekanntschaft gemacht. Bevor er sich ob einer solchen verbalen Ungeheuerlichkeit wehren konnte, setzte die Dame, so man bei einer solchen unglaublichen Lüge von einer Dame sprechen konnte, das Telefonat fort. „Ich bin die Anneliese Angermaier, die Frau vom Alfred, den Sie von Nizza nach Salzburg begleitet haben, und ich muss Ihnen sagen, dass ich so unheimlich dankbar für Ihren Tipp mit der Sauerstoffkammer bin. Mein Mann konnte trotz seines Herzinfarktes wieder normal arbeiten. Er fing sogar an etwas Sport zu treiben. Und was noch interessanter ist, unser Enkerl war schwer krank. Es hatte nach einem Infekt eine Hirnentzündung und danach ganz schlimme Spastiken. Die Ärzte sagten, man könne da nicht so viel machen und das kleine Mäderl würde wohl schwerstbehindert bleiben. Da fielen mir Ihre Worte über die Oxphos ein und dass man neurologische Erkrankungen in der Sauerstoffdruckkammer behandeln könne. Bei meinem Mann hat's ja auch geholfen. Also hab ich mich mit der Kleinen auch in die empfohlene Kammer begeben. Nach nur zwei Behandlungen ließen die Spastiken nach. Nach mehreren nachfolgenden Druckbehandlungen war sie wieder ein ganz normales Kind. Und dann muss ich noch was sagen. Ich selbst hatte immer Schmerzen im rechten Knie. Der Orthopäde meinte, dass ich irgendwann wohl ein künstliches Kniegelenk bräuchte. Was soll ich sagen, der Schmerz ist auch weg. Ist das nicht ein Wunder? Und Sie waren unser Schutzengel und Wunderdoktor."

Eigentlich wollte Hundlinger wegen der ergaunerten Telefonnummer ein paar ordentlich maßregelnde Worte der Frau Angermaier zukommen lassen, aber bei so viel Schmalz und Sülze konnte er in seinem geistigen

Wörterbuch plötzlich keine hässlichen Formulierungen mehr finden.

Eigentlich war er nur noch gerührt ob des medizinischen Erfolges bei dem kleinen Mäderl und a bisserl feuchte Augen hatte er auch dabei. Eigentlich war er nicht auf den Mund gefallen, aber jetzt fiel ihm auch nichts Passendes ein und sagte einfach nur „Danke".

Nach dem Gespräch wartete er erst ein paar Minuten, um sich zu sammeln. Dann Anruf bei Haimerl.

In ausschweifenden Worten schilderte er dem Chef der Wiener Kripo, was er mithilfe der KI in Erfahrung bringen konnte. Ilg wusste von der genetischen Besonderheit der Familie Pirkhofer, was von Bedeutung für Narkosen und der malignen Hyperthermie war. Ebenso wusste er, dass Pirkhofer große Mengen an NADH einnahm, was eigentlich zu einem enormen Energieschub führt. Überdosieren kann man es eigentlich auch nicht. Wenn aber der effektive Schutzmechanismus durch die Entkopplung der Oxphos mittels DNP aufgebrochen wird, entsteht überschießende Wärme ohne Bildung des lebensnotwendigen Treibstoffs für den Körper, dem ATP. Übrigens entsteht aus dem NADH auch NAD, welches den Alterungsprozess hemmt. Das sah man Professor Pirkhofer an, er wirkte 20 Jahre jünger und sein Verstand war glasklar.

Umso tragischer war es, dass ihn der Giftmörder durch medizinisches Insiderwissen über den Styx, ins Reich der Toten befördert hatte. In Wuppertal formulierte man salopp, der ist über die Wupper gegangen. Am anderen Ufer der Wupper stand in früheren Zeiten nämlich ein Gefängnis mit Hinrichtungsplatz. Über den Jordan gehen war etwas freundlicher gemeint. Es galt für die Israeliten, in das gelobte Land, ins Himmelreich einzugehen. Ganz egal, wie man den Tod beschreibt, es ist einfach unmoralisch, von Unberechtigten dorthin geschickt zu werden.

Haimerl hörte sich geduldig sowohl die KI-unterstützten Informationen als auch Hundlingers mythologische kulturhistorische Ergüsse an. Erstaunt war er vor allem, über welches Netzwerk der Mediziner verfügte.

Mit investigativer Fragetechnik versuchte er, aus Hundlinger herauszubekommen, wie er an diese Kontakte kam. Aber außer den Hinweisen, dass der Mediziner die eine oder andere Verbindung in ansprechenden gastronomischen Lokationen knüpfte, konnte er nicht mehr herauskitzeln. Das Einzige, was er noch eruieren konnte, war, dass ein französisches Unternehmen für spezielle Informationsverarbeitung Hilfestellung geleistet hat. Die eigene Dienststelle hatte allerdings auch schon Hinweise gegeben, dass sich der Skandal um den Anästhesisten Ilg noch ausweiten könnte.

Im Laufe des Gesprächs erläuterte Hundlinger, dass man sich mal den Vortrag von Grobmeier anhören sollte. Vielleicht könne man sich einfach mal ein Bild von dem Herrn machen oder vielleicht auch direkt ins Gespräch kommen. Die juristische Lage hielt Hundlinger für verzwickt. Dem Professor wurde auf italienischem Staatsgebiet das Gift beigebracht. Auf österreichischem Boden fand er den Tod und der Verdächtige kommt aus Deutschland und hält sich nur für kurze Zeit in Wien auf. Man könne den Apotheker nicht einfach aufgrund ehemaliger verwandtschaftlicher Beziehungen verhaften. Die Beweisführung sei sicherlich unglaublich schwierig.

Ebenso schwierig sei es, Beweggründe und Mordmerkmale darzustellen.

Haimerl entgegnete, dass dies die Aufgabe der Polizei sei und nicht die der Anästhesieabteilung des AKH. Außerdem habe auch er gute Kontakte. Allerdings habe er auch nichts dagegen, wenn sich sein Freund mal auf dem Kongress umschaut und fortbildet. Anschließend könne er ihm ja berichten, welchen Eindruck er gewonnen habe. Gut sei es aber, wenn er das Ergebnis der KI-Recherche schriftlich bekäme, „meinetwegen auch ohne Nennung der französischen Firma", wie er anfügte.

Für Hundlinger hörte sich das wie ein Auftrag an, der Sache weiter nachzugehen. Ein bisserl wieder Polizist sein zu dürfen, fand er ja auch ganz spannend.

49 Gerüchte

Wie immer kam Hundlinger am nächsten Morgen pünktlich zum „Briefing" und zur Morgenvisite. Schon am Parkplatz wunderte er sich über zwei Schwestern, die offensichtlich vom Nachtdienst kamen, die ihn grinsend ansahen, „Guten Morgen" sagten und anschließend kicherten. Auch bei der morgendlichen Übergabe sah er in freundlich lächelnde Gesichter und konnte sich die gute Laune seines Teams nicht erklären. Erst als er mittags zur Kantine ging, hörte er, dass zwei vor ihm gehende Pfleger sich über irgendetwas unterhielten, was ihn betraf. Er vernahm, dass der eine den Namen Oberarzt Hundlinger erwähnte und der andere entgegnete: „Du meinst wohl Pater Hundlinger." Der offensichtliche Protagonist der

Erzählung, nämlich Hundlinger, packte den einen Pfleger am Arm und fragte sichtlich „angepisst": „Was gibt's denn über mich zu berichten?" Peinlich berührt drehte sich dieser um und stotterte: „Nichts."

„Warum sprach dann Ihr Kollege von Pater Hundlinger?" Dieser wiederum: „Äh, wir haben halt gehört, dass Sie Vater geworden sind."

Hundlinger wollte gerade kontern: „Ihr habt's wohl nicht alle Tassen im Schrank."

Da begriff er, dass Anneliese Angermaier, welche sich seine Telefonnummer mit der Notlüge der Urlaubsbekanntschaft erschlichen hatte, das Gerüchtekarussell der Klinik mal wieder richtig auf Schwung gebracht hatte.

„Ach, das meint ihr." Um aber das Karussell noch mehr zu beschleunigen, sagte er: „Ja, sind Fünflinge geworden. Leider war die Hebamme unvorsichtig und hat sie fallen lassen. Alle fünf tot. Das ist wirklich schwer zu verkraften."

Die beiden sahen betreten zu Boden und waren sich nicht mehr sicher, ob sie dem aktuellen Informationsstand noch vertrauen sollten. Hundlinger ging nun seinerseits grinsend weiter und war gespannt, ob sein Team am nächsten Morgen Trauerflor trug oder ihm Beileid bekundete. Das Leben ist doch eine fortwährende Komödie, man muss nur hinschauen.

Sichtlich gut gelaunt kam er auf seine Intensivstation zurück und freute sich auf das bevorstehende freie Wochenende, wo er den Menopausenkongress besuchen wollte. Fortbildung empfand er nicht als lästigen Zwang, sondern als Bereicherung. Außerdem kündigten sich die Dezembertage mit misslaunigem Wetter an, also ein idealer Tag zur Wissenserweiterung.

50 Kongress

Hundlinger fuhr frühmorgens durch die dämmrige, von Straßenbeleuchtung, aber auch der zu Konsum ermahnenden Weihnachtsbeleuchtung erhellten Stadt. Spontan fiel ihm das in seiner Kindheit auswendig gelernte Gedicht „Von drauß vom Walde komm ich her" ein. „Allüberall auf den Tannenspitzen sah ich goldene Lichtlein blitzen und droben aus dem Himmelstor sah mit großen Augen das Christkind hervor."

Wahrscheinlich war Theodor Storm nicht nur Lyriker und Jurist, sondern auch Prophet. Er ahnte wohl bereits 1860, dass über 180 Jahre später nicht nur auf den umweltgeschädigten Tannen „goldene Lichtlein" blitzen, sondern Abermillionen LED-Lichtlein eine weltweite weihnachtliche Massenpsychose auslösen würden. Wie Lemminge stürzen sich dann die Menschen nicht über Klippen, sondern in Fachgeschäfte und Kaufhäuser. Kein Wunder, wenn das Christkind mit erstaunten, großen Augen dieses von oben beobachtet.

Nebenbei bemerkt, Lemminge stürzen sich nicht massenweise über Klippen. Dieses ist ein Fake von Walt Disney, also absolute Lüge. Da Lemminge in den USA vorkommen, scheint es wohl auch eine landestypische Vorliebe für Lügenbarone wie jenen Filmproduzenten oder einen Staatslenker zu geben.

Es waren die Tage vor dem 2. Advent. In Hundlingers christlicher Sozialisierung begann der Advent mit Beginn des Monats Dezember, da aber Hofer/Lidl und all die anderen Geschäfte bereits ab Ende September weihnachtliches Accessoire und dazu passende Lebensmittel feilboten, war für ihn der Advent bereits gelaufen. Wenn sich schon die Jahreszeiten verschoben hatten, sollte man doch lieber am 24. Dezember das Osterfest feiern.

Wenig später betrat er die Empfangshalle des Tagungshotels in der Nähe des Schlosses Schönbrunn. Auch hier umsäuselten ihn weihnachtliche Klänge mit dem üblichen Jingle-Gebell, vermutlich in Rücksichtnahme auf Hotelgäste in Begleitung ihrer Bellos. Selbst vor der Darbietung des Liedes „Stille Nacht, Heilige Nacht" schreckte man am frühen Morgen nicht zurück. Natürlich durfte auch der opulent überladene Christbaum nicht fehlen. All dies war etwas konträr zu dem Lied, welches 1818 in Zeiten größter Not und Armut von Gruber und Mohr komponiert und getextet wurde. Die Napoleonischen Kriege waren gerade vorbei und der Sommer ohne Sonne, das Elendsjahr hatte durch die Missernten immer noch Folgen. Die Menschen hungerten.

Schnell entfloh Hundlinger dem Ort festlicher Absurdität, erreichte den Kongressempfang, löste sich eine Eintrittskarte und schlenderte an der Industrieausstellung entlang. Auch hier entbot man ihm Aufmerksamkeit heischend Lebkuchen, Dominosteine und Mini-Nikoläuse an, quasi wie Leckerlis für einen Hund, den man für gewisse Handlungsweisen konditionieren will. Offensichtlich brauchte man dazu die Hyperglykämie, also einen überhöhten Zuckerspiegel im Blut, um selbst kritischste Ärzte bis kurz vor die Bewusstlosigkeit zu führen. Die Einführung neuer Präparate mag damit möglicherweise begünstigt werden. Der Duft von Big Pharma hieß hier Schokolade – für den kleinen Verordner. Für meinungsbildende Koryphäen musste man allerdings schon weitaus größere Sinnesreize setzen.

Eine junge Dame in dezentem blauem Hosenanzug erinnerte nun die im Ausstellungsbereich flanierenden Ärzte mittels Glöckchen, dass der unmittelbare Beginn der Vorträge bevorstand. Jene Teilnehmer, die keinen Sichtkontakt darauf hatten, könnten eventuell zu der Ansicht gekommen sein, dass gleich das Christkind oder schlimmer noch, Santa Claus nebst Rudolph mit der roten Nase, dem Auditorium beitreten will. Traditionsgerecht müsste dieser durch den Kamin kommen, was bei der installierten Fußbodenheizung allerdings auf gewisse Schwierigkeiten stieß und er vermutlich die terrestrische Version durch die Hotellobby wählen würde.

Auch Hundlinger folgte nun dem Gejingle. Er nahm in der hintersten Reihe des Vortragssaales Platz, um den Überblick über das gesamte Auditorium zu behalten. Außerdem konnte er sich so dem bewusstseinstötenden Vortragsstil mancher Referenten vorzeitig entziehen. Der erste Vortrag gebührte seiner Eminenz, Professor Hübner. Hundlinger blätterte im Programm und war noch nicht so richtig fokussiert auf die Thematik. Er glaubte gehört zu haben, dass es sich um ein medizinhistorisches Thema wie die „Wechseljahre einer Kaiserin" handelte. Sehr passend, da sich das Schloss Schönbrunn in unmittelbarer Nähe befand. Auch das nächste Referat, „Ovarielle[40] Achtsamkeit, Segen oder Fluch für die Psyche der Frau" war nicht gerade im Epizentrum seines medizinischen Interesses. Professor Kovač aus Graz, Primar der Gynäkologie und Herr über alle Eierstöcke, perseverierte

---

40 Ovar – Eierstock

lustvoll über Eigenschaften von Menschen mit und ohne hormonbildendem Ovar.

Der dritte Vortrag allerdings war genau sein Thema. „Erworbene Mitochondriopathien und die Substitution von energiesteigernden Substanzen." Die Mitochondrien sind die Strukturen in der Zelle, von denen das ATP, also das Benzin, gebildet wird, um das „Lebensfeuer" aufrechtzuerhalten. Innere und äußere Einflüsse können diese schädigen. Man hat dann weniger Energie. Es gibt auch genetisch bedingte primäre Erkrankungen der Mitochondrien, welche oft schwere Konsequenzen für die Lebensfähigkeit haben. Mitochondrien stammen ausschließlich von der Mutter, was wiederum die Begründung darstellt, dass diesem Thema auf einem gynäkologisch geprägten Kongress so viel Raum geboten wurde. Der Referent war der Apotheker Helmut Grobmeier, Ex-Schwager des inhaftierten Oberarztes Ilg.

Jetzt war Hundlingers Locus coeruleus, eine winzige Struktur im Hirnstamm, damit beschäftigt, maximal Noradrenalin auszuschütten, was höchste Aufmerksamkeit bewirkte. Grobmeier hingegen lief auf der Bühne hin und her, um im dozentenhaften Stakkato-Ton die Bedeutung von Vitaminen, Spurenelementen und des Coenzyms 10 dem imbezillen, geistig gebrechlichen Auditorium näherzubringen. Bemerkenswert waren seine ausführlichen Schilderungen über NAD+. Nur dieses sei in der Lage, Energie zu spenden. Begründung seien die wissenschaftlichen Arbeiten von Prof. Sinclair, welcher bewiesen hatte, dass man den Alterungsprozess damit zurückdrehen könne. Zwar wurden die Versuche an Mäusen gemacht, doch Grobmeier empfand den Unterschied von Maus und Ratte zum Menschen nicht so bemerkenswert groß. Als professioneller Narzisst sieht man das eigene Spiegelbild sowieso anders.

In Hundlingers Denkorgan fingen langsam an, die Synapsen heiß zu laufen. Dass man den Alterungsprozess mit NAD+ verzögern könne, sei wohl wahr, aber zur Energiegewinnung wird immer der Wasserstoff aus dem NADH benötigt. Dabei entsteht auch NAD+. Auch die weitere Bemerkung ließ ihn aufhorchen. „NADH kann gar nicht aufgenommen werden."

An über hundert Patienten hatte Hundlinger den ATP-Spiegel vor und nach NADH-Gabe gemessen und jedes Mal konnte er einen massiven Anstieg des „Zell-Treibstoffes" nachweisen, der Beweis, dass NADH resorbiert wird. Der Gipfel aber an „trumpoiden" Lügenparolen war die abschließende Bemerkung des Referenten: „Das NADH von Professor Pirkhofer ist absolut unwirksam."

Welcher abgrundtiefe Hass mochte wohl hinter diesen Worten stecken?

Hundlinger konnte es aus eigenen psychohygienischen Gründen nicht mehr vermeiden, sich in der anschließenden Diskussion zu Wort zu melden: „Man möge Grobmeier für den nächsten Nobelpreis für Chemie berücksichtigen, da er die Energiegewinnung mit Hilfe der Oxphos völlig neu erfunden habe. Dazu sei immer das im NADH enthaltene Wasserstoffatom nötig." Schallendes Gelächter. Grobmeier hingegen blähte sich jetzt wie ein Kugelfisch auf. Bekanntermaßen ist das Gift dieser Fischspezies um über tausendmal stärker als Zyankali und wird vorwiegend in den Eierstöcken der Fische synthetisiert, womit der Bezug zum Menopausenkongress wieder hergestellt war. Grobmeiers Gift bestand darin, dass er Hundlinger als unbelesenen Wichtigtuer titulierte. Betretenes Schweigen im Saal.

Hundlinger nahm's still duldend hin, zog sein Handy aus der Tasche und schickte Haimerl eine WhatsApp-Nachricht: „Mit Grobmeier stimmt was nicht. Er hat einen so unglaublichen Hass auf Pirkhofer, obwohl dieser schon vor Monaten verstorben ist."

Es dauerte auch nicht lange, bis Haimerl antwortete: Wir sind nicht untätig!!!

51 Lügen haben kurze Beine und kurze Beine taugen nicht zur Flucht

Damit begann die Kaffeepause. Hundlinger verfolgte aufmerksam, wohin sich Grobmeier begab. Dieser eilte in Richtung Hotel-Lobby und verschwand in einer Herrentoilette. Das ist die Gelegenheit, dachte sich Hundlinger, um den Apotheker nochmals zu provozieren. Schnell spurtete er hinterher, fand Grobmeier in männertypischer Haltung am Pissoir vor und stellte sich provokant direkt an das benachbarte Porzellan. In bewusst distanzloser Weise raunzte er zum Apotheker hinüber: „Endlich darf ich mir Ihnen gegenüber auch mal was herausnehmen."

Grobmeier entgegnete, nicht ganz auf den Mund gefallen: „Wie ich sehe, ziehen Sie den Kürzeren."

Hundlinger provozierend: „Warum haben Sie eigentlich Pirkhofer umgebracht?"

Dies löste wiederum bei Grobmeier einen ungeordneten Wortschwall an insultativen[41] Formulierungen, wie „ob er wohl noch richtig ticke" oder „Vollpfosten", aus. Dennoch, das saß.

Hastig versuchte er, sein geschlechtsbestimmendes Merkmal in der Hose zu verbergen, wobei er dieses beinahe mittels Reißverschlusses guillotiniert hätte. Wie bei der echten Guillotine sei dies mit kurzem heftigem Schmerz verbunden. Der Reißverschluss hätte diesen wohl in masochistischer Weise verlängert. Ein sich ausbildender Fleck im Bereich des Schrittes kündete außerdem von einem Rohrleck oder nicht vollständig entleerter Blase. Wer solche Nachlässigkeit oder Eile an den Tag legt, ist offensichtlich im Fluchtmodus. In Hundlinger festigte sich nun der Gedanke, dass Grobmeier etwas mit dem Mord zu tun hatte. Bedächtig finalisierte er den Ausscheidungsvorgang. Grobmeier hatte bereits eilig die Befreiungshalle verlassen. Unmittelbar danach hörte man im Inneren des Männerrefugiums einen dumpfen Schlag, einen Aufschrei mit anschließendem Gestöhn. Erster Gedankengang bei Hundlinger: Haimerl steht mit einer Übermacht an COBRA-Beamten vor der Tür und diese würden ihres Amtes walten, weshalb er erst einmal, wie gewohnt, sorgfältig die Hände wusch und nochmals einen prüfenden Blick in den Spiegel warf, ob Frisur und Bekleidung in geordnetem Zustand waren.

Was er aber beim Verlassen der Toilette vorfand, war kein bewaffnetes und vermummtes COBRA-Team, sondern eine ebenso vermummte Putzfrau der Firma Blitz&Sauber,

---

41 Beleidigend, verletzend

diese allerdings ohne schusssichere Weste. Am Boden lag Grobmeier mit einem bizarr nach außen verdrehten Bein und jammerte herzzerreißend. Offensichtlich hatte er bei seinem übereilten Rückzug die muslimische Hygienefachkraft übersehen, welche gerade mittels Dihydrooxid (der chemische Begriff für Wasser) und Reinigungsmittel den Marmorboden in eisbahnähnliche Beschaffenheit versetzte. Erschwerend kam noch hinzu, dass die Gute mit routiniert geführtem Besen nebst daran befindlichen Hadern die untere Extremität des Flüchtlings kreuzte. Die in makellosem Türk-Deutsch geäußerte Information: „Ich nix Schuld, Mann reinlaufen" bestätigte zum einen, dass sie im Sinne optimaler Hygiene den guten Ruf des Hotels verteidigte, aber auch das nachlässige, ja unverantwortliche Verhalten des Verunfallten kurz und knapp zum Ausdruck brachte.

Offensichtlich hatte Grobmeier sich eine Fraktur des Oberschenkels zugezogen. Die COBRA wäre wohl pfleglicher mit ihm umgegangen.

Jetzt sah Hundlinger seine Stunde für gekommen an. Den zuerst eintreffenden Sanitätern ordnete er an, schnellstmöglich Infusionsmaterial herbeizubringen, und ehe sich Grobmeier versah, steckte eine flexible Kanüle in seinem Arm und eine Kochsalzlösung bahnte sich den Weg in seine Vene. Unmittelbar danach traf der diensthabende Notarzt ein und Hundlinger bedeutete ihm, ein Schmerz- und Betäubungsmittel zu injizieren. Außerdem intubierte er jetzt höchstpersönlich den Gestürzten, um ihn endgültig handlungsunfähig zu machen. Eigentlich ein Akt der Barmherzigkeit, aber auch der Ersatz für Handschellen. Dennoch, Grobmeier war noch lange nicht des Mordes überführt.

Um in engem Kontakt mit dem Verdächtigen zu bleiben, ordnete Hundlinger kraft seiner Fachkompetenz an, den Transport nicht ins nächstgelegene Krankenhaus, sondern ins AKH durchzuführen. Dem Notarzt-Kollegen teilte er mit, dass er in voller Verantwortung den Transport begleitet. Während nun der Rettungswagen mit Sondersignal sich den Weg ins Spital bahnte, rief Hundlinger seinen Kripospezl Haimerl an und berichtete ihm von den neuesten Entwicklungen. Grobmeier sei durch Mithilfe der osmanischen schnellen Einsatztruppe und medizinischer Einwirkungen so weit außer Gefecht gesetzt, dass er fluchtunfähig sei. Die weitere Arbeit obliege nun der ermittelnden Exekutive.

Haimerl war, wie angekündigt, auch nicht untätig. Zunächst kontaktierte er die zuständige deutsche Behörde, man möge einen Durchsuchungsbeschluss für Grobmeiers Haus erwirken, es bestünde dringender Mordverdacht. Ebenso war ein Ermittlungsteam ins Hotel unterwegs, um Grobmeiers Hotelzimmer auf etwaige Beweise zu untersuchen.

Obwohl sich Hundlinger für den Kongress freigenommen hatte, organisierte er jetzt, im AKH angekommen, alle diagnostischen Maßnahmen. Im CT zeigte sich eine komplizierte Fraktur des rechten Hüftkopfes. Der Ersatz durch eine Endoprothese war nicht mehr vermeidbar. Dann OP-Vorbereitung, Labor und die üblichen organisatorischen und administrativen Maßnahmen. Mittlerweile war Grobmeier vorübergehend extubiert worden, man brauchte die Einwilligung zum operativen Eingriff. Zunächst widersetzte er sich, aber ob der Aussichtslosigkeit, die volle Bewegungsfreiheit wiederzuerlangen, stimmte er letztendlich zu. Nach erfolgreichem Eingriff landete er auf Hundlingers Intensivstation. Zwei Tage später wurde er auf die Privatstation verlegt. Haimerl hatte aber sicherheitshalber einen Beamten in Zivil zur Observation auf die Station beordert. Mehr konnte er nicht tun, da ja kein Haftbefehl vorlag. Die Recherche im Hotel erbrachte keine Hinweise.

Mehrmalige Rückfragen in Deutschland waren ebenso ergebnislos.

Eine Woche nach Grobmeiers Unfall insistierte dieser auf sofortige Entlassung. Die Begründung: Er könne sich in Deutschland einer besseren Rehabilitation unterziehen. Immer noch stand er unter Beobachtung. Die Fahrt zum Flughafen begleitete ein Beamter im Rettungsdress des Roten Kreuzes. Dieser schob persönlich den Rollstuhl zum Abflugschalter, allerdings nicht nach München, sondern, wie Grobmeier anordnete, nach Kuba. Jetzt war klar, dass er sich der österreichischen Justiz entziehen wollte. Mit Kuba besteht kein Auslieferungsabkommen, die Fluchtabsicht war augenscheinlich. Der „Undercoversanitäter" verständigte mittels WhatsApp seinen Chef, welcher wiederum am Flughafen einen schnellen Transfer organisierte, nämlich an einen Schalter für Rollstuhlfahrer, allerdings zu einem Flug, der in keinem Flugplan stand.

Den hartnäckigen Rückfragen Haimerls geschuldet, hatten die deutschen Ermittler nochmals das Münchner Haus des Apothekers unter die Lupe genommen. Diesmal war Drogenspezialistin Fritzi dabei. Fritzi ist ein Australian Cobberdog, eigentlich aufgrund ihrer sozialen Kompetenz für den medizinisch-psychologischen Einsatz vorgesehen. Es stellte sich jedoch heraus, dass ihre Kernkompetenz das Schnüffeln ist, also prädestiniert für den Ermittlungseinsatz. Gerüchteweise sprach sich herum, dass die Hündin nicht nur Ausscheidungen von Artgenossen olfaktorisch[42] beurteilen, sondern auch ohne Mühe fünf verschiedene bayerische Biere differenzieren konnte. Da war es naheliegend, sie als Drogenhund ausbilden zu lassen.

Nachdem Fritzi mit dem typischen Geruch von Dinitrophenol bekannt gemacht wurde, ließ man sie Stockwerk für Stockwerk absuchen. Die Suche ging bereits wieder einmal ohne Ergebnis zu Ende, jedoch im Keller geriet sie völlig außer sich. Langanhaltend bellte sie einen Schrank an. Die Polizeibeamten konnten darin nichts Auffälliges finden. Fritzi war aber überhaupt nicht mehr zu beruhigen, weshalb man das Möbel zur Seite schob. Dahinter befand sich eine Maueröffnung zu einem kleinen Raum. Auf einem Tisch stand Laborgerät, wie man es auch in einer ambitionierten Apotheke vorrätig hält. Darunter standen zahlreiche Kartons. Zielgenau drängte die Fellnase zu einer Schachtel, wo NADH darauf stand. Darin befanden sich wiederum kleinere Schachteln, die durch den Aufdruck hinwiesen, dass es sich um ein Produkt von Prof. Pirkhofer handelte. Der Hundeführer rief sofort seinen Vorgesetzten an und dieser kontaktierte wiederum Haimerl. Obwohl noch keine laborchemische Analyse vorlag, ob statt NADH Dinitrophenol in den Kapseln war, erhärtete sich der Verdacht, dass Grobmeier der Giftmörder gewesen sei.

Gerade noch rechtzeitig kam die Information aus München. Daraufhin überschlugen sich in Wien die Er-

---

42 Etwas am Geruch erkennen

eignisse. In Verbindung mit dem Versuch Grobmeiers, nach Kuba auszureisen, ließ sich der diensthabende Staatsanwalt dazu überreden, einen vorläufigen Haftbefehl gegen ihn auszustellen.

Grobmeier wartete am Flughafen immer noch in Anwesenheit des getarnten Polizisten auf seine Ausreise, als mehrere Flughafensicherheitskräfte herbeieilten und ihn baten, von seinem Reha-Urlaub im warmen Kuba Abstand zu nehmen.

Haimerl wiederum sah es als seine Pflicht an, umgehend seinen Freund Dr. Jochen Hundlinger anzurufen. Schließlich hatte er wesentlich zur Lösung des Mordfalles beigetragen. Der Oberarzt war gerade im Krankenhaus unterwegs, als sein Piepser signalisierte, er möge umgehend im Kriminalhauptkommissariat anrufen, was dieser, platzend vor Neugier, auch umgehend tat. Haimerl sagte nur kurz und bündig: „Wir haben ihn. Näheres erzähl ich dir bei einem Glas Wein oder auch Glühwein. Hast ned Lust, heut Abend mit auf'n Spittelberg zu gehen? Des ist der schönste Adventmarkt in Wien." Haimerl wusste von Hundlingers Abneigung gegen das Weihnachtsgedudel und war sich nicht sicher, ob das der richtige Vorschlag war, doch dieser akzeptierte sofort. Bei solch wichtigen Nachrichten könne man mal eine Ausnahme machen. So standen sie Stunden später an einem Glühweinstand und hielten die Tassen mit dem Heißgetränk und der Garantie für nachfolgendes Sodbrennen in der Hand. Ausführlich schilderte Haimerl die Ereignisse des Tages. Eigentlich hätte er das bezüglich Dienstgeheimnisses gar nicht machen dürfen, da aber Hundlinger der Protagonist bei der Lösung des Mordfalles war, buchte er dies als Zeugenvernehmung unter Zuhilfenahme adventstypischer Alkoholika.

Der Ausflug ins Weihnachtswunderland und die positiven Nachrichten ließen den Abend schnell vergehen und Haimerl versprach, dass, sobald mehr juristische Details an den Tag kämen, wieder ein Treffen stattfinden könne.

Hundlinger fuhr jedenfalls mit einem Taxi und einem unglaublich guten Gefühl nach Hause. Glühwein, der Geruch von gebrannten Mandeln, die Musik und die Lösung des Giftmordes ließen sogar seine Aversion gegen Weihnachten schwinden und er summte leise das Lied vom Rudolph mit der roten Nase vor sich hin.

„Stille Nacht, Heilige Nacht" kam für ihn nur an Heiligabend infrage.

Noch in der Nacht rief sein ziemlich bester Freund Professor Wohlgenannt an. „Hundlinger, i muß all wieder sega, du bischd a Hund. Wia haschd des wieder gmacht?"

Er wollte detailgenau alles wissen. Vor allem wollte er wissen, wie sein ehemaliger Kommilitone mittels Computer und KI die heiße Spur lieferte. „Wie kommschd du als Sandmann an so a Technologie ane?" Da blieb Hundlinger allerdings wieder schmallippig.

Am nächsten Tag griff er zum Äußersten und besorgte sich einen kleinen Christbaum, um mit ihm allein und seinen Erinnerungen das Fest zu begehen. Einladungen für den Heiligabend hatte er bekommen, ihm war es jedoch wichtig, diesen still zu begehen, und das geht am besten allein.

52 Heiligabend

Hundlinger saß in seinem ehemaligen Gartenhaus. Er hatte es sich über die Jahre gemütlich eingerichtet. Am Tisch stand der kleine, dezent geschmückte Christbaum, daneben eine dicke Stumpenkerze, die das ganze Jahr über auf ihren Einsatz gewartet hatte. Aus dem Bluetooth-Lautsprecher tönte eine historische Aufnahme der Heiligen Nacht von Ludwig Thoma, die er sich bei Audible heruntergeladen hatte. Die Stimme von Gustl Bayrhammer erinnerte ihn an seine Kindheit. Ein bisserl Wehmut kam bei ihm auf, hielt aber nicht lange an, da jemand an seiner Terrassentür kratzte. Es war der liebe Kater Willibald. Er hatte wohl gerade seine kulinarische Straßenpatrouille absolviert. Hundlinger öffnete natürlich dem unerwarteten Gast. Aus dem Lautsprecher kam lustigerweise gerade die Passage mit der Herbergssuche. In solchen Augenblicken von Larmoyanz[43] steht das Herz für Tiere noch weiter offen als sonst. Hundlinger war gerade dabei, sich saure Bratwürste, ein weihnachtliches Traditionsessen aus seiner alten Heimat der Oberpfalz, zuzubereiten. Jetzt war eine Wurst für den Herbergsgast vorgesehen, natürlich, bevor sie in den Sud gelegt wurde, und er servierte diese dem fellnasigen Straßenkulinariker, der festlichen Situation geschuldet, auf feinem Rosenthal-Porzellan. Sich selbst schenkte er eine Halbe Zoigl-Bier ein, welches er sich von einer Oberpfälzer Biobrauerei zustellen hat lassen. Seine Würste mussten im heißen

---

43 Weinerlichkeit

Essigsud noch eine Weile baden, um den richtigen Geschmack anzunehmen. Willibald quittierte sein Weihnachtsgeschenk mit anhaltendem Schnurren, setzte sich auf die Eckbank und bedeutete, dass er jetzt einer Streichelorgie nicht abgeneigt sei. Hundlinger kam zu ihm, nahm ihn auf den Schoß und ließ seine Finger sanft durch das Fell gleiten. Gemeinsam hörten sie nun der Weihnachtsgeschichte zu. Hundlinger nahm einen Schluck Bier aus dem Glas und fragte Willibald, ob er nicht nach Hause wolle. Doch dieser krallte sich wechselweise mit der rechten und linken Pfote in die Hose. Vermutlich war seine Familie mit dem Austausch weihnachtlicher Gaben so beschäftigt, dass man die Fokussierung auf Willibald vernachlässigte. Hier fand er mit seinem der Katzenbedürfnisse kundigen Nachbarn die richtige besinnliche Stimmung. Außerdem musste er für den einsamen Dr. Hundlinger psychologischen Beistand leisten, gemäß dem alten lateinischen Sprichwort: Manus manum lavat – eine Pfote wäscht die andere – oder so.

53 Erkenntnis

Der Abend war mittlerweile schon fortgeschritten. Im Radio kam die feierliche Christmesse. Hundlinger und Willibald saßen in stiller Kontemplation[44] nebeneinander und lauschten der Predigt. Die Gedanken der

---

44 Betrachtung

beiden waren jedoch ganz woanders. Willibald ging vermutlich seinen straßenkulinarischen Dienstplan für den nächsten Tag durch, Hundlinger hingegen dachte über die Ereignisse des abgelaufenen Jahres nach. Irgendwie passte das alles noch nicht richtig zusammen. Ilg war zwar wegen seiner pädophilen Vergehen in Haft. Er hatte wohl seine Erkenntnisse über die genetische Besonderheit der Familie Pirkhofer an seinen Ex-Schwager Grobmeier weitergegeben, aber man konnte ihm deshalb keinen Mord zur Last legen. Dieser war wiederum aufgrund der Indizien und seines Verhaltens der Hauptverdächtige, aber konnte die niedrige Dosierung in den Kapseln wirklich den Tod auslösen? Im ersten toxikologischen Befund fand man eine erhebliche Menge an DNP. In Gedanken ging er nochmals den Ablauf des Rückholfluges von Neapel Capodichino bis nach Wien durch. Da war irgendwas in seiner Erinnerung. Am Rollfeld in Napoli wurde doch versehentlich die Infusion rausgerissen. Aufgrund der eiligen Situation hatte er seinen Flugbegleiter gebeten, die Infusion neu zu stechen. Er selbst kümmerte sich um den arteriellen Zugang. Noch im Anflug auf Wien verschlechterte sich der Zustand des Professors, wo er dann nach dem Disput mit Kollegen Ilg auf dem Rollfeld verstarb.

Hundlingers Gedanken kreisten immer und immer wieder darum. Könnte einer der am Rückholflug Beteiligten damit etwas zu tun haben? Um 2.00 morgens schrieb er eine WhatsApp-Nachricht an Haimerl: „Servus Josef, frohe Weihnachten. Ich kann nicht schlafen. Ich glaube, dass Grobmeier nicht der Haupttäter ist."

54 Erster Weihnachtsfeiertag

Hundlinger war erst spät eingeschlafen. Ein luzider Traum spielte immer wieder dasselbe Video in seinem Kopf ab. Jemand spritzt etwas in die Infusion und er als Anästhesist hat es nicht gemerkt. Gegen 8.00 wurde sein Traum abrupt durch den Signalton seines Handys unterbrochen. Zuerst dachte er, dass der liebe Kater Willibald so laut schnurrt, schließlich hatte dieser beschlossen, sich das Bett mit seinem Gastgeber zu teilen. Nein. Es war das Telefon. Aus dem Hörer kam die verkaterte Stimme seines Freundes Haimerl.

„Servus Jochen, frohe Weihnachten. Wie kommst du drauf, dass es noch einen Täter gibt?"

Hundlingers Stimme klang auch nicht viel besser. Kater Willibald gab ein tiefes Murren von sich, als wollte er sagen, dass er es als äußerst befremdlich empfand, mitten in der Nacht durch den Funkfernsprecher aufgeweckt zu werden.

„Ich hab die ganze Nacht nachgedacht. Es muss noch jemanden geben, der dem Professor das Gift zugeführt hat, und das muss unmittelbar vor oder beim Flug passiert sein. Die erste Blutprobe, die ich abgenommen hab, hatte einen extrem hohen DNP-Gehalt aufgewiesen. Das kann nicht von der Einnahme einer Kapsel kommen. Entweder hat jemand nochmals beim Transport von Ischia zum Flughafen oder während des Flugs nachgeholfen. Ihr müsst die italienischen Behörden bitten, Ärzte und Sanitäter zu durchleuchten. Bei mir war der Sanitäter Andrei Albescu mit an Bord. Ist aber ein netter Bursche. Außerdem könnte man Grobmeier nochmals intensiv befragen."

Haimerl: „Puh, und das am ersten Weihnachtsfeiertag. Ich hoffe, dass du nicht recht hast. Hat Wohlgenannt die gleiche Meinung?"

Hundlinger: „Mit dem hab ich noch nicht gesprochen. Ich wollte zuerst deine Meinung abfragen."

Haimerl: „Ok, mal schauen, was ich machen kann."

55 Unerwartet

Kurz vor zwölf läuteten zwei wenig motivierte Kriminalbeamte bei Andrei Albescu. Dieser öffnete die Tür und war höchst erstaunt über den feiertäglichen Besuch. Nachdem sich die Beamten ausgewiesen hatten, bat er sie freundlich herein, führte sie ins Wohnzimmer und bot ihnen dort Platz an. Auf das Angebot, ob er ihnen Kaffee und ein paar selbst gebackene Plätzchen anbieten dürfe, gingen die beiden Herren gerne ein. Ihre Stimmung war damit deutlich freundlicher. Wer hat schon Lust, am Weihnachtsfeiertag, fern der Familie, so unangenehme Besuche zu machen. Noch dazu war der junge höfliche Mann ganz anders als ihre sonstige Kundschaft. Fast schon peinlich, ihn zur Unzeit so zu erschrecken.

Zur Einleitung der Befragung einige allgemeine Worte über die Festtage, das Wetter und Feststellung der Personalien. Anschließend Fragen zur Tätigkeit von Andrei bei der Rettung und im Speziellen über seine Aktivitäten bei der Flugrettung. Bereitwillig gab er dazu Auskunft. Er war sowohl im Hubschrauber als auch bei den Ambulanzflügen im Einsatz. Nun kam man auf das Thema zu sprechen, ob er sich noch an den

Rückholflug von Professor Pirkhofer erinnern könne. Die schlechte Stimmung der beiden Beamten war nun endgültig verflogen, ja schon euphorisch, ähnlich wie Kinder nach der Bescherung, wenn man die ersehnte Computerkonsole und die dazugehörigen Spiele bekommen hatte. Ein großes Glücksgefühl befiel nun die beiden Herren. Der eine Beamte schwärmte von dem tollen Weihnachtsgebäck, das zwar etwas anders schmecke als das von seiner Schwiegermutter, aber unglaublich gut sei.

Keine 30 Minuten später waren beide in solch euphorie-exzellentem Wahrnehmungszustand, dass sie gar nicht bemerkten, wie Andrei unter dem Vorwand, nochmal Kaffee zu holen, klammheimlich seinen Dienstrucksack nahm, die Wohnung verließ und diese von außen sorgfältig verriegelte.

Es dauerte eine Weile, bis die Herren von der Kripo bemerkten, dass sie jetzt unter sich waren. Der eine ging auf die Suche nach Andrei, hatte allerdings etwas Schwierigkeiten mit der Koordination seiner Füße. Der andere nahm noch ein Plätzchen und summte vergnügt das Lied von „Rudolph the Red-Nosed Reindeer". Es dauerte, bis beide begriffen, dass sie an der Nase herumgeführt worden waren.

Später stellte sich heraus, dass das sie befallende Glücksgefühl nicht dem Weihnachtsfest, sondern der Wirkung von cannabishaltigem Weihnachtsgebäck, sogenannten Cannabis-Edibles, geschuldet war. Santa sei gedankt. Er ist mal richtig mit ihnen Schlitten gefahren. Hat riesig Spaß gemacht, allerdings nur bis zum nächsten Tag, als ihr Dienstvorgesetzter ihnen einen lautstarken sowie wortreichen Einlauf verpasste.

56 Flucht

Mit einiger Verzögerung wurde den THC-haltigen Beamten bewusst, dass sich Andrei nicht mehr in der Wohnung, sondern auf der Flucht befand. Einer Verfolgung des nunmehr Hochverdächtigen kam wegen der von außen verschlossenen Wohnungstür nicht infrage. Ebenso war das Verlassen durch das Fenster der im zweiten Stock befindlichen Wohnung nur mit erheblichen Nebenwirkungen für die körperliche Integrität denkbar. Die Herren entschlossen sich daher, mittels modernster Informationstechnologie ihres Funkfernsprechers die Einsatzzentrale darüber zu informieren, dass zum einen ein junger Mann namens Andrei Albescu zu arretieren sei und zum anderen ein Kundiger für Verschlusssachen herbeieilen möge. Er hätte jetzt die Gelegenheit, zur Lösung des Falles einen wesentlichen Beitrag zu leisten.

Wenig später bekam Haimerl ebenfalls Kenntnis von der Fahndung nach Andrei und ordnete die anspruchsvollere Version des „Fanger-Mandl- und Versteck-Spiels" an. Zusätzliche Einsatzkräfte wurden alarmiert. Manche Mitspieler waren gezwungen, ihren Weihnachtspunsch-bedingten Kater in Einsatzfahrzeugen, an Bahnhöfen und auf sonstigen Fluchtwegen auszukurieren.

Der Flüchtige hingegen, in körperlich überlegener Form, lief die Straße entlang, sah einen Weihnachtsmann, der sich ob seiner kräfteraubenden segensreichen Tätigkeit gerade anschickte, ein Gasthaus aufzusuchen. Andrei folgte ihm und setzte sich zu dem guten Mann an den Wirtshaustisch. Santa bestellte ein Bier, Andrei ein Red Bull. Macht Sinn, wenn man auf der Flucht ist. Wie aus der Werbung bekannt, verleiht dieses Getränk Flügel.

Der Weihnachtsmann war wohl von seiner heiligen Mission derart dehydriert, dass er zur Vermeidung von Kreislaufproblemen schon nach kurzer Zeit ein zweites Bier benötigte. Das Zittern der Hände, vermutlich bedingt durch das Zügeln der Rentiere, war danach völlig verschwunden. Nunmehr entledigte er sich auch seiner Dienstbekleidung und warf sie auf einen Stuhl. Santa war jetzt „Undercover" und trug zur Tarnung Zivilbekleidung.

Alkohol hemmt bekanntlich das antidiuretische Hormon, welches die übermäßige Ausscheidung von Flüssigkeit einschränkt. In Verbindung mit der hohen Volumenzufuhr der „Hopfenkaltschale" stellte sich alsbald die Notwendigkeit ein, eine für Herren vorgesehene Befreiungshalle aufzusuchen.

Andrei wiederum nutzte die Abwesenheit des heiligen Mannes, um dem Getränk seines Tischnachbarn unauffällig wenige Tropfen Ketamin beizumischen. Das in der Anästhesie gebräuchliche Narkosemittel wird in der Branche für Eigentumsdelikte ebenso geschätzt, da es zusätzlich den Cancel-Button für die Erinnerungen drückt.

Der sichtlich erleichterte Santa setzte sich nach urinaler Mission wieder an den Tisch und widmete sich abermals hingebungsvoll seinem Hopfen-Smoothie. Wenig später schlief er, auf beiden Armen liegend, selig ein. Jetzt konnte Andrei ungestört die Situation nutzen, um Santas Fashion im Rucksack zu verstauen. Eilig bezahlte er seine Zeche und ebenso hurtig verließ er das „Beisl".

Ein paar Häuser weiter bekleidete er sich mit dem roten Gewand. Sein Gesicht verbarg er mit dem weißen Bart. Jetzt war Andrei gerüstet, um nach Rentier und Schlitten Ausschau zu halten. Doch weit und breit war nichts. Vermutlich hatte ein kommunaler Verkehrsüberwacher diese wegen regelwidrigen Parkens abführen lassen. Nun, der Not gehorchend, entschied sich Andrei, seinen Fluchtweg mit einem in der Nähe befindlichen Leih-E-Scooter Richtung rumänischer Karpaten fortzusetzen. Wegen des noch lückenhaften Ladenetzes in dem ehemaligen Ostblockland war dieses Fortbewegungsmittel natürlich nur als Zwischenlösung angedacht.

Geschmeidig rollte der Ersatz-Santa mittels seines elektrifizierten rotnasigen Rudolphs einen Radweg entlang, als sich ein Streifenwagen näherte. Die darin befindlichen Beamten fanden den Anblick dieser modernen Schlittenalternative so skurril, dass sie langsam und freundlich lächelnd daran vorbeifuhren. Andrei hingegen interpretierte dieses völlig anders. Er war alarmiert, denn er musste seine Fluchtroute nunmehr kurzfristig abändern. Bei der nahe gelegenen U-Bahn-Station wechselte er vom Stand-Up-Gefährt auf Schusters Rappen, rannte die Treppen hinunter, was wiederum den Polizisten bezüglich der nicht vorschriftsmäßigen Deposition des Fahrgerätes vor einem U-Bahn-Ausgang verdächtig vorkam. Sie stoppten die Fahrt und eilten hinterher. Bei Passanten könnte sich der Eindruck verfestigt haben, dass jene Uniformierten wohl noch nicht gelieferte Weihnachtsgeschenke einfordern wollten. Schließlich kann auch Amazon nicht immer für eine ungestörte Lieferkette garantieren. Obwohl die Herren ein sportabzeichenverdächtiges Tempo an den Tag legten, war der obskure Weihnachtsmann verschwunden, womöglich mit der U-Bahn abgereist. An der Oberfläche zurückgekehrt, fiel ihnen auf, dass der Scooter nicht mehr da war. Wie sollte man die Ordnungswidrigkeit nun ahnden. Immerhin ging es um 50 €. Vielleicht war der Flüchtige damit wieder unterwegs.

Wie wahr. Andrei lief zwar die Treppen zur U-Bahn hinunter, bog ab, kam auf der anderen Straßenseite wieder herauf, überquerte die Straße und nahm den Scooter wieder in Betrieb, während die Polizisten immer noch nach ihm suchten.

Ab ging es durch die verwinkelten Fußwege einer Wiener Gemeindebausiedlung. Die Beamten waren auch nicht untätig geblieben und verständigten die Einsatzzentrale, man möge über den Rollerverleih die GPS-Daten ermitteln. Bald wussten alle Streifen von dem wildgewordenen zahlungssäumigen Weihnachtsmann. Zwischen den Häuserzeilen war eine Verfolgung mit Streifenwagen unmöglich und mit einer daraus resultierenden Festnahme kaum zu rechnen.

Diese Aufgabe übernahm Frau Sedlacek, Bahnwärterswitwe im Ruhestand. Sie pflegte nach dem Mittagessen einen Spaziergang zu machen. Heute begleitete sie ihr Enkel, der als Gegenleistung für eine höhere pekuniäre Zuwendung die mit Rollator ausgerüstete Oma im Kriechgang begleitete. In Gedanken versonnen, sich für den Geldbetrag einen Totenkopf in die Oberhaut stechen zu lassen – gerne möchte die Jugend an die Endlichkeit des Seins erinnert werden –, nahm er zu spät wahr, dass der rasende Weihnachtsmann aus einer unübersichtlichen Durchfahrt bog. Frau Sedlacek konnte ähnlich wie einst der einbeinige Kommissar Schremser in der Krimiserie „Kottan ermittelt" ihren Rollator so geschickt positionieren, dass Vorderrad der Gehhilfe und Vorderrad der Fahrhilfe eine so innige Vereinigung eingingen, dass beide Fahrzeuge mitsamt Scooter-Fahrer zu Boden gingen. Sie selbst fand gerade noch Halt am Arm ihres Enkels. Das von ihr geäußerte „O Gott, O Gott" war nicht dem himmlischen Abgesandten, sondern eher der überraschenden Situation gewidmet.

Andrei, der sich auf dem gefrorenen Boden eines Blumenbeets wiederfand, überdachte kurz die Situation, rappelte sich auf und beschloss, Fahrerflucht zu begehen. Humpelnd verließ er den Unfallort, ohne seine Personalien zu hinterlassen.

57 Garaus

Die Sensoren des Elektrorollers meldeten dem Sharing-Zentrum, dass nicht nur die Polizei Interesse am Standort, sondern sich auch noch ein Unfall ereignet hatte. Die GPS-Daten verrieten, dass sich das Fahrzeug nicht mehr bewegte. Damit war klar, dass die Situation bedenklich war. Exekutive, Rettungsdienst, Notfallseelsorger und Mitarbeiter des Unternehmens machten sich auf den Weg.

Vor Ort fand man zwei verkeilte Kleinfahrzeuge und eine psychisch mäßig traumatisierte ältere Person nebst Enkel. Auf den Einsatz der Feuerwehr wurde verzichtet, da keine Person eingeklemmt war.

58 Der perfekte Einsatz

Um die Verfolgung des Unfallflüchtigen kümmerten sich nunmehr mehrere Polizeibeamte.

Die Rettungssanitäter versuchten ergebnislos, Frau Sedlacek von den Vorteilen eines Krankenhausaufenthaltes zu überzeugen. Dann im Anschluss der Vertreter der Krisenintervention. Auch dieser bemühte sich redlich, dass trotz des rüden Verhaltens des heiligen Mannes die Rentnerin nicht vom Glauben abfällt.

Doch die Polizei hatte ein positives Fahndungsergebnis zu vermelden. Eine weinrote Gestalt versuchte in „unreiner Gangart", wie man beim Pferderennen sagen würde, eilig dem Fluchtziel in den Karpaten näherzukommen. Vergebens, denn das Rennen wurde durch einen hinterhereilenden Beamten unsanft sanktioniert. Dieser, Inhaber des goldenen Polizeisportabzeichens und treuer Leser einer bekannten österreichischen Sportzeitung, hechtete beherzt von hinten an die Schulterpartie und rang den eilfertigen Santa zu Boden. Dabei entglitten beiden Männern ein markantes Stöhnen, wie einst dem berühmten Tennisspieler Rafael Nadal beim Aufschlag. Der anschließende Griff zu Mütze und Bart förderte das schweißtriefende Gesicht von Andrei Albescu hervor. Dieses war durch den Fahndungsaufruf gut bekannt. Da war dem Ordnungshüter wohl ein „ganz dicker Fisch" ins Netz gegangen.

Haimerl, der unmittelbar von dem Fahndungserfolg erfuhr, begab sich trotz des Feiertags gleich in die Dienststelle. Noch war nicht bewiesen, dass Andrei dem Professor die finale Dosis verabreicht hatte.

Der wiedererweckte echte Weihnachtsmann war mithilfe der geistigen Assistenz der Bedienung in der Lage, sich zu erinnern, dass er mit vollständiger Dienstbekleidung ins Wirtshaus kam, dort nach nicht einmal zwei Halben Bier, einer für ihn ungewöhnlich niedrigen Dosierung, einschlief. Hier vermutete die Bedienung den Einsatz von KO-Tropfen. Dieser Umstand, Widerstand gegen die Staatsgewalt, Unfallflucht und der Mordverdacht rechtfertigten eine Arretierung. Den Mord hingegen leugnete er.

Eine nach der Befragung durchgeführte Durchsuchung in Albescus Wohnung ließ auf weitere Delikte schließen. Eine nicht gemeldete Handfeuerwaffe, eine dazu passende größere Menge an Munition, Narkosemittel, unbeschriftete Ampullen, verschiedene Zubereitungen von Cannabis und anderen Betäubungsmitteln bereicherten den bunten Strauß an verfolgungswürdigen Verfehlungen.

Die unbeschrifteten Ampullen wurden dem Toxikologen Prof. Jodok Wohlgenannt übergeben. Am nächsten Tag schon hielt dieser das Ergebnis bereit. Es handelte sich um eine wässrige Lösung von Dinitrophenol.

Die Beweislage war so erdrückend, dass Andrei Albescu gestand, DNP in die Infusion gespritzt zu haben. Ilg habe ihn dazu angestiftet. Er hatte wohl Kenntnis, dass sein ehemaliger Schwager dem Professor eine Höllenfahrt bescheren wollte, aber noch wichtiger war es ihm, den Ruf des beliebten Kollegen Hundlinger nachhaltigen Schaden zuzufügen. Dieser stand seinem Karriereweg im Weg und außerdem konnte er ihn eh nicht leiden. Die Ampullen habe wohl ein Apotheker aus Deutschland hergestellt. Für die Ausführung der Tat habe ihm Ilg 2000 Euro bezahlt.

Der ach so nette junge Mann war also ein völlig unterbezahlter Killer.

59 Epilog

Mit Beginn des neuen Jahres wurde das Strafverfahren gegen Grobmeier eingeleitet. Obwohl er alle Vorwürfe leugnete, waren die Indizien erdrückend. Dem prozessführenden Richter blieb gar nichts anderes übrig, als nach § 210 der Strafprozessordnung das Verfahren zu eröffnen.

Im Laufe der Verhandlungen wurde auch das Motiv aufgedeckt. Grobmeier war an einer Firma beteiligt, welche orthomolekulare Präparate vertrieb, also Vitamine, Spurenelemente usw.

Pirkhofer betonte immer wieder in seinen Vorträgen, dass all diese Substanzen ihre Bedeutung hätten, aber nur NADH die Substanz ist, welche den Wasserstoff liefert, um sich mit dem Sauerstoff zu verbinden. Grobmeier hingegen betonte in seinen Vorträgen immer wieder, dass NAD+ der Energielieferant sei. In seinem Vertrieb gab es ein Vitaminpräparat, das Nikotin-Ribosid, eine Vitamin-B3-Variante, welches zur vermehrten Produktion von NAD+ führt. Sein gekränktes Ego, aber auch pekuniäre Gründe waren es, die seinen Entschluss reifen ließen, Pirkhofer eine „Abreibung" zu verpassen. Er wusste, dass dieser täglich hohe Dosen NADH einnahm, und er wollte ihm demonstrieren, dass man sich damit schlechter fühlt, obwohl das Mittel normalerweise genau das Gegenteil bewirkt. Von seinem Ex-Schwager wusste er um die genetische Besonderheit des Opfers. Also können schon kleine Dosen ausreichen, den Betroffenen in eine schlechte körperliche Verfassung zu bringen.

Grobmeiers Rechtsanwalt versuchte, den Prozessverlauf in Richtung fahrlässiger Tötung zu lenken. Der

Richter sah jedoch die Heimtücke und die billigende Inkaufnahme des Todes als wesentlich an, dass er schon nach kurzem Prozessverlauf zum Urteil „Gemeinschaftlicher Mord" kam. Grobmeier erhielt eine langjährige Freiheitsstrafe.

Im gleichen Verfahren wurde Andrei Albescu als Beitragstäter verurteilt.

Ilg hatte allerdings richtig die Arschkarte gezogen. Nach seinem Missbrauchsverfahren wurde er zusätzlich als „Bestimmungstäter zum Mord" verurteilt, was auf seine bisherige Haftstrafe draufgerechnet wurde.

Gleich nach den Urteilssprüchen schickte Haimerl ein WhatsApp an Hundlinger: „Jetzt sans alle endgültig in Häfen eigfahrn."

Später telefonierte er noch und meinte: „Es wäre mal wieder Zeit für ein konspiratives Treffen. Würde vorschlagen, dass ma wieder, wie beim letzten Mal, ins Kellerstöckl gehen, denn bei am Glaserl Wein erfahrst halt mehr als bei am Kübel Wasser."

Vierzehn Tage später, an den Weinstöcken sprießten mittlerweile wieder die Blätter, fuhren mehrere schwarze Skodas am Kellerstöckl Stammersdorf vor. Die Wirtin hatte wieder ausschließlich für die „Herrn" geöffnet. Dabei waren Cem Ömer, der Journalist. Er hatte die letzten Wochen regelmäßig über die Prozesse berichtet. Außerdem war er zuverlässig und konnte auch mal im richtigen Augenblick schweigen, übrigens sein Erfolgsprinzip, um als Gegenleistung brandheiße Nachrichten von der Exekutive zu bekommen. Haimerl kam wieder mit Fahrer Yildirim, da dieser keinen Alkohol trank. Dabei waren auch wieder Professor Wohlgenannt, die Herren vom Innenministerium, der Abteilung, die so geheim war, dass sie selbst nicht wussten, wie geheim sie war, und natürlich Jochen Hundlinger, allerdings diesmal in Begleitung von Djamal, seinem Freund aus Sophia Antipolis bei Nizza. Hundlinger hatte ihn gefragt, ob er nicht auch mal Lust hätte, Wien zu besuchen. Schließlich war er ihm was schuldig, da der überintelligente „Blechtrottel" in Djamals Firma wesentlichen Anteil zur Lösung des Mordfalles hatte. In der kleinen gemütlichen Stube war bald richtig Stimmung. Die Wirtin hatte zwei Schramml-Musiker organisiert. Das Kauderwelsch von Wienerisch, Bayerisch, Französisch und Englisch tat dem Heurigen-Gefühl keinen Abbruch, im Gegenteil, es verlieh dem Ganzen eine europäische Note.

Zu fortgeschrittener Stunde fragte einer der Herren vom Innenministerium, ob Hundlinger, ob seiner guten Vernetzung, gelegentlich auch mal für sie tätig werden könnte, was dieser mit den Worten „Schaun ma mal" quittierte.

Dem Alkoholgehalt des „Gemischten Satzes" geschuldet, versuchte sich Djamal am Wiener Lied. In gebrochenem Deutsch und französischem Akzent intonierte er immer wieder „Es wird ein Wein sein und wir wern nimmer sein", angesichts eines Mordfalles eine ziemlich skurrile Situation.

60 Und zum Schluss noch

Gerüchteweise hörte man, dass Fritzi, die Drogenhündin, welche mittels Schnüffelnase und Gebell wesentliche Indizien ausforschte, für den caninen „Nobell-Preis" vorgeschlagen werden sollte.

Der liebe Kater Willibald hatte aufgrund seiner aufopferungsvollen Initiative in der Save-Food-Bewegung Gewichtsprobleme bekommen und wurde von Frauchen nicht mehr so oft ins Freie gelassen. Aus diesem Grund versuchte er, weitere Artgenossen dazu zu bewegen, eine Petition an die Stadt Wien mit der Forderung „Mein Körper gehört mir" zu richten.

Die osmanische Hygienefachkraft, die mittels Putzmittel und Fegerl Grobmeier zu Boden gerungen hatte, wurde nach psychologischer Einwirkung eines Kriseninterventionsteams in den Innendienst der Firma Blitz&Sauber versetzt. Aus haftungsrechtlichen Gründen glaubte ihr Chef, dass sie bei Dienstplanungen mittels ihrer exquisiten Sprachkenntnisse in Türk-Deutsch segensreicher wirken könne.

Chefinspektor Amonn, der für schnelle und unkomplizierte Ermittlungsergebnisse bekannt war, wurde angesichts seiner Verdienste in die Funktionsstufe 7 befördert und in den vorzeitigen Ruhestand versetzt, wo er sich dann in Vollzeit seinem Sozialprojekt zur Erhaltung der österreichischen Braukultur widmen konnte.

Der internationale wissenschaftliche Ruf von Prof. Jodok Wohlgenannt war so gefestigt, dass er sich nun auch mit marginalen Themen beschäftigen wollte und einen Online-Kurs „Deutsch für Ausländer" abonnierte.

Die beiden Kriminaler, welche Andrei befragen sollten, wurden mit Hinblick auf ihren Erfahrungsschatz in THC-haltiger Feinkost ins Drogendezernat versetzt.

Last but not least: Dr. Jochen Hundlinger wurde eine Stelle als Primar der Anästhesie, quasi oberstes Sandmännchen, in einer großen Wiener Klinik angeboten, was er jedoch dankend ablehnte. Er wollte lieber unauffällig im Hintergrund bleiben und sich nicht als medizinische Rampensau profilieren. In Ermittlerkreisen verbreitete sich der Ruf sehr schnell, dass dieser Mediziner ein unglaubliches Netzwerk bis in ausländische Geheimdienste hat. Manchmal war er extrovertiert, impulsiv, konnte aber auch absolute Verschwiegenheit bewahren. Sein größtes Geheimnis – wie man in der Oberpfalz „Saure Bratwürste" korrekt zubereitet.

Ende

Anhang

Top-secret
Das Rezept für „Saure Bratwürste":

4 Paar	2 Kalbsbratwürste/2 Schweinsbratwürste roh, nicht vorgekocht
1 ½ – 2 Liter	Wasser
Ca. 350 ml	Essig (im Sud abschmecken)
1 TL	Salz
6	Zwiebeln (mittelgroß)
2	Karotten
1	Lauchzwiebel

Etwas Liebstöckelextrakt
3 Lorbeerblätter
5 Wacholderbeeren
5 Nelken
7 Pfefferkörner
1 Prise Rosenpaprika
1 Prise scharfer Paprika
10 Senfkörner

Die Zwiebeln mittels Brotmaschine in 4 mm Scheiben schneiden (die eigenen Fingerkuppen nicht beimischen), Karotten stifteln (längs schneiden), alle Zutaten, außer den Bratwürsten, ca. 15 Minuten zugedeckt in einem großen Topf kochen. Gemüse mit einer Schaumkelle abschöpfen und die rohen Bratwürste in den Sud legen und etwa 8–10 Minuten, je nach Dicke, ziehen lassen.

Der Sud sollte auf keinen Fall kochen, sonst platzen die Bratwürste auf.

Die Gewürze in ein Tee-Ei oder einen Teebeutel geben. So kommen die Gewürze nicht mit auf den Teller.

Die Bratwürste auf einem Teller anrichten und mit etwas Gemüse und heißem Essigsud servieren. Dazu gibt es in der Regel ein kräftiges Bauernbrot (auch zum Tunken des Suds). Das Ganze vor, während und nach dem Verzehr mit einer ausreichenden Menge Zoigl-Bier innerlich ablöschen.

Erklärung Oxidative Phosphorylierung/Oxphos

Die oxidative Phosphorylierung (Oxphos) ist der wichtigste Prozess, durch den unsere Zellen Energie gewinnen. Man kann sie sich wie ein Kraftwerk vorstellen, das aus Nahrung Energie macht, die der Körper nutzen kann.

Einfach erklärt
1. Treibstofflieferung: Aus der Nahrung wird Energie in Form von Molekülen wie NADH und $FADH_2$ gewonnen. Diese Moleküle sind wie Batterien, die Elektronen (kleine Energieteilchen) transportieren.
2. Elektronenfluss: In den Mitochondrien, den „Energiezentralen" der Zelle, werden diese Elektronen durch eine Kette von Eiweißen (Enzymen) weitergeleitet, ähnlich wie Strom durch Kabel.

3. Protonenpumpe: Dabei wird Energie genutzt, um winzige Teilchen, sogenannte Protonen, Wasserstoffionen, durch eine Membran zu pumpen. Das schafft einen Energievorrat, vergleichbar mit Wasser, das hinter einem Staudamm gestaut wird.
4. Energieerzeugung: Die Protonen fließen dann durch ein spezielles Enzym zurück, die ATP-Synthase. Dabei wird ATP hergestellt, eine Art „Energie-Währung", die der Körper für fast alles braucht – Bewegung, Denken, Heilung.

Fazit
Die Oxphos sorgt dafür, dass unser Körper Energie effizient aus Nahrung gewinnt und bereitstellt – ähnlich wie ein Kraftwerk Strom aus Brennstoff erzeugt. Eine riesige Recycling-Fabrik

Dinitrophenol/DNP

Dinitrophenol (DNP) wirkt in der oxidativen Phosphorylierung als Entkoppler, was tiefgreifende Auswirkungen auf die Energiegewinnung der Zelle hat:

Wirkung von DNP
1. Zerstörung des Protonengradienten:
   DNP kann Protonen (H+) durch die innere Mitochondrienmembran transportieren. Dadurch wird der Protonengradient, der normalerweise von den Komplexen der Atmungskette aufgebaut wird, abgebaut.
2. ATP-Produktion stoppt:
   Ohne einen Protonengradienten kann die ATP-Synthase nicht mehr arbeiten, da der Rückfluss von Protonen durch die Synthase fehlt. Somit wird weniger oder kein ATP produziert.
3. Weiterhin aktive Elektronentransportkette:
   Die Elektronentransportkette läuft trotzdem weiter, da Elektronen weitergeleitet und Protonen gepumpt werden. Da der Protonengradient aber sofort von DNP zerstört wird, wird die Energie der Elektronentransporte in Form von Wärme freigesetzt.

Physiologische Folgen
- Erhöhung des Stoffwechsels:
  Da die Zelle weiterhin Energie benötigt, wird der gesamte Stoffwechsel hochgefahren, um mehr NADH und $FADH_2$ bereitzustellen. Das führt zu einem enormen Energieverbrauch.

- Überhitzung: Der Großteil der Energie wird als Wärme freigesetzt, was zu einer gefährlichen Überhitzung des Körpers führen kann.

Literaturverzeichnis

Berg, Jeremy M., John L. Tymoczko, Gregory J. Gatto Jr. und Lubert Stryer. **Stryer Biochemie**. 8., vollständig überarbeitete Auflage. Berlin: Springer Spektrum, 2018. ISBN: 978-3-662–54619-2.
Birkmayer, George D. **NADH: The Energizing Coenzyme**. New York: McGraw Hill, 1998. ISBN: 978-0-87983-862-1.
Sinclair, David A. und Matthew D. LaPlante. **Das Ende des Alterns: Die revolutionäre Medizin von morgen**. Köln: DuMont Buchverlag GmbH, 2019. ISBN: 978-3-8321-6558-1.
Sloan, M. **Methylenblau**. 4. Aufl. Kirchzarten: VAK-Verlag, 2023. ISBN 978-3-86731-269-1

Musiktitel

Adam und Eve. (1977). **Wenn die Sonne erwacht in den Bergen** [Musiksingle]. Ariola.
Ambros, W. (1975). **Es lebe der Zentralfriedhof**. Auf dem Album **Der Watzmann ruft** [LP]. Wien: Bellaphon.
Beethoven, Ludwig van: **Sinfonie Nr. 9 in d-Moll, op. 125**, IV. Satz („Ode an die Freude").
De Burgh, Chris. **Don't Pay the Ferryman**. Auf **The Getaway** [Album]. London: A&M Records, 1982.
Hirsch, Ludwig. **Komm, großer schwarzer Vogel**. WEA Records, 1979.
Lear, Amanda. **Follow Me**. Auf **Sweet Revenge**. Ariola Records, 1978.
Marischka, Ernst (Text)/Mösser, Karl (Musik): **Es wird ein Wein sein** („Die Reblaus"). 1949.
May, Robert L.: **Rudolph the Red-Nosed Reindeer**. 1939.

DJ Ötzi & Nik P.: **Ein Stern** (... *der deinen Namen trägt)*.
Album: **Sternstunden**, Universal Music, 2007.
Verdi, Giuseppe. ***La donna è mobile***. 1851. **Rigoletto**, Ricordi.
Wagner, Richard. ***Der fliegende Holländer: Romantische Oper in drei Akten***. Leipzig: Breitkopf & Härtel, 1844.

Der Autor

Jochen Rätzel wurde 1952 geboren. Nach dem Abitur und dem Studium der Medizin folgten mehrere Jahre als Assistenzart in Innere Medizin, Chirurgie und Anästhesie. Danach folgte eine Tätigkeit als Allgemeinarzt, zuerst in Deutschland, dann in Österreich. Neben seiner beruflichen Tätigkeit engagierte er sich als leitender Notarzt und ehrenamtlicher Chefarzt beim Roten Kreuz.

Im Laufe seiner Tätigkeit beschäftigte er sich intensiv mit dem zentralen Stoffwechselprozess der mitochondrialen Energiegewinnung. Damit die oxidative Phosphorylierung (Oxphos) einer breiten Leserschaft zugänglich gemacht werden kann, entschloss er sich, dieses an sich trockene Thema im Rahmen einer amüsanten und spannenden Krimihandlung abzuhandeln.

„Hundlinger gibt Gas" ist zugleich seine erste populärwissenschaftliche Veröffentlichung.

DER VERLAG

VINDOBONA
VERLAG SEIT 1946

ein Verlag mit Geschichte

Bereits seit 1946 steht der Vindobona Verlag im Dienst seiner Bücher und Autoren. Ursprünglich im Bereich periodisch erscheinender Journale tätig, präsentiert sich der Verlag heute als kompetenter Partner für Neuautoren am deutschen, österreichischen und schweizerischen Buchmarkt. Engagement, Verlässlichkeit und Sachverstand – das sind die Grundpfeiler, auf denen der Verlag seit jeher sicher steht.

Sie möchten mit Ihrem Werk das vielseitige Verlagsprogramm bereichern? Der Vindobona Verlag garantiert Ihnen eine professionelle Prüfung Ihres Manuskriptes durch das Lektorat sowie eine zeitnahe Rückmeldung.

Genauere Informationen zum Verlag
finden Sie im Internet unter:

www.vindobonaverlag.com